書下ろし

双風神(ふたつふうじん)

羽州ぼろ鳶(とび)組⑨

今村翔吾

目次

【登場人物紹介】

新庄藩火消《羽州ぼろ鳶組》

頭取　松永源吾
源吾の妻　深雪
源吾の息子　平志郎
頭取並　鳥越新之助
新之助の母　秋代
壊し手組頭　寅次郎
纏番組頭　彦弥
風読み　加持星十郎
一番組組頭　武蔵

新庄藩

御城使　折下左門
家老　北条六右衛門
次席家老　児玉金兵衛

淀藩火消

頭取　野条弾馬
頭取並　花村祐

旅籠「緒方屋」

主　佐平次
佐平次の娘　紗代

大坂火消

雨組頭　流丈
井組頭　印六
波組頭　釣左
滝組頭　律也
川組頭　埴淵朱江

元幕府天文方　山路連貝軒

土御門一派　陰陽頭　土御門泰邦

元長崎奉行配下　黒川万里（有明）

元盗賊　鼬の万吉

元丹波篠山藩士　檜谷京史郎

元菓子屋奉公人　伊佐の六兵衛

豪商「大文字屋（大丸）」主　下村彦右衛門

六角獄舎囚人　野狂惟兼

元定火消松平家家中　風読み　加持孫一

老中　田沼意次

御三卿一橋家　徳川治済

元火付盗賊改方長官　長谷川平蔵宣雄

「双風神 羽州ぼろ鳶組」の舞台

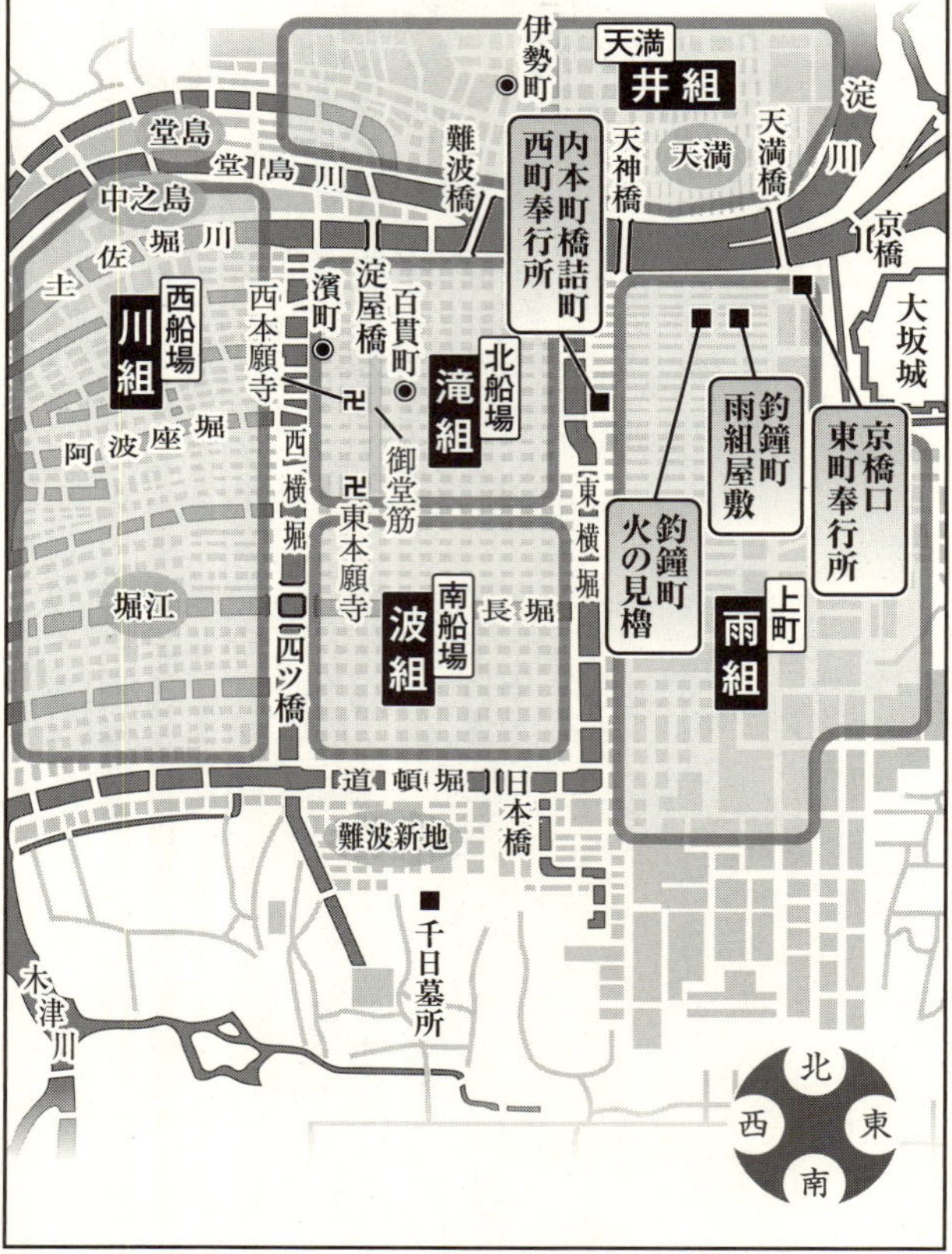

天満
井組
伊勢町
淀川
天満橋
京橋
堂島
堂島川
中之島
難波橋
内本町橋詰町
西町奉行所
天神橋
天満
土佐堀川
西船場
川組
西本願寺
濱町
淀屋橋
百貫町
北船場
滝組
大坂城
釣鐘町
雨組屋敷
京橋口
東町奉行所
阿波座堀
御堂筋
西横堀
東本願寺
東横堀
釣鐘町
火の見櫓
堀江
南船場
波組
長堀
上町
雨組
四ツ橋
道頓堀
日本橋
難波新地
千日墓所
木津川
北
西
東
南

序章

　高倉通二条上る天守町にある筆屋「熊しず」の主人豊吉は、奉公人の激しい声に掻い巻きを蹴飛ばして起き上がった。

「火事です！」

　灯りが無いため奉公人の顔は見えない。だが、声だけで相当焦っていることが窺えた。横で寝ていた妻のお陸、今年十になる息子の豊太郎も目を覚ました。

「どこや⁉」

「隣です！」

「阿呆な！　空き家やぞ！」

　熊しずは代々熊野の上質な筆を商ってきた。だが豊吉は、年々筆の売れ行きが悪くなるのを危惧していた。そこで考えたのが、

　――文具を一手に商う。

と、いうことである。

紙、筆、硯、墨と、これらは昔から別々の商いで、それぞれの店で買い揃えねばならず面倒この上無い。近場に店を集めれば売れ行きは伸びるのではないかと考え、近くに空き家が出れば買い取るつもりだった。そんな時に隣の小間物屋を営んでいた老夫婦が相次いで亡くなったことで、豊吉は商いを広げるため、葬儀に訪れた老夫婦の親類と話して買い取る段取りを進めていたのだ。

「でもほんまに火が——」

「火付けか。くそっ」

江戸でも火付けは多いと聞くが、京でも同様であった。人の数では江戸に軍配が上がり、その中に含まれる不埒な者も多かろう。しかし江戸には南北町奉行所、目付や寺社奉行、極めつけに火付盗賊改方という火付けの取り締まりに特化した集団がいる。未然に防がれていることも多々あろう。それに比べて京は京都所司代と東西町奉行所のみ。その人員も江戸よりも遥かに少ない。

「陸、豊太郎を頼む。着替えて、先に逃げろ」

「はい」

季節は秋に移ろい始めており、これからの京は底冷えする。寝間着だけで暫くいるのは大層応える。まだ着替えるくらいの時はあると見た。

豊吉は廊下に飛び出ると、雨戸を勢いよく開け放った。

「あかん。燃え移り始めとる」

一瞬のうちに火明かりが室内の闇を払う。隣は業火に包まれ、すでに自宅の一部にまで火が移っている。隣家の家財は置きっぱなしになっており、それも含めて買うつもりだった。燃える物はわんさとあり、しかも人が住んでいないのだ。ここまで火が回るまで誰も気付かなかった。

「陸！　急げ！」

「はい！」

豊吉が大声で叫ぶと、寝間のほうからすかさず返事が来る。

「旦那様、どないしましょう」

奉公人の顔が紙のように白いこともようやく分かった。

「何を悠長なことを。まずは銭や。その次に筆を」

「でも、皆来るかどうか……」

奉公人は九人いるが、住み込みはこの一人だけ。他は皆が通いであった。少し離れたところに住まっているため、気付かぬか、気付いても駆け付ける保証も無い。

「言うてても始まらん。急ぐぞ」

刻一刻と熱さが増しており、視界も悪くなっている。家に染み付いた臭いが、一気に解き放たれたかのようで、鼻の奥にも痛みを感じた。豊吉は額の汗を拭いつつ帳場に向かった。

金は千両箱に半分ほどと手文庫に少々。近頃、一級品の筆を仕入れたばかり。これを失うのは痛手だが、金さえ持ち出せば何とか再起することも出来るだろう。

二人で千両箱を表に担ぎ出す。高倉通はすでに逃れてきた近所の者や、野次馬たちでごった返していた。

「どいてくれ！」

豊吉は歯を食い縛って千両箱を運び、通りの脇に置いて振り返った。隣の家の炎はなおも大きくなり、隙間という隙間から濛々と煙を噴き出している。

「遅いやないか……」

寝間着から着替えて逃げ出すだけ。それなのにお陸は何に手間取っているのか。炎に呑まれつつある隣家からぎりぎりと鈍く軋む音がした。

「あのどけち夫婦が。だから修理しとけ言うたのに」

　死んだ老夫婦は近所でも吝嗇で有名であった。家のあちこちが傷んでおり、豊吉も修復を勧めたものだが、己たちは老い先短いからと受け入れなかった。それでいてしっかり金は貯めており、死後に二百両ほど隠し金が出て来たらしい。あの世に金を持っていける訳でなし、人とはおかしなものである。

　急かしに戻ろうとした次の瞬間、轟音が鳴り響く。火に嚙み切られたのか、隣家の柱が折れて大きく傾いたのだ。

「陸！　豊太郎！」

　屋根もすでに炭のように脆くなっていたのだろう。雪崩れてきた隣の瓦が自宅の板壁を突き破り、中に炎を纏った木端が降り注いだ。寝間と表を繋ぐ廊下の位置である。丁度渡っていたならばただでは済まない。陸と豊太郎がまだ出ていなかったとしても、逃げ道を塞がれた恰好だ。

「お前はここにおれ！」

　人々の悲鳴が重なり辺りが騒然となる中、豊吉はそう奉公人に命じて一人で戻ろうとした。無数の火種が放り込まれたのだ。我が家から煙が噴き出したかと思うや否や、わっと火の手が上がった。

顔を腕で覆いながら中に飛び込んだ。すでに煙が充満しており、一間（約一・八メートル）先も見通せぬほど。

「陸！　豊太郎！　どこにいる⁉」

炎はあちらこちらに嚙みつき、凄まじい勢いで広がっている。黒白の煙が絡み合うようにさらに充ちていき、あまりの悪臭に鼻が曲がりそうになる。

「あんた！」

奥から声が聞こえた。幸か不幸か、二人はまだ寝間から出ていなかったらしい。豊吉は手探りで奥に突き進み、廊下に出た時に豊吉は戦慄した。割れた瓦や、ささくれ立った材木が山のように散乱している。それを乗り越えるだけでも一苦労だが、材木に纏わりついた炎が、壁や天井にまで回りつつあるのだ。

「大丈夫か⁉　何してんねん。早よ逃げろ言うたやろ！」

煙は容赦なく目や喉を突き刺す。止めどなく流れる涙を拭い、焼けるような痛みに耐えながら豊吉は叫んだ。

「煙を吸い込んで、豊太郎の発作が」

「くそっ！」

豊太郎は生まれつき胸が弱く、埃っぽい部屋だと咳が止まらなくなる。煙でそうなることなど、落ち着いて考えればすぐに判りそうなものだが、この切羽詰まった状況にすっかり頭から抜け落ちていた。

「炎は⁉」

「はい。まだこっちに炎は――」

微かに聞こえるお陸の声が詰まり、その直後に激しく咳き込む。この煙では息をするのも難しい。

「屈んで待て！　助けを呼んで――」

この瓦礫を除かさなければ助けられない。己一人の力ではどうしようもなかった。豊吉も煙を吸って激しく噎せ返った。喉に激しい痛み、掛矢で殴られたように頭がふらつき、豊吉は膝を突いてえずいた。火事の煙には毒が含まれていると、火消の若い衆が言っていたのを聞いたことがある。

「待ってろ……必ず戻る」

豊吉は歯を食い縛って立ち上がった。己が戻らないため、奉公人は諦めて逃げ出したかもしれない。

――舐めていた。

炎のことである。隣家が燃えているのは確かめた。寝間着を着替える程度の時はあると見たのだ。だがその甘さがこのような事態を招いてしまった。共に着の身着のまま逃げ出せばよかったと後悔するが、もはや後の祭りである。

「熱っ――」

熱波が正面から吹き付け、思わず腕で顔を隠す。家の中を焔が生んだ風が駆け巡っている。豊吉は腰を曲げながら何とか外に飛び出した。

「誰か！　助けてくれ！」

「無事か⁉」

近づいて来てくれたのは、近所に住まう幼馴染の里三郎。化粧道具を売る商いの五代目である。

「女房と倅が……瓦礫で廊下が塞がれている。除かさな逃げられへん！」

「豊吉、あかん……」

里三郎が腕を思い切り引いた時、入口から炎が噴き出した。

「戻らな、陸が！　豊太郎が！」

豊吉は腕を振り払おうとするが、里三郎は強く摑んで放さない。

「飛び込んだらお前まで死ぬぞ！」

「それでも――」

「素人じゃ無理や。火消に任せろ！」

「そんな悠長なこと……どこに火消がおんねん⁉」

豊吉は里三郎に顔を寄せて喚いた。唾が飛散して顔に掛かったが、里三郎は拭うこともせず首を横に振る。

「そんな……火消は……火消はどこや⁉」

京の火消は武家が務める常火消と、店が金を出し合って町ごとを守る町火消の二種類だけ。常火消はこの広い京をたった四家で守っている。また町火消は江戸に比べれば規模も小さく、店を守る店火消の延長ほどでしかない。

折からの強風と、隣家が崩れたことで尋常でなく火の回りが早いが、まだ出火からそれほど時は経っていない。冷静に考えれば到着しなくて当然である。

「誰か！　俺と一緒に戻ってくれ！」

豊吉は悲痛な声で野次馬に訴えかける。しかし、どの者も曖昧な表情で顔を背け、はかったように一歩後ろに退がる。

「くそ……くそ、くそ！」

豊吉は手を振り払うと、一人で赤に染まりつつある我が家に戻ろうとした。

「待て、みすみす死ぬだけや言うてるやろ！」

里三郎はすかさず腰にしがみ付いてきて、嗄れた声で縋るように言った。

「うるさい！　放せ！」

里三郎を引きずるように一歩踏み出した時、野次馬の中から声が上がった。

「火消や！」

はっとして振り返る。野次馬の視線の先に、こちらに駆けてくる集団が見えた。先頭を疾駆してきた男は手に短い鳶口を握り、武家しか使うことが許されない刺子の火消羽織を身に纏っている。そのことから彼らは常火消であると判った。

「竜吐水を用意せえ！　この家はまだ崩せる。もう一軒向こうを濡らすんや！」

火消が鳶口で指したのは我が家である。燃えている家は放置して、その両隣を壊すのが常套である。しかし火消は腕に余程自信があるのか、すでに火が回りつつある己の家を崩し、そこで炎を止めるつもりらしい。

「中にまだ人がいるんです！」

豊吉は縋るように火消に言った。火消たちが騒めく中、指示を出していた火消が近づいて来た。どうやらこの男が頭であるらしい。

「ここのもんか」

「はい。隣が崩れて、瓦礫が廊下を塞いで出られへんのです！」

「何人や」

「二人……女房と、倅が」

「御頭、もう……」

町人であろう。半纏を着た配下の鳶が小声で囁く。

「火元は隣や。貰い火なら外から燃える。中は煙でえらいことになっとるやろが、火は回りきってへんはずや。まだいける」

頭は火元がどこか一見して看破し、しかも救い出せると断言した。その頼もしい一言に豊吉は躰を震わせて膝を突き、拝むようにして頼んだ。

「お願いします。助けて下さい……お願いします」

「水と半纏！」

頭は配下に半纏を脱がせて受け取ると、それを桶の水に浸し、残りを頭からざぶんと被る。そして豊吉の肩にそっと手を当てて訊いた。

「二人の名は？」

「陸と、豊太郎です」

「分かった」

近づいて気付いたが、口の周りには無精髭(ぶしょうひげ)が生(は)えっぱなしになっている。火消羽織も長年の汚れが落ちていないのか煤(すす)けており、お世辞(せじ)にも身形(みなり)が立派とはいえない。それに幾(いく)ら京住まいとはいえ、武士は上方訛りを使わない。武士というよりは俠客(きょうかく)といったほうがしっくりくる。

頭は配下に向けて下知(げじ)を飛ばした。

「竜吐水で耐えて、俺が出たらすぐに潰す支度(したく)をしとけ！」

「応(おう)!!」

配下も頭を信頼しきっているのか、即座に応じて支度に入る。

「任せとけ。必ず救う」

頭は大きく息を吸い込むと、鳶口を片手に炎が纏わりつく入口に飛び込んでいった。火消たちは手際(てぎわ)よく竜吐水を展開し、炎が跋扈(ばっこ)する我が家に水を放ち始めた。炎は天敵の出現にやや怯(ひる)んだように見えたが、水だけで消し止めるのは素人目に見ても無理だと判った。頭が二人を救い出すまでの時を稼ぐのだろう。

「野次馬は退(ど)け！　邪魔や！」

火消とはもともと柄(がら)のよい者たちではないが、この者たちは一等悪く見える。野次馬を押し退けて道を作ると、手桶(ておけ)や玄蕃桶(げんばおけ)を携(たずさ)えた鳶たちが行き来する。

「お陸……豊太郎……」

豊吉は頰を撫でる熱波も気にせず、膝を突いたまま入口を凝視した。

「心配無い」

肩を抱いて里三郎が言った。

「お前さっきは……」

「ああ、素人には無理や。でも火消が来た」

「あかん。いくら火消でも――」

頭らしき男の言葉に一度は安堵した豊吉だったが、濛々と煙が噴き出しているのを見れば、火消でも救い出すのは容易くないと思い直した。ならばたとえそれで死ぬことになろうとも、己も二人の元へ行きたい。その衝動に駆られて立ち上がろうとしたが、里三郎がぐっと肩を押さえつける。

「心配ない。あの人はただの火消やない。都一の火消や」

声に力が籠っている。里三郎は火消の正体を知っているらしい。

これほど時が長く感じたのは初めてのこと。豊吉は両手を合わせて額に当てて下唇を嚙みしめた。明日この身が果ててもいい。だから二人をどうか助けて欲しい。祈る相手は神か仏か。いや、先ほどの火消頭の精悍な顔を思い浮かべて心中で頼み続けた。

「おい！」

里三郎が肩を激しく叩く。

「あ……」

火消頭が出て来たのだ。右手で鳶口を持ったままお陸の腰を支え、左手で豊太郎を抱えている。豊太郎は半纏で包まれ、何とお陸には自らが着ていた火消羽織を肩に掛けさせている。

頭は木綿の着物一枚。その肩にはちろちろと火が揺れている。それでも怯む様子は微塵も見えない。引き締まった頭の顔は阿修羅を彷彿とさせ、しかと地を踏みしめてこちらへと歩を進めて来る。

「二人とも無事や！」

火消と野次馬の歓声が一つになって京の夜空に立ち上った。強張っていた躰が緩み、豊吉は歓喜に顎が激しく震えた。これまでの一生分と同じほど涙が溢れて頰を濡らした。

「主人、内儀さんを」

頭が力強く頷き、豊吉はお陸を抱き支えながら礼を言う。

「ありがとうございます……」

「あんた……」

腕の中のお陸が、睫毛を震わせながら口元を微かに綻ばせた。顔中にべったりと煤がこびりついている。

「すまん……すまん」

豊吉は嗚咽を封じ込めるように唇を絞り、お陸の躰を強く抱き締めた。

「内儀さんは覆いかぶさって坊を守っとった。火傷はしとるが命に差し障りは無い。うちのもんに手当をさせる」

「はい」

豊吉は一向に止まる気配の無い涙を拭いつつ頷いた。配下の火消がお陸を引き取り、頭から水をゆっくりと注ぐ。火傷に対しては一にも二にも冷やし続けるのが肝要だという。

「立てるか？」

「うん」

頭は抱きかかえた豊太郎に尋ねると、そっと地に降ろした。

「坊、よう頑張ったな。泣かんと偉いで」

頭は豊太郎の頭をぐしゃりと撫でた。豊太郎の目に憧憬の色が浮かんでいる。大人の豊吉でも見惚れるほどの男振りである。子どもから見れば講談の豪傑が飛び出してきたように映るに違いない。

片笑んだ頭は身を翻すと、鳶口を肩に、水を浴びせ続ける配下に向けて叫んだ。

「そろそろ行けるか⁉」

「頭、肩に火が！」

「あ、ほんまや。熱い思たんや。おい、誰か――」

頭が言いかけた時、横から水が飛んで来た。配下の一人が手桶の水をぶちまけたのだ。

「これでよろしいですか？」

「声かけてからやれや。阿呆」

頭は顰めた顔を両手で拭った。先ほどまでの形相とは打って変わり、目を細めて悪童のようにふてくされている。火事場にありながら、配下の何人かは噴き出している。

「よっしゃ、行くぞ！」

「待ちくたびれました」

半纏を着た鳶の一人が嬉々として応え、何人かが鳶口を手に携えて揚々と破壊の支度に入る。

「豊吉」

里三郎は目に涙を湛えて手を握ってきた。

「お前の言うた通りやった。凄い御方や……あの人は？」

「淀藩常火消や」

「あれが……」

淀藩常火消の鳶の中に客が何人かいる。煙には毒が潜んでいると教えてくれたのもその者たちである。そんな彼らがいつも口にしている。粗野で大酒呑み、武士の品など微塵も無い浪人が、いきなり火消頭に抜擢された。初めは胡散臭いと思って、渋々と指示に従っていたが、何度か火事場を共にしてその認識が間違っていると判った。あれほどの火消は天下広しといえどもそうはいないと。

「蟒蛇……野条弾馬」

思わず口を衝いて出る。肩に鳶口を背負うようにし、火焔を睨みつける弾馬の背を豊吉は眺めた。声が耳に届いたか、弾馬は首だけで振り返って答える。

「おう、退がっとけ。すぐに消える」

「ありがとうございます。この御恩は忘れません」

「酒を奢ってくれたら忘れてええで」

弾馬はちょいと手を掲げ、軽やかな語調で返した。

「何升でも、何斗でも」

「やる気が出た。よし……支度が整ったな」

弾馬は笑みを残して再び前を見据えると、鳶口を振りかぶって雷鳴の如き号令を発した。

「淀藩常火消、呑み干したれや!!」

淀藩常火消は天地が裂けんばかりの喊声を上げ、業火に向けて突貫する。弾馬は自らも炎に肉薄して最前線で指揮を執った。真に講談から抜け出してきたかのような豪傑。その雄姿に胸が高鳴る。まだ己にも幼心が残っていたかと、豊吉は躍動する弾馬の背を見つめた。

第一章　緋鼬(あかいたち)

一

喧(かまびす)しい蟬(せみ)の鳴き声に包まれ、新庄藩火消頭取(しんじょうはんひけしとうどり)・松永源吾(まつながげんご)は軒(のき)下で団扇(うちわ)を片手に空を見上げていた。片膝(ひざ)を立てて、残るもう一方の脚を放り出す恰好(かっこう)。襟(えり)を開いて汗ばむ胸元を露(あら)わにして、団扇で風を送り込む。

「暑い……」

昨夜の深い時刻に芝(しば)で小火(ぼや)があって出動し、昼前まで残り火が無いかと丹念(たんねん)に調べた。本日は非番だったが、半日が潰(つぶ)れたことになる。せめて夕刻まで眠って躰(からだ)を休めようと、布団(ふとん)に倒れ込んだのだが、僅(わず)か一刻（約二時間）で目覚めてしまった。戸という戸を全て開け放っていたが、風が全く吹き込まず蒸(む)し風呂のような暑さだったのである。

そこからずっと縁(えん)に出てこの調子であった。見上げた空には薄い雲が掛かっており、その向こうでこれでもかと陽が暴れている。風は凪いでおり、拭いても、拭いても脂汗がじっとりと滲んでくる。所謂、油照という天気だ。

こう暑くては煙草も呑めない。嗜まない者は、気候などは関わりないだろうと言うかもしれないが、少なくとも己にとってはそうではない。夏の暑い日の煙草はまずい。反対に最も美味いのは、自らの白い吐息と紫煙が混じる冬の季節。特段話したことはないが、煙草を喫む者ならば大半がそうではないかと変な自信がある。

「来い」

源吾は空に向けて呼びかけた。

四半刻（約三十分）ほど前から、薄雲を押しのけるように、灰色の雲が流れてきている。このままいけば一雨来そうだと、源吾は祈るような思いで空を見上げていた。

己も火消であるため、一応は空も見るし風も読める。加持星十郎が加入するまでは風読みも担っていたのだ。

「おい、来ないのか……？」

先ほどよりも灰雲の押しが弱くなっている。最近では星十郎にすっかり任せきりで、己が空を見ることは殆ど無い。故に、読みが甘くなったのではないかと不安になった。

「お独りで何を？」

声がして振り返ると、息子の平志郎を抱いた妻の深雪が怪訝そうな顔で見つめている。父に似たのか暑がりの平志郎も、髪が張り付くほど額に汗が滲んでいた。

「む……雲にな。一雨来そうだから、早く来いと……」

独り言を聞かれていたと思うと、急に恥ずかしくなって小さな声で答えた。

「昨日もこのような天気でしたが、雨は降りませんでしたよ？」

深雪も顎を突き上げて天を仰ぎ見た。

「甘いな。昨日とは似て非なる空だ」

「なら洗濯ものを取り込まないといけません。外れたらどうします？」

深雪は悪戯っぽい眼差しを向けて来た。

「夫に賭けを持ちかけるな」

源吾は団扇を一層強く扇ぎつつ苦笑する。

「小谷屋の干し芋、三十切れ」

っている。

「まだ夏真っ盛りだぞ」

秋に収穫された芋を干して作るため、干し芋が店先に並ぶのは冬が相場と決まっている。

「今年の冬の分です」

深雪がくすりと笑う。訳が解っていないだろうが母が笑みを見せたからか、平志郎も甲高い声で笑った。

今回に限らず、深雪は先の話をすることが多い。来月は皆にこのような鍋を振る舞う、次の秋には平志郎を連れて紅葉狩りに出掛けよう、己の着物がくたびれたので来年には買い替えようなど、鬼の笑うような話までする。

火消は泰平の世にあって最も死に近い御役目である。源吾も火事場に出る度にそれを感じていた。過日、明和の大火の下手人たる狐火・秀助を模倣した火付けが出た折にも、瓦礫に埋もれた新米鳶の慎太郎を救うため死を覚悟した。そんな極限の中でもふと、

――深雪と約束していたな。

と、思い出すことがあるのだ。すると死を受け入れかけていた躰に力が漲り、最後まで諦めぬと心が奮い立つ。火消は常に死と隣り合わせであるからこそ、明

日を胸に抱いていなければならないのかもしれない。賢い妻である。意図して話していると源吾は感じていた。

「よし、いいだろう。降らなければ小谷屋の干し芋三十切れだな」

源吾は団扇を掌に打ち付けて頬を緩めた。

「ふふ……期待しています」

「俺が勝ったらどうする？」

己が負けた時のことばかり話しており、勝った時のことが決まっていない。

「干し芋三十切れでよろしいのでは？」

「いや、俺はそんなに食わねえよ」

「じゃあ、国分で」

「お、いいな」

薩摩産の最高級刻み煙草の銘柄である。源吾は験を担ぐということもあり常陸産の「水府」を用いている。国分はその価格の三倍ほどもして、なかなかに手が出ない。

「よし、俺は勝つぜ」

源吾は団扇で平志郎に風を送りつつ口元を綻ばせた。

「本当に？　変えなくてよろしいのですか。今ならまだ変えられますよ」

　己の見立てが不安になっていたところ。深雪が煽るように言うので、源吾は掌を突き出して天を見上げた。

「待て」

「いつまで待ちましょう」

　深雪はこの会話を楽しんでいるように笑みを崩さない。

「うーん。もう少し……」

「ならば、私が決めてもよろしいですか？」

「解るのか？」

　源吾は眉を寄せて首を捻った。

「あの手この手で答えを出してもよろしいのであれば」

「ほう……いいだろう。やってみろ」

　いくら深雪が賢しいとはいえ風読みは素人。判るはずがない。降るか降らぬかの二択ならば、深雪に選ばせてやるのが筋かもしれない。

「もうほんの少しだけお待ちを」

　深雪はそう言って平志郎をあやし、空を見上げる訳でもない。山勘で当てようというのか。

　その時、半鐘が鳴り響いた。これは火事半鐘ではない。時刻を告げるもの。打たれた数は七回。いわゆる夕七つ（午後四時）で申の刻になったことを示している。

「私の勝ちです」

「え……」

　深雪がいきなり勝ち名乗りを上げたので、源吾は眉を顰めた。

「お邪魔致します」

　鐘が鳴り止むと同時に、玄関のほうから聞き覚えのある声がした。

「どうぞ。入って下さい」

　深雪は玄関に向けて返答すると、こちらを見て不敵な笑みを見せた。

「申の刻に御約束していたでしょう？　きっちり刻限通りに来られる方と」

　新庄藩火消は無頼であるが時刻だけには厳しい。これは他の火消も同様で、ほんの少しの遅れで人の命を救えないことがあるからだ。

　中でも約束の時刻に絶対に遅れない男が二人。一人は新庄藩御城使で真面目一徹の折下左門。もう一人の男こそ、先ほどの声の主である。

「ず、ずるいぞ！」

憤慨（ふんがい）の声を上げた時、ひょっこり深雪の後ろから赤髪の男が顔を見せた。星十郎である。

「何の話ですか？」

星十郎は顎に手を添えた。

「星十郎！　駄目（だめ）だ」

「え？」

「星十郎さん、これ降ります？」

深雪は空を指差した。

「降りますね。あと四半刻……」

「降るほうに賭けます」

星十郎が即答すると、被せるように深雪が源吾に宣言した。源吾は眉間（みけん）を指で摘（つま）んで、生温かい溜息（ためいき）を吐いた。

「ずるくねえか……」

「あの手この手で答えを出すと申し上げたはずです」

全て深雪の術中に嵌（はま）ったことになる。この頭の回転の速さには一生太刀打（たちう）ちできそうにない。

「でも国分は買いましょう」

賭けには負けたはずなのに、深雪が穏やかに言うので源吾は顔を覗き込んだ。

「一年か」

「はい」

源吾はようやく意図を察して短く言い、深雪もまたそれだけで頷く。

「国分を呑んでおられたな」

先代長谷川平蔵が吸っていた銘柄こそ国分であった。その平蔵が死んで丁度一年の夏なのだ。

「はい。お墓参りに行きましょう」

深雪が本当に話したかったのは、このことだと気付いた。ここのところ、頭取並・鳥越新之助の騒動があったり、その後の処理に追われていたりと、中々足を向けられずにいた。本日も星十郎から相談があるとのことで、家を空けられなかったのだ。忘れていた訳ではないが、深雪も気に掛けていてくれたのだろう。やはり己には過ぎた妻だと改めて思い、源吾は口を結んで頷いた。

深雪は微笑みを残して一度奥に引っ込むと、二人分の麦湯を持ってきてくれた。

「では、星十郎さんごゆっくり」

深雪が去った後、星十郎は話の流れが読めたようで苦く笑った。

「教えてはまずかったですかね？」

「いいや」

源吾は今にも一雨来そうな曇天を見上げた。

「ご家族水入らずのところ、時を取らせて申し訳ありません」

星十郎は改まった口調で言った。

「丁度、俺もお前に話したいことが出来た」

「え？」

「まずはお前の話を聞かせてくれ」

源吾は団扇を拾い上げて再び扇ぎ始めた。星十郎は、と横を見たが、汗を掻いているどころか肌もさらりとしている。そのような体質なのだろう。

「単刀直入に申し上げます。お暇を頂きたいのです」

「なに……そりゃあ、うちを辞めるということか？」

「いや、ほんの半年。いや数カ月かもしれません。行かねばならないところがあるのです」

源吾は振り返って、近くに深雪がいないことを確かめた。あまり聞かせたくない話を口にしようとしている。

「土御門か」

声を落として言うと、星十郎はゆっくりと頷いた。この土御門家と星十郎には浅からぬ因縁がある。

土御門家は公家の一家で、いわゆる陰陽師の家柄である。先祖の著名な者を一人挙げるとすれば安倍晴明だろう。その土御門家は代々暦の編纂を担っていたが、中国の暦を模倣してきただけで、この国の実状には合わず、大きなずれが生じていた。

暦は重要である。これが狂えば、田植えの時期が狂い、収穫にも大きく影響を及ぼす。この数百年間で幾度となく飢饉があったが、そのうちの何割かは暦のずれから起こっており、そういう意味では人災とも言える。かつて星十郎はそう語っていた。

幕府は朝廷の暦が杜撰であるとし、土御門家の門徒だった渋川春海を引き抜き、新たな暦を編ませることにした。春海はこの国に合わせた大和暦を編み出した。この貞享暦はそれまで土御門が作っていた暦よりも遥かに実際に即しており、幕府はそれをもって暦の編纂権を朝廷から奪い取ることに成功したのである。

「しかし、土御門に編暦の主導権を再び奪われた、御頭はご存じですね」

普段、感情をあまり顕わにしない星十郎であるが、この話題だけは違う。言葉の中に抑えきれぬ怒りが滲み出ている。

土御門家の当主は泰邦と謂う。陰陽頭になった時から、暦を奪い返そうと動き始めた。幕府に要請して春海の甥の子で幕府の天文方頭を担っていた、渋川則休を京に呼び寄せた。そこから何と数月に亘って、暦の大論争を繰り広げたのである。

泰邦は初めから相手が折れるまで、話を終わらせるつもりはなかった。則休は敵地で神経を衰弱させ、日に日に弱っていったという。一度は桜町上皇の崩御により江戸に帰ったが、京での消耗が祟ったか、三十四歳という若さで亡くなった。

後を弟の渋川光洪が継いだが、天文の知識が未熟だったこともあり、この時に遂に土御門家に屈服。暦の作成権を奪われて、大して変哲もないどころか、貞享暦よりも劣る宝暦暦が発布されることとなったのだ。この光洪も明和の大火の前年、源吾と星十郎が出逢った翌年の明和八年に他界している。

「親爺……いや、孫一は二人の兄だったな」

宝暦十二年（一七六二）の春。源吾がまだ飯田町定火消の頭を務めていた若い頃、新規に鳶を募ったことがある。その時に孫一と謂う、初老の男が応募してきた。他の応募者が嘲笑を押し殺している中、源吾も流石に厳しいのではないかと思いとどまるように勧めた。しかし親爺は、

「ご覧の通りの老軀。屋根にも上れず、柱も折れぬが、ちとこれには自信がございます」

と言って人差し指を舐って掲げ、呵々と大笑してみせた。

源吾も若かった。怖いもの見たさで雇ってみたところ、一月も経たずして、

――これはものが違う。

と思うに至った。親爺の風読みは百発百中だったのである。この技をどこで身に付けたのかと問うても、親爺ははぐらかすのみ。後に知ったことだが、孫一は三代目天文方渋川敬尹が南蛮人の女に一目惚れして生まれた子であった。幕府が南蛮との交流を極めて限定している中、天文方の渋川家が南蛮人の妻を娶ること

などは出来ぬ。

孫一は庶長子で、渋川則休、光洪の兄にあたりながら、門弟として渋川家で養育された。しかし歳を重ねて机上の学問だけでは誰も救えぬと家を飛び出した。そして御徒士の「加持家」の株を買って、己の学問を民に役立てることのみに力を注いだ。源吾の元にやってきたのも、己の風を読む力を最も生かせるのは、火消ではないかと考えたからだったらしい。

孫一が市井の天文家として生きていた頃、幕府は土御門家から再再度、編暦の奪還を図っていた。それを担っていたのが、天文方の山路連貝軒という男。源吾も面識があり、度々世話になっている。

山路は暦の論争には、天文に精通した孫一の力が必要だと痛感して助力を請うた。孫一は初めこそ渋ったものの、民を飢饉の苦しみから解放したいという訴えに心を打たれ、共に上洛することを決めた。

「少しばかり野暮用が出来てしまいました」

と、孫一が源吾に松平家を辞すことを申し出たのもこの時のこと。当時は源吾が幾ら訳を訊いても、孫一は教えてくれなかった。

孫一が土御門と対決することはなかった。上洛の途中、近江守山宿で火事に巻き込まれたのだ。孫一は旅籠の人々を助けるために最後まで奔走し、炎に消えていく姿を山路が見たのが最後となった。

「父が逝って、九年が経ちました……」

星十郎は囁くように言うと、顎を持ち上げて天を眺めた。

その孫一の唯一の忘れ形見こそ、源吾の眼前にいる星十郎なのだ。山路連貝軒にその存在を教えてもらい、星十郎を訪ねてから早四年。南蛮人である祖母の相貌を色濃く継いだことで、星十郎は幼い頃から好奇の目に晒されてきた。それが原因で初めは人とのかかわりを極力避けていたが、今では随分と変わってきている。

「そうだな。俺も何度も助けられた」

己にとって孫一は偉大な天文学者ではなく、江戸随一の風読みであった。そしてその遺児である星十郎もまた、孫一に負けぬほどの風読みに成長している。

「話を戻します。その土御門のことで、山路様から力を貸して欲しいと言われました」

「そうか……」

ある程度予想していたが、源吾の胸がとくんと高鳴った。山路の要請、土御門との対峙、京への上洛、己の元からの旅立ち。そのどれを取っても、孫一が死んだ時の状況と似ているのだ。

「暦を奪い返すのだな」

源吾が言うと、星十郎は深刻な表情で首を振った。

「攻め手はこちらではなく、向こうです」

「何……土御門はすでに暦を手にしているのだろう。他に何を要求することがある」

「土御門は、改元の権をも奪還しようとしています」

土御門家の当主は今も変わらずに泰邦である。泰邦の野心は齢六十四を迎えた今でも収まるどころか、余命を思うのかさらに活発になっている。その泰邦がまた蠢動し始めたのだという。

土御門家は暦の編纂のほかに、昔はもう一つ重要なことを担っていた。それが改元である。厳密にいえば元号を改めるように奏上するのは、もっと上位の公家。だが暦と元号は切り離せないものであるため、土御門家が絶大な発言力を有していた。

徳川家は江戸に幕府を開いて間もなく、朝廷の力を削ぐため、公家の権をどんどん奪っていった。その中には改元もあった。たかが元号というかもしれぬが、改元によって世の暗さを払拭し、明るく希望に満ち溢れた気分が広がる。この国の民の心、いや、もっと深層に深く刻まれている何かが、そうさせるのだろう。それを朝廷のためでなく、幕府は自らのために使いたいと考え、その実質の権限を奪い取ったのだ。

「土御門は今秋かなりの不作になると吹聴し、民心を寒からしめています。幕府がそれを咎めようとしたところ、ならばそのことについて幕府天文方と議論したいと……」

「初めからそれが目的だったか」

源吾は政のことは解らない。一緒にするのは憚られるが、これは朝廷と幕府の喧嘩とも見ることが出来る。これまでの土御門のことを知れば、かなりの喧嘩上手と思われる。ならばこれも向こうの老獪な罠だろう。

「その通り。不作を避けるためにと、急ぎの改元を要求しています」

「大きく出たな」

「はい。そもそも今年は不作ではありません。豊作というほどではありませんが、例年並みと言ってよいでしょう」

星十郎の見立てでは、このところの暑さも間もなく落ち着くという。暑い日が一月も続けば米の出来高にも大きく影響を及ぼすが、今年はまだ十日ほど。例年と比べても決して多いとはいえない。これは山路の見立ても同様であるらしい。さらに幕府は各地で米の様子を調べさせたが、どの地域の稲穂の実りも特段悪くはない。

「幕府はその見立てを土御門に示し、鼻を明かしたいと考えています」

幕府としてもここで、土御門を叩いておきたい。そうすれば改元などと、二度と口には出せぬように釘(くぎ)を刺すことが出来る。加えて暦編纂を奪い返す、大きな足掛かりにもなろう。だが天候は時に人の想像を超える。それは星十郎をもってしても読み切れぬ部分があるという。

「なるほど……それで山路様とお前か」

源吾は話の筋が読めてきた。

幕府は天文方を出してもう負ける訳にはいかない。負ければ暦を取り戻すことがより困難となるためである。だがこれが天文方ではなく、それ以外の役人だったならばどうか。勝てばそのまま幕府の力を示すことが出来、負けたとしても、

――天文方ではない故、仕方がない。

と、言い逃れすることが出来る。そして役人の中に天文に通じた者を混ぜればよい。

山路はこのような局面が必ず来ることを予見していた。その場に出るためには己が天文方であってはならない。辞めたとしても元天文方という肩書は残る。山路が考えた苦肉の策は、

――死んだことにする。

というものであった。そのために偽の葬儀まで挙げる徹底ぶりである。山路はかつて暦を取られた論争の場にいた。そのことを今でも悔やみ、思い出して涙を浮かべていたのを覚えている。執念が山路をそこまで駆り立てたのだろう。山路は今回、井原という別人として参加することが決まっている。

そしてさらに勝利を盤石にするため、星十郎の力を借りたいと言うのだ。星十郎は新庄藩の一藩士。身分としては陪臣であるため、仮に負けたとしても大勢には影響無い。

幕府と朝廷、暦を巡り、何代にも亙って繰り広げられてきた抗争である。その中で非業の死を遂げた孫一、その無念を晴らそうとする二人を思えば、源吾としても止める訳にはいかない。

「解った。ただし条件がある」

「はい。何でしょうか」

「必ず戻って来い。何があってもだ」

孫一が志半ばで果てたことを思い出している。それに星十郎も気付いており、暫し無言の時が続いた。

「分かりました。お約束致します。出発は十日後を考えて……」

源吾は手を挙げて制した。

「いや、三日後だ」

「え？」

何故、源吾が出立の日を決めるのか、星十郎といえども解るはずがない。怪訝そうにしている。

「話したいことが出来たとさっき言ったな」

「はい。今からお聞きしようと……」

「お前は人気者だ。他からも指名が入っている」

源吾は懐から一通の文を取り出した。星十郎は要領を得ないようで、髪と同様、赤み掛かった眉を寄せている。

二

下午、出動から帰って新庄藩上屋敷の教練場で解散となった後、家に帰る前に藩邸に上がった。頭取である己は火事場での様子を藩に報告せねばならないのだ。応対したのは次席家老の児玉金兵衛である。胆力のある家老の北条六右衛門と異なり、金兵衛は些か気が小さい。顔を合わせて話し出す前に、枕詞のように何も問題は無いかと訊き、眉を八の字にする。

新之助が火付けの下手人と疑われた時など、ずっと胃の腑の痛みを訴えていた。それでも、

「あの鳥越が火付けなどするものか。問題を起こすならもっと別の種だろう。いや……有り得るのか……」

などと、一応は新之助のことを信じていてくれた。この辺りが金兵衛の憎めぬところである。報告に現れた源吾を見るなり、金兵衛は泣きそうな顔でいきなり言った。

「何か問題を起こしたな」

「え？」

「淀藩よりお主に文が届いておる。さては殴ったな。いや蹴ったのか」

「いえ、淀藩とは揉めていませんが……」

「淀藩とは、と言ったな！　どこと揉めた⁉」

　金兵衛は聞き逃さずに食いついた。口を滑らせたことに気付き、源吾はこめかみを掻く。

「今治藩です。水場を巡ってのほんの些細な喧嘩です。すでに向こうとは話を付けています。後は……」

「後は⁉　ほ、他にもあるのか？」

　金兵衛が大袈裟に目を見開くのが滑稽で、問い質されている立場ながら、源吾は思わず口が緩みそうになるのを耐えた。

「町で食い逃げがあって、誰かそいつを捕まえてくれと主人が追いかけていたらしいんです」

「ふむ……」

　その話がどうして火消同士の揉め事になるのか。金兵衛は話が読めずに眉間に皺を寄せた。

「うちの鳶がそこに居合わせまして」

源吾の近習を務める銅助、壊し手で寅次郎の配下の和四郎がたまたまそれを見かけた。主人に先んじて、こちらに向かって走って来る男が二人。一人目に和四郎が足払いを掛けて転ばせ、二人目に銅助が飛び蹴りを見舞って両者を取り押さえた。

「よい話ではないか」

金兵衛はほっと胸を撫でおろした。

「一人目が食い逃げ野郎で、二人目はそれを追いかけていた町火消だったんです」

「馬鹿者……どこの組だ。詫びたのか？」

町火消というからには町人である。それでも金兵衛は武家が相手の時と同じように反応する。そのあたりがこの男の好ましいところである。相手を脳裏に思い浮かべると、源吾は自然と笑ってしまった。

「あ組の頭、晴太郎という男です」

すぐに誤解だと解って、銅助は詫びを入れた。晴太郎は食い逃げが捕まったのだからそれでいいと鷹揚な態度だったらしい。しかし銅助らが新庄藩火消だと知ると、お前らが間違ったのは仕方ないが、あいつは許さんと息巻いて立ち去ったという。源吾は苦笑しながら付け加えた。

「あいつというのは俺のことです。同期で何かと張り合ってきやがるもんで」

「詫びに……」

「心配ありませんよ。明日になれば忘れている馬鹿なんで」

古馴染みだということで、金兵衛もようやく納得して溜息を零した。

「お主らを見ていると、胃の腑がきりきりと痛むわい」

金兵衛は鳩尾のあたりを押さえた。

「で、淀藩というのは？」

「何も心当たりはないのだな。淀藩の使者は京からだと申していた」

「どうやって京で揉め事を起こすんです」

淀藩とは、山城国に本拠を置く藩である。

「確かに。だがお主たちなら、何があってもおかしくないと思うてな」

「淀藩、京……あいつか。封を開けても？」

「構わぬ」

金兵衛は内容が気になっているようで、むしろ望むところといった様子である。文は糊でしっかりと封じられている。源吾は抜いた小柄で封をゆっくり開いた。

「何と書いてある……」

金兵衛が首を伸ばすので、見えるように躰をずらしてやった。二人並んで文を読むという恰好である。

「これは……」

文の主は源吾の想像の通りであった。淀藩常火消頭、野条弾馬。源吾が先代の長谷川平蔵に請われて京の事件に立ち向かった時に知り合った男だ。その腕もさることながら、炎を恐れぬ度胸に舌を巻いたものである。常に酒甕を片手に持っている酒豪であること、火を呑み込むように消すことから、京では「蟒蛇」弾馬の異名で知られている。源吾が京から帰って以来、文の往来などはなく、これが初めてのことだった。

「星十郎を貸して欲しいと」

「加持を？」

金兵衛は先を読み進めて、あっと声を上げた。

「行かせるのか」

先ほどまでのどこか気の抜けた表情とは一変し、金兵衛は頰を引き締めて源吾の顔を窺った。

「藩のお許しがあれば」

「当家は商品作物の販路を広げ、何とか堪えている」

宝暦年間の飢饉は日ノ本全土の民を塗炭の苦しみに落とした。中でも奥州の被害は甚大で、その中でもさらに新庄藩は目も当てられぬほどの惨状に陥った。飢え死にする者、苦渋の決断で子を売る者など後を絶たなかった。その結果、新庄藩内の民は半数になるほどであった。

新庄藩は幕府に借財を申し入れ、何とか凌いだ。その借金の返済が滞っていたことが原因か、大名家三百諸侯の中で新庄藩主である戸沢孝次郎だけが未だ官位を受けていない。

家老の北条六右衛門は商品作物の栽培を奨励し、さらに自ら江戸に出て販路を切り開いた。それにより新庄藩の財政は持ち直し、藩政も整ったと認められてか、来年末にはいよいよ官位も授かると幕府より内示を受けている。

金兵衛は下唇を嚙みながら続けた。

「あちらには我が藩の蔵屋敷もあり、西国に売り捌く分を収めておる。他人事ではあるまい」

　それが失われると、折角立ち直りつつある財政が大きく傾く。六右衛門の判断を仰ぐ必要はあるが、金兵衛としては、星十郎を送る必要があるなら応じるべきだと言う。

「藩の手形をご用意願えますか」

「分かった。北条殿と諮り次第、用意しよう。学問修業という名目でよいな」

　星十郎の正式な役目は藩の天文方。そこから火消方に出向しているという形を取っている。故に学問修業の手形が妥当だろう。

「星十郎はそれで構いません」

「は……？」

　金兵衛が渋い顔になる。そしてすぐに意味を察し、止めるようにさっと諸手を突き出した。

「待て、まさか」

「星十郎一人では少々不安ですので」

「儂はお主が行くほうが不安だ」

　金兵衛は大真面目で首を横に振る。

「星十郎は頭こそ切れますが、いざ動くとなるとてんで駄目ですからね。あと少しというところで、当家の蔵屋敷が焼けるようなことになっては……」

「それは困る」

金兵衛は目尻を下げて唸り、溜息交じりに言った。

「手形は幾ついる」

「星十郎も含め三つ」

源吾は指を三本立てて、にかりと笑った。

「増えているぞ……」

金兵衛は目を点にして固まる。

「前回、京に行った時と同様、経験の豊かな武蔵を連れて行こうと思います。竜吐水を入れ替えることは御家老もすでにご存じのはず。帰りに京に寄って、その打ち合わせもしたいので」

「分かった。手形の理由を何とする」

源吾がもう決まったような口振りで言うと、金兵衛は拗ねたように返答した。

「名目は御家老にお任せいたします」

「出奔ということにしてやろうか」

金兵衛は意地悪な顔付きになる。勿論(もちろん)、軽口だということは解っている。

「それでは新之助が率いることになりますが？」

「それも困る。もっと問題が起きそうだ」

金兵衛は苦笑しつつ、六右衛門と相談すると腰を上げた。この次席家老とこうして軽口を叩き合えるようになるとは、初めは思ってもみなかった。腰が痛いなどと独り言を零し、去っていく金兵衛の後ろ姿を見ていると申し訳なくなってくる。しかし新庄藩の蔵屋敷に累(るい)が及びそうなのも事実。それほど事態は逼迫(ひっぱく)している。

三

「大坂(おおさか)……」

「ああ、弾馬は大坂にいる」

大坂でとんでもない事態が起きており、弾馬はそれを解決すべく奔走(ほんそう)しているという。しかし事態は思った以上に深刻で、風読みの力が必要と考えた。だが並の風読みでは到底(とうてい)対処出来ないらしく、上方にはそれだけの力がある者は一人もいない。そこで弾馬は江戸から星十郎を呼び寄せることを考えた。

「来てくれるならば、三日後の船に乗って向かってくれと書いてある」

「船の手配まで……淀藩の船ですか？」

「いや、この件は下村殿も一枚嚙んでいるらしい」

そもそも京都常火消の弾馬が大坂にいることが奇異である。事件に大坂の火消も歯が立たず、民はびくびくして日々を過ごしていた。そんな時に大丸傘下の緒方屋という大旅籠が、

――京には凄まじい火消がいる。

と、大坂に滞在していた大丸当主の下村彦右衛門に進言したらしい。そこで彦右衛門は大坂東町奉行に、弾馬を招聘するように働きかけたという訳である。

彦右衛門はそこまでの段取りを付け、江戸に戻って来ていた。

そんな時、新之助の一件が起こった。被害に遭った橘屋も大丸傘下の有力な商家。まだ生きているであろう二人の娘を救うため、橘屋の無念を晴らすため、そして新之助の無実の罪を晴らすため、彦右衛門は大金を用いて陰ながら支援してくれた。その一つが、八重洲河岸定火消である進藤内記を買収するということであった。そしてそれは功を奏し、内記は新之助の逃走を助けたと聞いている。

「下村殿が大坂へ帰る船に乗る」

「拝見しても？」

星十郎は文を受け取ると、それを熟読した。そして文中の一語を指差して見せた。

「大変な事態というのは、これ……」

星十郎は様々な知識を有しているが、火消の用語のすべてを知っている訳ではない。これはかつて新庄藩火消が出くわしたことのない現象であるため、星十郎が知らないのも無理は無かった。

「ああ、滅多に起こるもんじゃあない」

己も火消になって十五年以上経っているが、未だ二度しか見たことはない。それほど珍しい現象である。しかし今、大坂でそれが頻発しているというのだ。

「どのような……」

源吾は呼吸を整えた。思い出しただけで動悸がしてきたのだ。それはかつて己が一度現役を退いたからではない。並の火事に対する胆力は戻っている。だがこれだけはやはり思い起こすだけで恐ろしい。それは己だけでなく、熟練した火消ならば皆が思うことであろう。

「下手すると大坂は壊滅する」

予想を上回る答えだったらしく、星十郎は喉を鳴らして息を呑んだ。

その時である。ぽつぽつと天から大粒の雨が降って来て、地に滲んだような文様が浮かんだ。それはやがて篠突く雨へと変わり、縁側にまで飛沫が跳ねて来た。

「雨が続けばいいんだが」

源吾の独り言も雨音に搔き消された。遠くに低い雷鳴までが聞こえてくる。江戸が雨だからといって、大坂も雨とは限らないだろう。だがそう祈らねばならぬほど、今回の事件は厄介なものだった。

「分かりました。私も三日後、共に発ちます。大坂で合力した後、京へ向かうことに」

星十郎は雨音に紛れぬように声を張った。

「ああ、また上方に行くことになるとはな」

同じお役目とはいえ、江戸と京の火消が邂逅することなど滅多にない。もう二度と顔を合わせることはないかもしれないし、そうでなくとも五年、十年先になっていても何らおかしくなかった。だが別れて一年で再会することになる。

――弾馬、何が起こっている。

奮闘しているであろう弾馬に心中で呼びかけ、源吾は不気味な唸（うな）りと共に西から流れて来る、鈍色（にびいろ）の雲を見つめた。

四

夜半に京は天守町で起こった火事は、淀藩常火消が駆け付けてから一刻（約二時間）後には消し止められた。潰（つぶ）したのは火元の空き家と、その隣の筆屋「熊しず」の二軒。そこからさらに二刻、残り火が無いかを念入りに確かめる。実際の消火以上にこの作業が大切で、時を掛けねばならない。

熊しずに取り残されていた二人の内、息子の豊太郎はかすり傷と軽い火傷（やけど）のみ。内儀（おかみ）のお陸は腕に重い火傷を負ったが、それでも命に別状は無い。痕（あと）は残るだろうが、一月もすれば完全に癒（い）えることだろう。

弾馬が撤収を命じた時には、東山（ひがしやま）を陽（ひ）の光が縁取（ふちど）る払暁（ふつぎょう）のことであった。改めて何度も礼を述（の）べる熊しずの主（あるじ）豊吉の肩を叩き、弾馬は帰路に就（つ）いた。

「あー、眠た」

手を口に当てて大欠伸をする。目尻にじわりと浮かんだ涙を指で拭い、瞼を瞬かせた。

「深酒をしておられるからです」

苦笑しつつ言ったのは、副頭、花村祐である。一字名は渡辺姓の者などの他には珍しいが、代々花村家ではそうであるらしい。

齢は二十五。奥二重の優しげな目元と対照的に、眉は弧を描き凜としている。顔の中央を真っすぐに通る鼻梁、やや桃色掛かった唇と、美男の要点を兼ね備えている。

弾馬も身丈五尺八寸(約一七五センチ)ほどと大柄なほうだが、祐はそれよりもまだ一寸ほど高い。火消にしては肌も抜けるように白く、平家の公達とはこのようではなかったかと思ったこともある。

「お前も一緒に呑んでたやろ」

「越後人は酒に強いのですよ」

祐は越後の生まれである。何故越後生まれの祐が、山城の淀藩に仕えているのか。それは淀藩という大名家の大きな悩みに起因している。

淀藩は十万二千石と石高は決して少なくはない。しかし本拠の山城の所領は二万石に満たず、近江、摂津、河内、下総、そして越後などの多数の飛び地を合わせた石高である。これほどまで所領が分散している大名は、三百諸侯の中でも珍しい。

そのため各地に代官を置かねばならず、通常以上の家臣を召し抱えねばならない。また飛び地は目が届きにくいことで、横領や賄賂なども横行しやすく、監視のためにさらに家臣を増員する必要がある。

より深刻な問題は、家臣間の仲が至極悪いということであった。それぞれの飛び地の家臣は、その地で生まれてその地の代官の指揮下に入る。生まれ、育ち、風習、方言までが異なるのだ。実質、別の大名家に仕えているようなもので、派閥が出来るのはごく自然のこと。年に数度、代官やその供回りが一堂に会することもあったが、互いに牽制しあって言葉すら交わさない有様であった。

――他の三藩に笑われてるぞ。

淀藩の火消頭に就任した弾馬の第一声はそれであった。京都常火消は淀藩を含めて四家。その中で淀藩が最も実力が低いのに、内輪で仲違いしている有り様。実際に、

――淀藩などいてもいなくても同じ。

と、嘲笑されていたのだ。

人とはおかしなもので、外に敵を作れば、昨日までいがみ合っていた者と手を握ることもある。皆が己は「田舎者」だと引け目を持っていた淀藩の面々には、効果覿面であった。

田舎者の寄せ集めが都一の火消になる。それを目標に掲げて突っ走っていくうち、いつの間にか生まれた地の違いなど、誰も気にしなくなっていたのである。

祐も越後から京に上ってきた一人であった。血気盛んな者ばかりが集まった中、祐は歳に似合わず冷静沈着。火消としての筋も悪くない。弾馬は徹底的に鍛え上げて副頭に添え、今では己のよい補佐役になっている。

「今日から非番や。ゆっくり出来る」

淀藩の屋敷に戻って解散を命じると、弾馬は諸手を天に突き上げて大きく伸びをした。京都常火消を担っている畿内の大名四家は、江戸の方角火消や所々火消と違って役目は永代。家が取り潰されでもしない限り代わることはない。このうち二家ずつ交代で火事に備える。淀藩は昨日で当番が終わりだった。

「じゃあ、ゆっくり眠って下さい」

祐は口元を綻ばせた。

「一杯いくか？」

「朝からですか？」

「開けてくれるところがある」

「……今しがたまで火と闘っていたのに。御頭は達者ですね」

「越後人がなんぼのもんや」

困り顔の祐に視線を送る。

「私の負けですよ」

「なら行かへんってことか？」

「お供します」

祐はしれっと答える。この己の補佐役は、愚痴を零すものの断ったことがない。当人も顔に似合わずなかなかの酒好きだった。

「それでこそ淀藩常火消や」

「そんなこと言うから、うちは酒豪しか入れないなんて噂が立つんですよ」

弾馬が歩き始めると、横を付いて来る祐は大きな溜息をついて顔を顰めた。

「酒豪は歓迎やけどな」

「全く……御頭の躰には酒が流れているんじゃないですか。昔からで？」

祐の一言で、弾馬の脳裏に一瞬のうちにある光景が蘇(よみがえ)った。

「いつからやったかな……」

「ということは、生まれつきというわけではないんですね」

「ああ」

ふと記憶に気を取られ、己らしくもない愛想(あいそ)の無い返事になってしまった。祐は訊いてはまずかったかと感じたようで、天を見上げつつ話題を転じる。

「いい天気ですね」

「どこがやねん」

明け方までは爽(さわ)やかな空だったのに、屋敷に戻るまでの間にみるみる雲が押し寄せてきた。昼過ぎには一雨来そうである。傘を取りに戻ろうかと思ったが止めた。仮に降られたとしても、たまには昔の浪人暮らしの時のように、濡れ鼠(ねずみ)になるのも悪くない。そのようなことを考えながら、弾馬は鉛色(なまり)の雲を眺めていた。

五

野条家の起源は山城国相楽(そうらく)郡木津(きづ)村である。相楽郡はその大半が幕府直轄(ちょっかつ)の天領。郡の中で最も大きな木津川は、大坂の淀川の源流にあたる。そのことから京、大和、近江などへ運ぶ物資の多くがこの川を上って、一度ここに集まって来る。反対に大和の材木などがここに持ち込まれ、大坂へと運ばれてから、海路江戸に向かうこともある。

野条家は木津川を通る舟や筏から税を徴収、川浚えなどの管理を行う川役を担っていた。末の末には違いないが幕臣の家柄である。だが祖父の代に諍いを起こして改易となり、そこからは三代に亘って筋金入りの浪人の家となってしまった。

祖父は仕官先を探して各地を浪々としていたらしいが、父は早々に見切りをつけて京に出て職を探した。中堅貴族である精華家の一つ、花山院家が一代限りの雑掌を探していたことでそこに収まった。雑掌とは公家の雑務を行う者のことである。

父は商家の娘と懇ろになり、生まれたのが弾馬である。弾馬は母の顔を覚えていない。産後の肥立ちが悪く、産んで僅か二十日余りで死んでしまった。

弾馬は父にあまりよい思い出を持っていない。父は酷い酒呑みで、まともに世話をしてもらった記憶がほとんどない。酒のため役目に粗相があることも度々で、同輩たちから大層陰口を叩かれていることも知っていた。

近所の者によれば、弾馬の生まれる前はこうではなかったという。今思えば一代限りの職という不安定さ。祖父の仕官の想いを蹴った後ろめたさ。妻を失った哀しみ。様々な苦悩が酒に走らせたのだろう。

雑掌の手当などたかが知れている。弾馬は十を過ぎる頃には、父の酒代を稼ぐために内職に明け暮れていた。酒を呑んでいる父は嫌いだったが、酒が切れた父はもっと嫌いだったからである。苛立ち、物に当たり、時には打擲する。嫌いというよりも恐ろしいという気持ちのほうが強かった。

酒を呑ませていることが、己の安息につながるということを子どもながらに学んだのである。

長じた後にも弾馬の暮らしは、お世辞にも真っ当とは言えなかった。日雇いで稼いだ金を元に博打に明け暮れる。二十を過ぎた頃には借金が出来て日雇い人夫では返せないとなると、博徒に誘われて賭場の仕切りの手伝いをするようになった。

「弾馬は変なやっちゃな」

博徒の仲間からよく言われた。このような暮らしをする者は大抵、呑む、打つ、買うの三拍子が揃っているものである。しかし弾馬は一つだけ欠けていた。酒を一切、口にしなかったのだ。

「碌でもないからな」

酩酊して管を巻き、醒めて暴れる父を思い出すと、どうしても口にする気になれなかったのである。

転機が訪れたのは、そのような暮らしをしていた二十二歳の春のことであった。

三条河原町で失火があり、炎が次々に家を呑み込んでいった。

その中に旅籠「緒方屋」があり、そこに賭場帰りの弾馬が通りかかった。後に知ったことだが、緒方屋は京のほかに、伏見、大津、枚方、大坂にも店を出す大旅籠である。

ごうごうと燃え盛る旅籠。逃げ出す泊り客。隣家の者も家財を懸命に運び出す。無責任に遠巻きに見物する野次馬たち。弾馬もその中の一人に混じって火焔を見つめた。いっそこのまま焼かれて死んでやろうかと、やけになる気持ちも沸々と込み上げて来る。

「うちの店火消に戻るように言うて下さい！」

涙を流しながら叫ぶ娘がいる。

「あちゃあ……灯台下暗しやな」

「どういうことや？」

野次馬が呟くのが耳に入り、弾馬は眉を顰めて訊いた。

裕福な商家は幕府より命じられて火消を雇っているという。何でも先祖が大火で死んだことを教訓に、緒方屋は代々店火消に費用を投じてきた。その店火消は勇敢で近所で火事があれば、見舞いと称して駆け付けた。今回も火元の救援に走ったところ、予想以上に炎の回りが早く、本丸の緒方屋が燃えてしまっているという状況であった。

助けを訴えているのは、緒方屋の娘だという。どうしたのだと野次馬の一人が尋ねると、主人は外に逃げ出した後、泊まっていた客の数が足りていないことに気付き、燃え盛る旅籠に引き返したのである。たとえ己が死のうとも、客を死なせる訳にはいかない。主人は常々そう言っていたらしい。

――阿呆か。

弾馬は初めそのような感想を持った。こんな火事の只中に引き返すなど、自ら死のうとするようなもの。だが懸命に火消を呼んでくれと訴える娘を見ているうち、弾馬は己でも知らぬ内にふらふらと野次馬の群れから歩み出していた。

「その客の部屋は？」

弾馬は尋ねた。人相の悪い男に突然話しかけられたのだ。娘は一瞬ぎょっとしたがすぐに答えた。

「奥から二部屋目です。このままじゃ……」

「俺が行く」

「え……でも……」

「どうせ大した命やない」

弾馬は自嘲気味に微笑む。近くの天水桶にざぶんと浸かると、野次馬が制止するのも聞かずに旅籠に踏み込んだ。

無我夢中で奥に駆け込むと、泊り客を担ごうとしている主人らしき男を見つけた。泊り客はでっぷりと肥えた老人、小柄な主人が担ぐのは無理がある。それに煙をまともに吸い込んだのか、客は真っ青な顔をしており息も細い。

「何してるんや！　もう諦めろ！」

「まだ助かるかもしれません！」

この期に及んでも主人は客を優先しようとする。

「阿呆んだら！　行くぞ！」

躊躇したのも束の間、弾馬は叫びつつ客を担ぎ上げた。そのまま主人と共に紅蓮に呑み込まれる旅籠を脱した。娘は滂沱の涙を流して礼を言い、主人は何度も繰り返し名を尋ねたが、

「しつこいわ」

と、苦笑だけを残してさっさとその場を立ち去った。着物の袖は真っ黒に焦げ、躰中煤塗れ。何故己はこのようなお節介をしてしまったのかと、溜息をついて夜道を歩いた。

それから三日後、弾馬の家を訪ねる者があった。あの日、弾馬が救い出した緒方屋の主人である。その時に初めて佐平次という名を知った。

「その節はお世話になりました。これは些少ですが……」

佐平次は袱紗を畳に滑らせた後、両手でふわりと開く。中には切り餅がふたつ、五十両もの大金が入っていた。

「すぐ博打に消えるだけや。勿体ない」

正直、懐はいつも寂しい。だが、佐平次は客のために炎の中に戻るほどの

男。己などに渡すより、余程役立つ遣い方があるだろう。己はこのまま茫と生き、茫と死ぬるだけの一生を送るのだ。

「なら野条様、うちで店火消をやってくれはりませんか？　給金は弾みます」

佐平次は額が少なかったと取ったのか、そのような提案をしてきた。

「俺は素人や」

「いえいえ、火消顔負けでした。是非、火に怯える京の者を救って下さい」

生まれて初めて人に頼られたことに、弾馬の胸がとくんと高鳴った。どうせこのまま生きていても碌でもない一生。何か一つでも人に感謝され死ぬのならば、それも悪くないのではないか。そのような考えが過った時、弾馬は自然と頷いていた。

何故、己を誘ったのかと後に尋ねたことがある。すると佐平次は、

「娘がね。あの御方の背があまりにも寂しそうだったからと言うのでね」

と、優しく微笑んで答えた。

——弾馬は並の火消やない。

半年もすれば仲間内のみならず、他の商家の店火消からもそう言われるようになった。火焔渦巻く家屋であろうと、人が残されていれば怯むことなく飛び込ん

でいく。

当然である。いつ己の命を炎に溶かしてもよいと考えているのだ。劣勢を強いられる仲間の元に駆け付け、身を挺してかばって火傷を負うこともしばしばあった。心配して謝る仲間をよそに弾馬は、

「こんなもん、こうしてたら治る」

と、火傷に唾を吹きかけて笑っていた。

父は店火消になったと聞くと、

「ほうか」

と、一言だけ零し、また酒を呑んだ。いつになく静かな調子で、またいつになく哀しげであった。もしかしたら心のどこかで、己には大名家にでも仕官して欲しいと思っていたのかもしれない。

一年もした頃には店火消の頭に推され、二年経った頃には他の店火消たちも絶大な信頼を寄せるようになり、三年が過ぎた時には武家の火消である常火消からも一目置かれるようになった。

父が逝ったのは、弾馬が二十五の頃。防火のための夜回りから帰ると、父は胸を押さえて冷たくなっていた。

その場に蹲って弾馬は暫し動かなかった。不思議と父の恐ろしい顔は思い出せなかった。十四、五の頃から、

――弾馬、お前も呑め。

と言って酒を勧める、どこか滑稽な赤ら顔だけが思い出された。

「何、死んでんねん」

弾馬は父の傍らに屈んだままぼそっと呟いた。

こうして弾馬は天涯孤独の身になった。野条家の再興などには考えが及ばなかった。そもそも武士であったという記憶など皆無である。もうこれでいつ死んでもいい。妙な安堵感が押し寄せ、弾馬は鼻を啜った。

父親も死に、孤独の身の上が火消への想い入れをさらに深めた。己が役に立つならばと身を粉にして働いた。

「俺がいる限り、誰も死なせへん」

などと勇壮なことも口にしたが、本気でそう思っていた。事実その間、助けるべき人、配下の火消も含めて誰一人死なせなかった。

人生で初めての充実を感じていたその頃。京の南の外れ、卓屋町で起こった火事が、弾馬の火消としての在り方を大きく変える。

出火の原因は火の不始末。時刻は深夜。風の強い日で、火は瞬く間に隣家に広がった。店火消は出る必要のない火事だが、佐平次が誰でも助けてやって欲しいという方針だったため、弾馬も配下三十名を率いて応援に出た。

裕福な者の住む町ではない。安普請に加えて柱も朽ちていたのだろう。弾馬が到着して間もなく、一軒の家が激しい音を立てて傾き、火の粉が舞い散った。逃げ出て来た近所の者いわく、そこには親子三人が住んでいるはずだが、まだ誰も出てきていないというではないか。

「中を確かめる！」

弾馬が飛び込もうとすると、先に到着していた常火消が止める。

「仮にいたとしても、助からん！」

「それは俺らが決めることやない！」

水を被ると、戸を開けて中に呼びかける。咽びながら助けを求める声が聞こえる。屋根が半分落ちて、瓦礫が散乱している中、弾馬は奥へと向かい、そこで息を呑んだ。

男と女が二人倒れている。男の方はすでに衣服が燃え上がっているが、ぴくりとも動かない。もう死んでいると見て間違いなかった。

女の方は塩をかけられた蛞蝓のように縮こまっている。駆け寄って揺さぶるが、こちらも白目を剝いて息をしていない。では誰が呼んだのか。そう思った時、か細い声が聞こえて勢いよく振り返った。

「助けて……」

七、八歳の娘が瓦礫に挟まれているのが目に入った。何本もの梁や柱が折り重なり、娘の体を檻の如く捕えている。

瞬時にこの家で何があったのか悟った。まず倒れたのは父であろう男。煙を吸って意識を失った。炎を避けるように躰を丸めていないのがその証左である。母であろう女と娘が助けようとしたが、男一人を運び出すことは容易ではない。その時に屋根が崩れ、娘が下敷きになる。母は助けようとしたが、煙に巻かれて絶命した。娘は押し潰され這いつくばった体勢のため、煙を吸い込まずにまだ息がある。

「今、助ける！」

弾馬は鳶口で瓦礫をどけようとするが、全く動かない。

「熱い！」

「息をするな！　今――」

弾馬は一旦、戸のところまで引き返し配下を呼んだ。すぐに四人が駆け付けて再突入する。瓦礫はすでに炎上しており、素手で触ることは出来ない。鳶口に引っかけて持ち上げるため、五人掛かりでも力が入らず動かなかった。

「もう少しや……もう少し。頑張れ」

弾馬が呼びかけるが、娘は熱い熱いと掠れた声で繰り返す。鳶口を差し込み、柄を踏みつけて梃子で持ち上げようとすると、鳶口は真っ二つに折れた。

「くそ、くそ、くそっ！」

煙もお構いなしに叫んで、弾馬は遂に素手で燃える柱を摑んでどかそうとした。

「頭！」

配下に後ろから羽交い締めにされて手が離れる。掌は赤黒く爛れ、鋭い痛みが走った。

「放せ——」

振り払ってなおも助けようとした時、弾馬の耳元で配下の震える声がした。

「もう……」

灼熱の奔流が渦巻いているはずなのに、もう熱さも痛みも感じない。弾馬は気が狂れたように喚き続けた。前へ進もうとするのに、助けなければならない者が遠のく。配下が四人掛かりで引きずって退いていた。弾馬の目から溢れる涙は、湯のように熱くなって零れ落ちる。弾馬は瞬きを忘れたように霞む目を見開いていた。

火消を辞めるということは考えなかった。

これまでは己の居場所として火消をやっていた節があった。しかし事件以降、そのような考えは霧散した。

生きたくても生きられぬ者がいる。そんな世の中で、腐っていた時期とはいえ、いつ死んでもよいなどと考えていた己を深く恥じた。同時に初めて炎を憎悪するようになった。

――二度と誰も死なせへん。

心に誓って、弾馬は火消を続ける道を選んだのである。

だが異変があった。いざ火事場に到着すると、あの娘の悲痛な顔が脳裏に過って躰が竦む。喉も大きな餅が閊えているような感覚に陥り、どれだけ息を吸っても苦しい。

「心配ない……」

初めはそう強がってごまかしていたが、遂には半鐘の音を聞くだけで躰が強張るようになった。毎夜のように助けを求める娘が夢に現れる。柱に手を伸ばして摑むが、びくともしない。すると娘がきっとこちらを睨みつけ、

――助けると言ったのに。嘘つき。

と、冷たく言い放つ。そこでいつも目を覚ますのだ。全身汗にまみれ、布団は水を撒いたかのようにぐっしょりと濡れている。

「俺はもうあかんのか……」

自らに訊くように弱々しく独り言を零した。

弾馬が日に日に窶れていくので、緒方屋の者も大層心配した。

「寝酒でもしたら、ぐっすりと眠られるんやないやろか」

佐平次はそう提案した。酒に対して嫌な思い出しかないので断ろうと思ったが、そこでふと思い出した。

「弾馬……ごめんな……」

時折だったが、酒に酔った父は己にか細い声で謝っていた。以前の父を知る者は温厚な人であったという。悲哀に身を焦がして己を見失い、酒でそれを紛らわ

せていたのではないか。少なくとも弾馬にとっては酒に酔っている時の方が、優しい父だったのだ。

同じように己の心に巣食った闇を鎮められるならば。藁をも摑む想いで酒徳利に手を伸ばした。

初めて酒を呑んで眠った日、目が覚めた時に外から山鳩の鳴き声がした。夢を見ず、朝まで眠れたのである。それから弾馬は毎夜のように酒を呑んだ。

酒を呑むようになって初めての火事。やはり動悸が激しくなり、眩暈までしてくる。弾馬は昨夜に呑み残した酒をぐいと呷り、両手で顔を挟み込むように叩いた。

――いける。

酒のせいではなく、思い込みなのかもしれない。だが実際に心の狂騒は嘘のように静まっていき、以前のように火事場に立つことが出来たのである。

そこから弾馬と酒は切っても切れないものになった。酒甕や大瓢簞を持ち歩き、昼間からちびりちびりとやる。いざ火事があればすぐに駆け付け、恐れず炎を瞬く間に平らげる。誰が初めに言いだしたか知らぬが、

――蟒蛇弾馬。

と、呼ばれるようになったのもそのような頃であった。

そして酒を飲むようになって四年が過ぎた頃、己の噂を聞きつけて淀藩から招聘の文が来た。初め弾馬は話に乗るつもりはなかった。己に居場所を与えてくれ、火事場に立てなくなっても信じてくれた緒方屋に恩義を感じていた。しかしそのことを聞きつけた佐平次は、

——野条様のお力で京の皆様を救って下さい。

と、いつになく真剣な眼差しを向けた。佐平次は、弾馬があの時に守れなかった娘への罪滅ぼしのために奔走していることを察している。一人でも多くの者を救いたいと言っていたのを覚えており、ならばより大きな舞台にと押し出してくれたのだ。

それでもまだ迷っていた時に、淀藩の殿様自らふらりと現れて誘ってくれたことで、ようやく己は新たな道に踏み出すことになったのである。今から三年前、桜の花弁が京の風に舞い踊る、野条弾馬二十九歳の春のことであった。

六

弾馬は、祐を伴って三条河原町に向かった。狭い猫道を抜けて辿り着いたのは、江戸に比べて大きな建物の少ない京では珍しい立派な旅籠である。

「ここは……御頭の古巣」

暖簾を見ながら祐が呟く。弾馬が店火消を務めていた緒方屋である。常火消になってからも月に一度は訪ねていたが、ここのところ勤めが忙しなく三月ほど間が空いてしまっていた。

しかし二日前に珍しく主人の佐平次から、

――お役目にかかわることで相談したきことがあります。

と、文が届いたのである。訪ねようとした矢先に昨夜の火事が起こった。また明日にでも、と一瞬は考えたが、書面にのっぴきならぬ様子が滲み出ており、酒を呑むなどと言ったが、一刻も早く訪ねようと思ったのが本心である。弾馬はここに来て、届いた文の内容を祐に語った。

「佐平次さんは、文に役目にかかわることと書いてはった。つまりは火消として相談に乗って欲しいっちゅうことや」

故に己だけでなく祐もいたほうが力になるのではと考え、同行させたという訳だ。

「どうした？」

祐が怪訝そうな顔をしているので、弾馬も眉を顰めた。

「いや、御頭が度々訪ねているのは知っていましたが、終ぞ誘われたことがないので、人を連れて行きたくないのだと思っていました」

「まあ……な」

祐の推測もあながち間違いではない。このようなことでなければ、共に来たくはなかった。

配下の者を連れてこなかった訳は二つある。一つはここで店火消になった頃の己は、どうしようもない悪漢であった。今でも緒方屋の者は思い出を笑い話にする。人に聞かれて誇りが傷つけられるなどとは思わないが、実家での己を見られるようでどこか小恥ずかしくなる。それも正直に語ると、祐の口元に笑みが浮かぶ。

「だから酒を呑むなどと回りくどい誘い方を？」

「まあ、何や……思わずな」

弾馬はきまりが悪くなって話を打ち切り、緒方屋の暖簾を潜った。すると古馴染みの奉公人の一人があっと声を上げる。

「野条様！」

「おう、達者か」

軽く手を挙げて応えると、奉公人は奥に向けて大声で報せた。

「野条様が来てくれはりました」

暫くすると足早に廊下を歩く跫音が聞こえる。この足取りはいつもゆったりと構えた、主人の佐平次ではなかろう。早速かと弾馬は片目を瞑って頭を掻いた。

「野条様！」

「相変わらず声の大きい奴やで……見るからに達者やから訊かんでもええな」

姿を見せたのは佐平次の娘、紗代である。あの日、弾馬が燃え盛る緒方屋に踏み込んだのは、紗代が涙を流して助けを求めていたから。そこから弾馬は火消になったのだから、紗代はそのきっかけとなった人と言っても過言では無い。

出逢った頃は十四だった紗代も、今では二十四歳になっているが、未だ嫁にも行っておらず父の手伝いをしている。佐平次もまた急かすことはなく、好きにしたらよいと鷹揚に構えていた。

「今日は何の用で？　まさか私に会いに……」

紗代が言いかけるや否や、弾馬は軽く手を振った。

「そのやり取り、何遍やんねん」

傍らの祐がにんまりとして顔を覗き込んで来る。弾馬は目尻を摘んで大きな溜息を零した。ここに配下を連れて来たくなかった二つ目の訳は、この紗代の存在である。

「お前が阿呆なこと言うから、勘違いされるやろ」

「私は勘違いされてもいいですよ？」

紗代は悪戯っぽく言って、ころころと笑った。己は鈍感な性質であると思っているが、流石にこの態度だから好かれていることは解る。

弾馬が店火消を務めていた時から、紗代はこの調子であった。町人でも武士の気風が根付いている江戸ならば、はしたないと思う者はいるだろう。だが京や大坂にはそのような風潮は皆無である。近所の者も咎めるどころか、大胆に迫る紗代を好ましく思っているらしく、

「野条様、ええ加減、早う応えたりや」

などと声を掛けられる始末である。また父である佐平次も、

「野条様ならば申し分ない」

と煽るようなことを言うこともあり、その度に弾馬は困惑しているのだ。

「御頭……」

「黙っとけ」

笑みを堪える祐を小さく一喝し、弾馬は紗代に来意を伝えた。

「佐平次さんに呼ばれたんや」

「そうでしたか。残念です」

紗代は文のことは聞いていないらしく、やや垂れた丸い目をさらに下げた。

「呼んできてくれるか？」

「はい。朝餉はまだでしょう？　私が腕によりを掛けて作りますので、話が終わったら食べていって下さい」

紗代は早口で捲し立てた。

「まともなもん作れよ。前は湯みたいな味噌汁やったから……」

「はいはい、お待ち下さいね」

弾馬の小言の途中で、紗代は奥へと引っ込んでいった。暫く待っていると、入

れ替わりに佐平次が顔を出した。

「野条様、お待たせ致しました。客の相手をしていたもので」

旅籠の朝は忙しい。佐平次は腰が軽く、主人自ら働く。

「佐平次さんも達者そうやな」

「紗代がまた軽口を叩いたんでしょう？　申し訳ありません」

そう言うものの、佐平次の頬も緩んでいる。ここに来ればいつも繰り広げられる光景なのだ。この話を打ち切りたいと、弾馬は腰の刀を抜きながら言った。

「文は読んだで」

「ありがとうございます」

佐平次の返事に微かな翳（かげ）があることを感じる。やはり緒方屋に何か起きたと見て間違いないらしい。

「そちら様は……？」

佐平次が窺うように尋ねると、祐は会釈して答える。

「淀藩常火消頭取並を務める花村祐と申します」

「あっ、花陣（かじん）の……」

「恥ずかしいですね」

祐は照れ臭そうに、頰を指で搔いた。それが祐の二つ名である。祐はある突出した技を持っており、通常の火消よりも遥かに広い範囲を指揮することが出来る。火事に追われた京雀の誰かが、

——花村様の陣に入ったからもう一安心。

と、胸を撫でおろしたことがきっかけで、そのような異名で呼ばれるようになったらしい。

「お前は恰好ええ呼び方されてええな」

弾馬が下唇を突き出して揶揄うと、祐は顔の前で手を左右に振った。

「いえいえ、蟒蛇のほうが余程恰好いいですよ。何か泥臭くて火消らしい」

「貶されてるような気がするけどな」

「火消らしいは誉め言葉です」

二人のやり取りを見ていた佐平次が頰を緩める。

「息の合ったことや。野条様の居場所が見つかったようですな」

「おかげさんでな。でもここで助けてもうたから、今がある」

「そう仰って下さって光栄です」

佐平次は目尻に皺を浮かべて軽く会釈をした。

弾馬は本心からそう思っている。荒みきって生への執着もなかった己を変えるきっかけをくれたのは、間違いなくこの緒方屋の面々であった。

「佐平次さん、例の文の件」

弾馬が顎を引いて囁くと、佐平次の顔もまた険しいものになった。

「奥へ、話します」

促されて奥に向かって行く。火事で焼失した緒方屋であったが、三月も経たずして建て直した。その頃から弾馬はここで店火消を始めたのだ。弾馬にとっては柱一本まで懐かしい。

部屋で向き合って座ると、佐平次は重々しく切り出した。

「野条様に助けていただきたいことがあります」

淀藩に送り出してくれて以降、佐平次がこのように頼んできたことは一度も無かった。

「何があった。俺にということは、火に纏わることと考えて間違いないな」

唇を巻き込んで頷き、佐平次は話を続けた。

「うちが京以外にも出店を持っていることはご存じですね」

「伏見、大津、枚方、大坂を合わせて五つやな」

「はい。中でも京と並んで……いや昨今では本店のここより繁盛しているのが、大坂緒方屋です」

日ノ本一の町といえば江戸で間違いない。では二番はどこかといえば大坂である。帝がいることで京は、この国の中心ではあるが、人の数でいえば大坂の半分ほどしかいないのだ。

また大坂は天下の台所とも称され、西国中の物産が集まり、江戸とも人や物の行き来が盛んである。各藩の蔵屋敷も立ち並び、商人も多数出入りする。その大坂で緒方屋が繁盛しているのは自然なことであった。

「大坂で何かあったんか？」

「はい……今、大坂はえらいことになっています」

佐平次は順を追って話し始めた。

まずことの起こりは先月、皐月（五月）に入って間もなくの六日のこと。大坂堂島で小火騒ぎがあった。

「小火くらい珍しくもないやろ」

江戸では年間三百を超す火事が起こると聞いている。弾馬たちの守る京でも百五十ほど。百を下ったことは一度も無い。大坂ならばその間を取って二百ほどはあってもおかしくない。つまり二日に一度は必ず火事が発生しているということになる。

佐平次はすうと手を挙げて指を広げた。

「いえ、それが一件やなく、五件なんです」

「ほう。えらい威勢のええことや」

込み上げる怒りを歯で押し殺した。到底理解出来ないが、火を付けて愉悦に浸る者は確かに存在する。

「堂島の他は？」

細く息を吐いて尋ねると、佐平次は下唇を軽く噛んで答えた。

「全てその付近です」

佐平次の話に依ると、小火があった場所は堂島新地三丁目、同五丁目、永来町、新地裏町、堂島北中町の計五箇所。いずれも数町しか離れていないらしい。

「何やそれ、意味が解らんぞ」

弾馬は、これも怪訝そうにする祐と顔を見合わせた。限られた地域に火付けを行う者も皆無ではないが、今回の場合はあまりにも近すぎる。特定の者に怨みを持っており、その者を焼き殺すことが目的かもしれない。

「それぞれの日付を教えて下さいますか？」

祐は身を乗り出して尋ねた。

「皐月六日の子(ね)の刻（午前零時）です」

「まさか……」

「はい。これらの小火はほぼ同時刻に起こりました」

「何か仕掛けは？」

弾馬は顎に手を添えて訊いた。火縄などを駆使(くし)し、同時に火を付ける場合もあり得るのだ。

「そのような痕跡(こんせき)は見つけられなかったと奉行所が……」

「つまり下手人は複数で間違いないということか……」

状況から見て面白ずくの付け火とは考えにくい。疑わしいのは、

「千羽一家(せんばいっか)か」

弾馬は喉を鳴らすように言った。

火付けで騒動を起こし、その隙に押し込みを行う盗賊である。一昨年は京を、昨年は大坂を荒らし、当時京都西町奉行であった先代長谷川平蔵に追われ、江戸に向かったということは解っている。そこでも江戸の火消によって押し込みは食

い止められ、その後の足取りは杳として知れない。また大坂に戻ってきたのかと考えたのである。

「ですが、同日に押し込みの被害は出てないんです」

「へ……？　ならちゃうんか」

「すみません。回りくどくなってしまいました。野条様に相談したいというのは、その先なのです」

佐平次は一層声を低くして語り始める。

子の刻に小火を見つけたのは、火の見櫓で寝ずの番をしていた鳶であった。永来町の辺りが茫と明るくなったと思うと、立て続けに四箇所で火の手が上がったのを目撃している。

すぐに半鐘を鳴らして、町火消が駆け付ける事態となった。初動の人数は二百と少し。いずれも火勢は強くないとはいえ、五箇所を同時に叩くのは難しい。当時の風向きは北東から南西。被害がこれ以上広がることを恐れ、風下の堂島新地五丁目から鎮火することを決めたという。

「まあ、そうなるやろな」

弾馬が呟くと、祐も頷いた。経験のある火消ならば十人が十人その戦術を採るだろう。

「堂島新地五丁目の火を食い止め、次に新地裏町に向かった時……出現したのです」

佐平次は小さく身を震わせた。何が現れたというのか、弾馬は眉間に皺を寄せて続く言葉を待った。

「赤い旋風です」

「何……」

何かの比喩かと思ったが、そうではない。焔の竜巻が発生したというのだ。逃げようとしていた野次馬の証言に依ると、突風が吹き抜けたと思った矢先、新地裏町の火元の傍でくるくると砂塵が舞うのが見えた。それがあまりに美しい螺旋を描いていたものだから、思わず見惚れてしまったのだという。

旋風は瞬く間に大きくなり、火元の炎を搦めとって赤々と光る竜巻へと変じた。その焔の竜巻は近くの家の板壁を剝がすと同時に燃え上がらせる。燃えた木端が飛散して、あちらこちらから火の手が上がる。竜巻は徐々に南西に移動しつつ、さらに家屋を巻き込んで膨張していき、最後には高さ四丈（約十二メートル）を超えた。

――〝緋鼬（あかいたち）〟か。

弾馬は己の額を拳骨（げんこつ）で小突（こづ）いて漏らした。

その雅（みやび）な名とは裏腹に、火事場において火消が最も恐れる現象の一つである。焔風が大きくなって竜巻に変じた現象で、ごく稀（まれ）に火事場で発生する。

今から一一七年前、江戸で起こった古今未曾有（ここんみぞう）の火事、明暦（めいれき）の大火でもこれが起こったと言われている。一説には数万の人が緋鼬のせいで絶命したとも伝わり、死因として最も多かったのではないかと語られている。

「話には聞いたことがありますね」

祐は弾馬が率いる淀藩常火消に志願する前は、ただの部屋住みだった。この三年の間、京で緋鼬はただの一度も現れておらず、故に見たことがないのだ。

「あれはあかん……」

「御頭は見たことが？」

「一度だけな」

弾馬が緒方屋で店火消をしていた時、狸小路（たぬきこうじ）の油屋で火事があった。炎はみるみる町を呑み込み、京都常火消だけでなく、京中の店火消が応援に駆け付けた。その時、突如（とつじょ）として緋鼬が発生し、一町四方を暴れ回ったのである。

「うちからもはきと見えました」

　佐平次も覚えているらしい。大坂で起こったという緋鼬と同様、高さ四丈にも至っていたのだから、京中から目視出来たであろう。

「あれで多くの火消が死んだ」

「焔に巻かれたということですか……」

　弾馬はゆっくりと頭を横に振った。

「いや、緋鼬は触れんでも死ぬ」

　緋鼬の恐ろしさは周囲に炎を撒き散らすだけではない。その近くには喉が焼けるほどの熱波が渦巻き、近づいただけで息が止まって命を落とした者もいる。

「そのようなもの、どうやって止めるのです……」

「無理や」

「え……」

「緋鼬は止められへん。収まるまで逃げるしか方法はない」

　風の流れにより発生するらしいが、詳しくは解っていない。見分出来るほど事例が多くないのだ。だがこれは大規模な火災にのみ現れると見られている。京で弾馬が遭遇した時も、火元が油屋ということでかなりの火勢であった。

それに対して、聞く限りでは今回の堂島の火事の規模はそれほどではない。その程度の火事で緋鼬が現れるならば、四六時中出てきてもおかしくない。

「大坂の緋鼬で死んだのは？」

「火消が最後まで皆を逃がそうとしたようで、町の者で巻き込まれたのは三人に留まりました」

「そうか……なら火消はただでは済まんな……」

「はい。死人が九。怪我人は二十を超えます……」

佐平次は苦悶の表情を浮かべた。死んだ者の中には、緒方屋が繰り出した店火消も三人含まれているらしい。

「緋鼬の焼け跡の見分でもしろっちゅうことか」

大坂の災禍を教訓とし、再び起きないように緋鼬の爪痕を見届けて来て欲しいというのだろう。

「いえ、それが……緋鼬はその時だけやないんです」

「何――」

弾馬は思わず畳を踏み鳴らして膝を立てた。

「あと二回、その『緋鼬』が現れたのです……」

二度目は皐月二十一日。阿波座堀近く岡崎町で三箇所の火災があり、やはり緋鼬が出現した。こちらも前回と同様の約四丈の高さになったが、その場に止まり続けて周囲こそ被害は出たものの、時と共に消滅したという。この時は火消が三人、町人が二人餌食になっている。

三度目は今月、水無月（六月）六日。まだ十日前の話である。道頓堀近く布袋町で四箇所の小火があり、四半刻も経たずして緋鼬が姿を見せた。この時は男が全力で駆けるほどの速さで移動し、隣町の御前町にも被害をもたらした。ただ高さ三丈と前二回に比べて小ぶりであり、直撃した家屋も倒壊せず、火の勢いも弱かったようで半焼で済んだ。火消が一人正面から食われて死亡。幸いにも町人に犠牲は出なかったらしい。

「何が起きているのですか……」

青ざめた顔の祐は、口を手で覆って言葉を失う。弾馬が火消になって一度、祐は未だ見たことがない現象が大坂で、それも三度立て続けに起こっているのだ。明らかに普通ではない。

「大坂では太閤さんの怒りなどと言う者もおり、びくびくしております」

かつて豊臣秀吉は大坂を中心に天下を治めた。その秀吉亡き後、徳川家康は江戸に幕府を開き、豊臣家を攻め滅ぼした。大坂の民は未だに豪儀であった秀吉を慕っている。呪いや怨みなどではなく、怒りというあたり、それが滲み出ている。

「二百年近く前に死んだ男に、火事を起こされて堪るか。妖やあるまいに」

弾馬は舌打ちをして吐き捨てた。

とはいうものの、思えば火事場における特異な現象は、朱土竜、赤獏、これは火付けの手法であるが紅蠅、そして今回の緋鼬など生き物に因んだ名ばかり。人々は己の理解出来ない現象を、化けて出た獣や虫の仕業であると思い込み、それが名として定着したのだろう。

「この時点でも解ることがある」

弾馬はそう前置きして話し始めた。

まずいずれの火事も数箇所で同時に起こっている。大きな火事ではないが、あきらかに失火ではない。そして必ず緋鼬が出来している。

「つまり、何者かが意図して緋鼬を呼び出している」

断言すると、佐平次も下唇を噛みしめて唸った。

「そうとしか考えられません。しかし誰が何のために……」

「そもそも、どうやって起こるかも解らない緋鼬を、本当に人の手で生むことなど出来るのでしょうか？」

祐の言うことはもっともである。熟練の火消ですらそれは解らない。それが可能だとすれば、火消以上に炎の知識に長けた者だということになる。

「佐平次さん、相談ちゅうのは、これを止めて欲しいってことやな？」

「はい。どうにかなりませんやろか」

この様子だと、また同様の事件が起こるとみて間違いない。大坂の火消も事件の究明に当たっているが、雲を掴むような話で手掛かりさえ得られていないという。

「行きたいのは山々やけど……」

店火消の頃ならば身一つで駆け出すことも出来た。だが今は淀藩の火消を率いる立場。己の一存だけで決めることは出来ない。

「お立場は解っているつもりです。野条様さえ引き受けて下さるならば、すぐに手配は整います」

弾馬が大坂に行くための根回しは、すでに済んでいるらしい。

緒方屋は大丸傘下の有力な七商人のうちの一つ。江戸に向かう直前だった大丸当主、下村彦右衛門の元に走って次第を相談した。

――西では野条弾馬か。ええやろ。

彦右衛門はすぐに決断して、大坂東町奉行に文を書いた。この事件を解決するには、西国随一の火消である野条弾馬の力が必要。すぐに淀藩に連絡して、呼び寄せるがよろしいといった内容である。

「昨日、大坂東町奉行からの使者が発ちました」

「何とも手回しのええこっちゃ」

弾馬は苦笑してこめかみを搔いた。佐平次は果断にして多少強引。同時に己に会って意思を確かめる細やかさも持ち合わせている。これこそ小さな旅籠だった緒方屋を、一代で大旅籠屋に育て上げた所以だろう。

「断らんやろな。まあ断っても勝手に行ったるわ」

弾馬が言うと、佐平次は口元を綻ばせて頭を下げた。

「大坂の民に安息を取り戻して下さい。お願いします」

「それにしても西国随一ってか……ちゃうやろ」

「ご謙遜を」

西国一というからには、東国一もいるということになる。彦右衛門が誰を想像していのか、考えずとも容易く解る。

「日ノ本一の間違いや」

弾馬はその男を脳裏に思い浮かべながら、鼻を鳴らして片笑んだ。

佐平次は仕事を片付けて、自らも一足先に大坂に向かうという。

弾馬が緒方屋を辞そうとした時、紗代が朝餉の支度が出来たと呼び止めた。

「あ、忘れてた」

「酷い人」

紗代はしらっとした目つきで見つめる。

「悪い」

片手で拝むようにすると、紗代はすぐに笑みを零して別間へと誘った。本気で怒っている訳でなく冗談なのだ。そういう明るく朗らかな紗代を、弾馬は好ましく思っている。ならば申し出を受けて夫婦になればいい。もし誰かに相談すればそのように言うだろう。だが、弾馬にその気は無かった。

――武家なんかに嫁ぐもんやない。

どれほど真面目に生きていても、いつ何時祖父のように罠に嵌められて改易となるやもしれぬ。公家の雑掌として死んだ父の悲哀を思い出せば胸が苦しくなる。宮仕えを嫌っていた己だが、人の一生とはおかしなもので先代の殿に出逢って武士に立ち戻っている。

しかも今の己は泰平の世で、最も死に近い役職。日々、炎との果てしない戦いに明け暮れている。先代ならばともかく、己が死ねば台所の苦しい淀藩のこと、家は改易となるかもしれない。そのような儚(はかな)い己の元に嫁ぐ不幸を紗代に味わわせたくはなかった。

「どうぞ。いきなり現れたから、たいしたもんは出来ませんでしたけど……」

紗代は椀に飯を盛ると膳(ぜん)に置いた。白飯の他には漬物と味噌汁だけの朝餉である。

「人を化物(ばけもの)みたいに言うな」

「花村様も」

「ありがとうございます」

祐はくすりと笑って箸を取る。

「こいつの味噌汁は水みたいな味やぞ」

「まあ、水に味はありませんけど」

「ほんまやな」

紗代も負けじと言い返し、弾馬は苦笑して味噌汁に口をつけた。

「お……どないしてん。ええ味やんけ」

「腕を上げたのです」

紗代は腰に手を添え、誇らしげに言った。

「修練すれば何でも上手くなるちゅうええ例や。うちのもんにもしっかり教えとかな」

「お行儀悪い」

箸で祐を指したものだから、すぐに紗代が窘める。

「ただでさえ行儀とは無縁やのに、俺は粗野な火消や」

弾馬は快活に笑って飯を掻っ込んだ。

「もっと色んな料理を作ってみたいんですけど」

紗代も幼い頃に母を亡くしている。佐平次は心底惚れていたらしく、再び妻を迎えることはなかった。その点では己と紗代の境遇はよく似ている。料理などは母から学ぶものである。紗代は下女に学ぼうとしたらしいが、緒方屋ではお嬢様の身とあって、恐れ多いと誰も教えてくれないらしい。

「これで十分や」

「作り方を書いた書物があればいいのに……」

「あることにはあるが、あんまり詳しく書いたもんは見たことないな。探しといたるわ」

「ほんと？」

紗代は目を輝かせて身を乗り出した。

「まあ、仮にあったとして、読んでも上手くなるかは解らへんけどなあ……」

味噌汁の具の大根が切れておらず繋がっている。それを箸で摘み上げながら弾馬は笑った。

また軽口の応酬（おうしゅう）が始まるかと思ったが、紗代は何故か黙り込んだ。言い過ぎたかと心配した矢先、ようやく紗代が口を開く。

「大坂へ行かはるんですか？」

「知ってたんか」

そのような素振りは一切見せなかったが、どうやら紗代も今回の事件のことを耳にしているらしい。

「大坂の町火消には死人も仰山（ようさん）出たと……」

「俺が行ったらあっちゅう間に解決や」

「ほんま？」

紗代は心配そうな眼差しを送ってくる。

「ああ、目星はついてる。すぐに片付けてくる」

「よかった……」

胸を撫でおろす紗代をよそに、弾馬は漬物と飯を立て続けに頬張ると、残りの味噌汁を流し込んだ。

「美味かった。ご馳走(ちそう)さん」

弾馬がにかりと笑って掌を合わせると、紗代も満面の笑みを見せた。

「また食べにいらして下さい」

「帰ったらすぐに来るわ」

祐に視線を送る。祐も慌(あわ)てて箸を動かして平らげ、二人して紗代に礼を言って緒方屋を後にした。

淀藩京屋敷までの帰り道、弾馬はずっと黙っていた。佐平次の話を思い出し、事件を一から振り返っているのだ。

「御頭」

脇を歩いていた祐がふいに呼んだ。

「何や」

「紗代さんに言ってた、目星が付いているというのは……」

「嘘や。全く解らん」

「やはり」

紗代を安堵させるための嘘だと、祐も気付いていたらしい。今は巳(み)の刻(午前十時)頃か。陽はすっかり高くなっている。昨夜の出動から一睡もしていないが、眠気はいつの間にかすっかり飛んでいる。

「緋魎は止められないのですよね」

「ああ、出る前に叩く。それしかない」

「高さ四丈の炎風か……」

祐が唾(つば)を呑み込むのが分かった。場数を踏んだ火消でも、いや炎を熟知した火消だからこそ、その恐ろしさが解るのだ。

「祐、明暦の大火の緋魎は何丈やったか知ってるか?」

「いえ……大火ともなると五丈とか?」

「いいや」

「では七丈?」

弾馬は首を横に振って、掌を上に持ち上げるような仕草をして見せた。

「まさか十丈などと……」

想像を遥かに超えていたらしく、祐は絶句して足取りも怪しくなる。

「十七丈（約五十一メートル）や。それも三つ同時に」

明暦の大火には巨大な緋鼬が三本出現したと聞く。その凶悪さは類を見ず、舟や家を巻き上げて宙で燃え上がらせ、瓦礫が火の玉の如く降り注いだらしい。一町（約一〇九メートル）離れていた者は中心に吸い寄せられ、二町離れていた者は躰が燃え、三町離れていても喉を押さえて昏倒したと伝わっている。三本の緋鼬は絡み合うように蠢（うごめ）き、江戸の町を蹂躙（じゅうりん）した。

「祐、京を頼む」

「御頭……」

「俺は――」

いつ死んでもいい。その言葉を呑み込んだ。昔ならば容易く言い切ったであろう。だが今の己は違う。決して独りではなく、生きる意味を見つけている。

「呑み干して来る」

弾馬は強く言い切り、無理やり片笑んで見せた。

佐平次の言った通り、翌日には大坂東町奉行から淀藩に文があった。内容は大坂で変事があり、貴藩の火消頭である野条弾馬を借り受けたいというものである。ことの仔細（しさい）には触れられていなかった。

淀藩の重臣たちが協議をするために参集（さんしゅう）したところに弾馬は乗り込み、佐平次から聞いた一切合切（いっさいがっさい）を打ち明けた。重臣たちは慄（おのの）き、中には弾馬に万が一のことがあれば、折角（せっかく）先代が立て直した火消が壊滅（かいめつ）すると反対する者もいた。弾馬は重臣たちを見渡し、

「殿は困っているもんを見捨てる人やない」

凛然（りんぜん）と言い放った。殿と謂うのは、己を淀藩に誘った先代藩主稲葉正弘（いなばまさひろ）のことである。その一言には誰も言い返す言葉を持たず、弾馬の大坂行きが認められた。

祐に後のことを託すと、弾馬は二日後には支度を整えて大坂へ発った。伏見までは徒歩で行き、そこから舟にのって川を下る。これが早馬を除けば最も早い方法である。

途中、野条家の故地である木津を通る。はるか昔、この辺りに都が置かれてい

たらしいが、遷都の後は時が止まったように数百年も代わり映えしないという。まさか己が火消になってこの地を通るとは思いもよらなかった。人の一生とはまことに不思議なものである。舟の上で瓢箪に口を付けながら、弾馬はそのようなことを茫と思った。

　枚方の緒方屋で一泊して、弾馬が大坂に入ったのは京を発った翌日のことである。

　江戸や京と同じく、大坂も二つの町奉行所が置かれている。昔は東西奉行所とも京橋口に置かれていたが、享保九年（一七二四）に大坂は大火に見舞われて同時に二つの奉行所が焼失した。その教訓から東町奉行所は元々の京橋口に再建され、西町奉行所は内本町橋詰町に移された。

　今回、大丸を通じて緒方屋が働きかけたのは東町奉行所のほうで、弾馬は大坂に着くや否や、京橋口に向かった。

　話は通っており、すぐに奉行所内の一室に通された。暫し待っていると男が一人、供も連れずに姿を見せた。年の頃は五十ほどか。男は汗掻きの体質らしく、富士額を手拭いで拭きながら着座する。着ている物こそ小ぎれいだが、仕草が一々田舎臭い。与力、いや同心かと思ったが、男が、

「大坂東町奉行、室賀正之と申します」

と名乗ったため、弾馬は慌てて頭を垂れた。

「淀藩火消頭、野条弾馬、罷り越しました」

普段は上方訛りを隠そうともしないし、先代もそれを許していたため、藩の中ではすっかり皆が諦めている。とはいえ、今は淀藩を代表して来ている身。流石に武士らしく振る舞わねばなるまい。

「野条殿の活躍は聞き及んでいます」

先ほど名乗った時もそうであったが、室賀は奉行という立場にもかかわらず、一介の陪臣に過ぎない己に対して丁寧に話す。相当に謙虚な人なのか。

「即刻、本日から真相を突き止めるために動こうと思います。拙者は大坂東町奉行預かりという身でしょうか？」

「それが……な……」

室賀は何故か口籠り、目も激しく泳いでいる。額からは珠のような汗が噴き出していた。室賀は再びそれを手拭いで拭って、絞り出すように続けた。

「確かに淀藩に要請はしたものの……東町奉行所としては預かりの身には出来かねる。あくまで淀藩の善意で駆け付けたということにして貰いたい」

「はあ……」

思わず間の抜けた返事をしてしまった。これまでの丁寧な話し方も謙虚から来るものではなかった。恐らく己の経歴や素行まで調べているのだろう。何か失態を犯した時に責を負いたくないということ。かなり小心な性質であるらしい。

——あの男か。

そこである記憶が喚起された。一昨年、京を荒らしていた千羽一家は、京都西町奉行だった長谷川平蔵に追われ、次の暗躍の地を大坂へと移した。平蔵はそれでも捕縛を諦めず、少数の配下と共に大坂へ乗り込んだ。それぞれの受持ちを侵すことに煩い幕府としては、異例のことである。余程熱心に平蔵が訴えたのだろう。

平蔵は大坂で千羽一家をあと一歩のところまで追いつめたが、大坂東町奉行所の動きが悪かったことで取り逃がした。その奉行こそ、この室賀なのだ。平蔵とは比ぶべくもなく凡庸と見てよい。

「拙者は大丸の推薦を受け、大坂東町奉行所が招いたと聞いておりますが？」

弾馬はややどすの利いた声で尋ねた。もう地の上方訛りを抑えきれなくなっている。

「確かに世話になっている大丸が勧めてくれた……だが西町奉行所の顔もある。それにお上の了承も……」

弾馬は憫笑を浮かべ、気付かれぬように丸く息を吐く。室賀は大丸からも多額の付届けを受け取っているらしい。要するに大丸の顔を潰さず、それでいてお上や西町奉行との軋轢も避けたい。失態の責任は取りたくないが、解決の折には手柄は欲しい。このように身を処して奉行まで上り詰めたのだろうが、まるで小役人のような振る舞いに怒りを通り越して呆れて来る。

「分かりました。拙者が動くことを許して下さるならば、他に何も望みませぬ」

「そ、そうか！　折角呼び立てたのに、碌に世話してやれず済まないな」

——碌も何も、ほんまに何もしてへんやんけ。

心中で罵ったものの、押し殺して頭を下げる。このような器の小さな男に、関わっているだけ時の無駄というもの。淀藩の大坂蔵屋敷に滞在するしかないと、弾馬が席を立とうとしたその時である。畳に膝を突いたまま、動きを止めてさっと耳朶に手を添えた。

「来た……」

「な、火事か——」

初めは一つだった半鐘がみるみる数を増やし、けたたましく鳴り響いている。

「北西やな」

弾馬が飛び出して行こうとした時、室賀が慌てて呼び止めた。

「待ってくれ！　一つ、一つだけ忠告しておく」

「何か？」

恐らく己の顔は引き攣っているだろう。この期に及んで何かと、返しも憮然とした調子になった。

「火消を無用に刺激せんで貰いたい」

「大坂に武家火消はいないはずでは？」

弾馬は眉を寄せ、浮かせかけた腰を下ろした。

江戸には旗本が担う定火消、全大名に課される八丁火消、寺社や蔵などの要所を守る所々火消、そしてあの連中が担っている、江戸城を守るために町中を駆けまわる方角火消など多数の武家火消がいる。京でもそれほど種類はないが、己たち淀藩のように御所を守る常火消が置かれている。

しかし大坂はそれぞれの町や店から人員を出した、町火消のみに守られている。奉行所が衝突を恐れるような、武家火消は存在しないはずである。

「野条殿、ここを何処だと思っておられる」

室賀が妙に説教臭く言ったので、弾馬は危うく舌を弾きそうになった。内心では早く行かせろと罵声を浴びせている。

「大坂でしょう？」

「大坂は町人の町。即ち、武家など屁とも思っておらぬ連中の町だ」

「気を付けましょう」

仮にも奉行の任にあって、町人を憚るとは。弾馬は適当な相槌と会釈を残し、東町奉行所から飛び出した。案の定、北西の方角から煙が立ち上っている。

この辺りの者はすでに気付いており、皆が一様に同じ方角を向いている様は、何かに取り憑かれたかにも見えた。ざわつく往来を真一文字に突っ切るように駆けた。

――あこらは何ちゅう場所や。

大坂の土地勘がなく、凡その場所の名前も出て来ない。揚々と乗り込んできたが、奉行所の支援は受けられそうになく、知り合いの火消も誰一人としていない。

煙は白から灰に移ろいつつある。一刻も早く止めなくては、また緋鼬が姿を見せるかもしれない。不安をぐっと押込めると、近づくにつれて大きくなる喧騒を搔き分け、弾馬はただ独り火事場へと向かって行った。

淀川に架かる天神橋を渡ったところで、弾馬は異変に気付いた。遠目には解らなかったが、複数の場所から煙が立ち上っている。佐平次から話に聞いた、これまで緋鼬が発生した時と同様の状況である。

「まずい……」

鋭角に曲がって、次に太平橋と呼ばれる橋に差し掛かる。逃げ惑う人々で橋は満ち溢れ、重さに堪えかねて軋み、揺れている。どの顔も恐怖に歪んでいた。

「どいてくれ、火消や！」

目いっぱい叫んだが、誰も道を譲ろうとはしない。それどころか、

「嘘つけ！　侍の火消がおるか！」

などと、悪態をつかれる始末である。

「おるんじゃ、ぼけ……」

独り言ちて橋の欄干の外側に取り付いた。川をなぞった生温い風を項に受けながら、橋板の端を蟹のように横歩きして進んだ。ここまで橋が多いのは京では考

えられぬこと。水の都とも称される大坂ならではだろう。

ようやく橋を渡り終えて、弾馬は再び走り出した。複数の場所から煙が上っているのが解るが、風が落ち着かずに流れては戻り、今度は反対へと流れてと宙を漂っている。故に火元がなかなかはきとしない。

その時、纏を掲げた二十人ほどの集団が目に飛び込んで来た。火消である。

「井の字は伊勢町から叩くらしい。急ぎますよ」

組の小頭であろうか、手を大きく振って纏師に命じる。

——井の字？

何かの合言葉であろうか。聞き慣れぬ言葉に弾馬は首を捻った。

火消たちの纏には三角の合印が付いており、紙の馬簾が風を受けて揺れる。燃え移ることや、踏んで脚を滑らせる事例が発生してより、幕府は馬簾の長さを厳密に定めた。しかし大坂には定着していないのか、はたまた無視しているのか、明らかに京火消のものより長い。

「火元は何処や⁉」

弾馬が追いついて呼びかけると、先ほど指示を出していた、一団の頭らしき男が目を細めた。歳は二十七、八といったところか。端の切れ上がった一重瞼。髪は濡れたように黒々としており、女子でも羨むだろうというほど艶っぽい。故に身に纏った青藍の長半纏がよく似合っている。

「何処でもよろしい。早よ逃げなさい。難波橋はまだ人が少ないはずです」

大坂者は口が悪いと聞いている。さらに火消にしては、口調に柔らかな気品のようなものを感じた。

「俺も火消や」

「阿呆な。大坂に武家火消が……」

「京都常火消淀藩火消頭、野条弾馬。東町奉行の要請を受けて応援に来た」

室賀に預かりを名乗って貰うのは困ると言われたが、要請を受けたことは嘘ではない。弾馬が言うと頭はあからさまに鼻を鳴らす。

「あのいらんことしい。何も役に立たん盆暗のくせに」

語調こそあくまで上品だが、奉行に対してこの言い様、権威を何とも思わぬ己であるが、流石に少々驚いた。室賀の言っていることはあながち大袈裟ではないらしい。

「俺は俺の意思で来た。勝手にさせてもらう」

「なら、勝手にしなされ」

「お前らは……」

「上町(かみまち)」

頭はただ一言答えた。大坂に向かうにあたり、火消について最低限のことは調べてきていた。大坂の火消は大きく分けて、上町、北船場(きたせんば)、南船場、西船場、天満(てんま)の五つの組に分かれている。それぞれが擁(よう)する小組に水に纏わる共通の名を付けていたが、名が被って大層ややこしい。そのせいで市井(しせい)の者はいつしか、大元である五組そのものを水に纏わる名で呼ぶようになった。

「さっきの井の字ってのはそういうことか」

北船場は「滝組(たき)」、南船場は「波組(なみ)」、西船場は「川組(かわ)」、この地を守っているのは天満の「井組」ということだろう。

「じゃあ……」

「上町雨組(あめ)です」

青半纏の頭は足を緩めずに言い放った。目的の伊勢町に辿り着くと、火消が高らかな掛け声と共に消火に当たっている。半纏には「井」の字が染め抜かれており、一見して井組であることが解った。

「印六(いんろく)さん！　消すのを待ってください！」

頭が叫びながら駆けていく。弾馬は眉間に皺を寄せた。てっきり応援に来たと思っていたが、むしろ井組を制止している。

「人の町に来て、何いちゃもんつけとんじゃ！」

印六と呼ばれた男がずんずんと向かって来る。町に熊が現れたかというほどの巨軀である。身丈六尺二寸（約一八六センチ）、貫目も四十五貫（約一七〇キロ）はあるのではないか。力士と比べても遜色は無い。

宥めようとする配下から頭と呼ばれていることから、どうやら井組の頭であるらしい。

「これまで一箇所の火を消したら、緋鼬が出ました」

懸命に訴える青半纏を見て、何故止めようとするのかを知った。数箇所のうち、一つ目を消し終えた時に緋鼬が忽然と現れて町を襲ったのである。弾馬が事前に聞いていた通りだった。印六は見下ろすようにして凄んだ。

「これを放っておけと……？」

「そうは言うてません。慎重に吟味する必要があります」

「どれから消したらええか、お前に解るんか⁉」

印六の凄まじい剣幕に、青半纏は唇を噛みしめて俯いた。

「解りません……だからこそ――」

「なら、黙っとけ！」

印六は止めの一言を発すると、配下に向けて轟然と吼えた。

「一気に畳みかけろ！」

井組が気勢を上げて家屋を引き倒す。まだ飛び火はしておらず、火元もまだ半ばまでしか燃えていない。

「俺たちは町人の避難に当たる。急げ！　この界隈から逃げさせろ！」

青半纏の頭は井組の説得は無理だと悟ったか、配下に逃げる民の誘導を指示した。配下は散開して人々を逃がす手伝いを始める。

「いてまえ！」

印六は大音声で休むことなく指示を出している。

大坂は水に溢れている。両側を引き倒した後、竜吐水や手桶で水を絶え間なく浴びせていく。炎はみるみる萎縮していき、火消の己から見ても舌を巻くほどの手並みだ。

「これじゃあかんのや……」

青半纏の頭は苦い顔で周囲を見渡し続けた。

「しかし、目の前の炎を放っておく訳にもいかんぞ」

弾馬が苦言を呈すが、頭は勢いよく首を横に振る。

「全ての火を同時に叩く。それを試したいんやが、各組は犬猿の仲。こうして余所の管轄に踏み込むのも私だけです……」

「おい」

頭の言葉を遮り、弾馬は低く唸った。三町ほど先の宙に異様な光景が広がっている。南北東西へ行ったり来たりしていた煙が、大きく旋回しながら一所に集まっているのだ。

煙の動きはどんどん速く鋭いものになっていく。最も近い火元からは、魅入られたように焔も吸い込まれていく。旋風はそれを嬉々として受け入れ、身に纏って赤い竜巻へと変貌した。

「来た……」

まるで炎の塔。それが低く鈍い怪声を発しつつうねる。

「緋鼬や……」

板のはがれる音が幾つも重なり、咆哮をより不気味にしていた。

上が朱で下が橙色かと思えば、それが瞬きをする間に入れ替わる。

真に生きており、その鼓動ではないかと思うほどである。

「印六さん、出た‼」

「きたか化物め……かねてより打ち合わせたように迎え撃て！」

印六の号令を受け、井組の面々はありったけの手桶を水で満たすために川へ走る。

「何してるんや！　早よ逃げましょう！」

「あれは冷熱の差による旋風や。それを狂わせたら止まる」

緋魎は焼けつくような熱さで、水を浴びせられるほど近づけばこちらがやられる。どうやら緋魎の進む方向に、水が入った桶を山積みにして巻き上げさせ、鎮めようというのだ。

「無理や。あれでは曲げることしか出来へん」

進む先を曲げられるというのか。二人のやり取りを聞いて、弾馬はそのことのほうが驚いた。

「印六さん！」

「雨組は退がってろ！」

青半纏の頭はなおも呼びかけるが、印六は猛々しく叫び返した。もはやこれま

で と考えたか、頭は配下に向けて難波橋の南詰まで退くように命じ、弾馬も雨組と共に走る。緋鼬からは四町ほど離れたか。

「あんさんから見て、あれで止まると思いますか？」

「無理や。その程度の火力やない」

問い掛けに対し、弾馬は走りながら首を振って訊き返した。

「それより、曲げられるんか……？」

「ええ、ほんの少し。逸らすだけなら」

難波橋を渡ったところに青半纏の集団が見える。数は百を超えよう。

「頭！」

鳶の一人が呼びかける。小頭だと思っていたが、どうやらこの男は雨組の頭らしい。

「印六さん、あかん……」

豆粒ほどの大きさで井組が動いているのが見える。山のように手桶や玄蕃桶を積み上げると、こちら側に一町ほど退避する。それ以上に退かないのは、結果を見届けようとしているからだろう。

「そもそもこっちに来るんか？」

弾馬は問うた。余程風読みに長けた者でも、緋鼬の動きを推しはかるのは難しい。

「誰も解らへん」

印六も、この男も緋鼬の動きを読めている訳ではないらしい。博打のようなものである。

「ならそもそもが無駄になるかもしれへんやんけ」

「それでも何とかしやなあかんと思ってる……仲が悪かろうが、それだけは皆同じ気持ちのはず」

緋鼬が蠢(うごめ)きながら動き出した。印六の賭けは当たり、こちらに向かっている。その高さは四丈を超え、五丈に至ろうかというほどである。いよいよ水で満たされた桶の山が端から巻き上げられるのが見えた。

「弱まった……」

頭が頬を緩ませて呟いた時、井組からもどっと歓声が上がった。

「いや、あかん……戻るぞ。子が親を助けとる！」

弾馬は見逃さなかった。緋鼬は周囲に炎を撒き散らして進んでいた。緋鼬が親だとするならば、そこから生まれた周囲の炎は子。水を吸い上げて一度は弱まったが、子が親の元に還(かえ)って瞬く間に威勢を取り戻した。

一瞬、茫然としていた井組であったが、もはやこれまでと全力でこちらに駆けてくる。印六は配下が逃げるのを見届け、巨軀を揺らして最後尾を走る。

「早よ、逃げぇ！」

弾馬は手を大きく振って井組に合図を送った。水を喰わされたことに怒ったように、緋鼬は速度を上げて井組に追い縋(すが)った。

井組の連中が次々に難波橋を渡る。このままだと印六を始め、最後尾の七、八人は緋鼬に呑まれてしまう。今でも灼熱(しゃくねつ)で背が焼けるほどの痛みだろう。

「川を越えてきます！　鉄牛(てつぎゅう)は⁉」

頭はこれまでで一番勇壮に吼えた。

「用意出来ています！」

鳶たち四人に一人ほどで、一辺二尺ほどの見慣れぬ鉄の箱を運んできている。箱の四隅から金具が突出(とっしゅつ)しており、井桁(いげた)のように木が嵌め込まれていた。持ち手であろうが、箱一つに対して不相応なほど木の柄が太い。中には熾(おこ)された炭が敷き詰められ、その上に真っ赤(まっか)に熱された大砲の弾のようなものが並んでいる。

「印六！　急げ！」

弾馬は会ったばかりの町火消の名を呼んで急かした。印六が難波橋を渡り終えた時、対岸の欄干が一瞬のうちに燃え上がった。鈍い音と共に橋板が捲れる。

「河伯を呼び出せ！」

頭が合図を出すと、鉄の箱の中身を一斉に水路に向かってぶちまける。数十、いや数百の熱せられた鉄球が転がって川に飛び込んだ。きりきりと聞いたことのない高音が発せられ、川が温泉に変じたかのように無数の泡が上がる。次の瞬間、凄まじい湯気が水面から立ち上り、あっという間に辺りが霧に包まれたようになった。

「おお……」

緋鼬が歪む。上部だけがこちらに向かおうとし、下部は霧を嫌って逃げ出そうとするような形である。ほんの束の間、動きが膠着したように見えたが、緋鼬は恨めしそうに進む向きを変えた。

「大丈夫か」

滑り込むようにして橋を渡り終えた印六に、雨組の頭が声を掛けた。印六の半纏は背が真っ黒に焦げていた。

「礼は言わんぞ、流丈」

印六はうつ伏せた状態から顔だけを上げて呻いた。

「流丈……？」

弾馬が呟くと、印六はごろんと仰向けになり、胸を上下させながら答えた。

「雨組の頭……こいつの名や。大坂もんは皆、雨の流丈と呼んでる」

緋鼬の影響であろうか。風が不安定に吹き荒れる。青半纏をたなびかせる流丈は、こちらから遠のきなおも焔を吐き零す緋鼬を見つめ、軋むほど歯を食い縛っている。


緋鼬が消滅したのはそれから間もなくのこと。これまでも四半刻以上暴れたことはないらしい。あちこち流れる川から水を撒き上げるため、大坂ではそれほど長く勢力を保てないのだろう。

それでも緋鼬は樋上町、西樽屋町、源蔵町、伊勢町を壊滅に追い込んだ。緋鼬が去った後、井組は何とか燃え残った難波橋を渡って再び消火に当たり、雨組もそれに加わった。火が途絶えたのは実に四刻後のことだった。

成り行きで消火に加わった弾馬は、流丈に誘われて釣鐘町にある雨組の火消屋敷に足を運んだ。

「武家火消いうたら、偉そうに指示だけ出すもんかと思っていましたが……ちと驚きました」

鳶口を借りて弾馬が自ら壁板を壊しだした時、流丈は目を丸くしていた。

「お前の言うこともあながち間違いやない。俺は変わりもんや」

武家火消の中にはお飾りのようにいるだけで、鳶たちに消火を丸投げする輩も少なくない。

「名乗り遅れました。大坂上町雨組を預かる流丈です。野条弾馬様でしたな」

「流丈とは、変わった名や。大坂もんには多いんか？」

「いや……私は元は僧です」

「おっさんが火消とは、珍しい」

上方では和尚のことを「おっさん」と言う。流丈は己の生い立ちを掻い摘んで話し始めた。

流丈は九条村にある小さな寺の跡取り息子として生まれたという。

浄土真宗の寺であったため、父は妻帯していたという訳だ。母は流丈を産んで間もなく世を去り、父が男手一つで育ててくれた。この時は寺の跡を継ぐため、読み書きは勿論、古今の仏典を読み漁ったという。言葉の端々から感じた気品は、この時に身に付いたものであろう。

流丈が修行の身だった十五の時、寺が火付けにあった。この頃は無宿者が大坂に溢れ、火付けのどさくさに紛れ、仏像を盗みだそうとするような輩が横行していた。この火事で流丈の父は寺男を救って死んだ。

　寺を再建出来る金はなく途方に暮れていた時、檀家であった前の雨組の頭が来るように言ってくれた。最初は長く世話になるつもりはなかったが、流丈は火消の才があったらしい。遺憾なくそれを開花させ、齢二十五にして頭を継ぐことになったという。

「全てが成り行き。人の一生とは解らんもんです」

流丈は若さに似合わない笑みを浮かべた。

「あの湯気を出すやつ……お前が考えたんか?」

「大坂の町は水に囲まれています。何とかこれをもっと上手く利用出来へんかと、試行錯誤して二年前に考えました」

川べりの火事ならば、それだけで鎮火出来そうなほど濛々たる湯気であった。そうでなくとも風向きさえ合えば、火勢を鈍らせることは十分出来よう。飛び散る水が霧雨のようだから、雨の流丈の異名が付いたらしい。

「河伯というのは……？」

「山海経（せんがいきょう）に出て来る、河の神のことです」

　大陸の伝説に出て来る水神の名で、牛を生贄（いけにえ）に沈めると、人を護（まも）ってくれるらしい。故にあの鉄球を鉄牛と、霧を河伯と呼んでいるということか。僭上がりらしい名付けである。

「揚々と乗り込んできたが、あれはどうにもならんな……」

　弾馬は頭を掻き毟（むし）った。緋鼬の威力は絶大。やはり出る前に叩くほかない。

「はい。並の風読みでは、読み切れるもんではありません」

　流丈は唇の端を嚙んで首を振った。

「ああ、うちも含め京都常火消四家にも風読みはおるが、誰も読み切らんやろう」

「しかし反対に、下手人は読み切って緋鼬を起こしていることになります」

　確かに言う通りである。火消が一生の内に一度見るか見ないかという緋鼬が、これほど頻発するはずはない。数箇所の火付けによってそれを作り上げる下手人は、風を読み切っていることになる。並の者の仕業とは考えられないし、何より数箇所に火を放つということは単独の下手人ではないだろう。何か大きな勢力が意図をもって暗躍しているのではないか。

「下手人は風読み……」

「私もその線を考えましたが、この間に大坂で姿を消している風読みはいません。それに緋鼬を意図的に作るなど、途方もないと、どの者も口を揃えて言います」

「大坂以外の風読みが来て、事件を引き起こしているとも考えられるで」

「なるほど……例えば最も火消の多い江戸ならば、優れた風読みがいてもおかしくないか……」

「それや！」

弾馬は胡坐の膝を強く叩いた。流丈はいきなりのことに目を瞬かせる。

「それ、とは？」

「江戸には日ノ本一の風読みがいる」

「では、その者が下手人……」

「いや、それは有り得へん。俺はそいつの人柄を知ってる。火消らしくない軟弱な奴やが、火を付けるような悪党やない」

「では、何故その方のことを？」

流丈は話の先が読めぬようで、鬢に手を添えて考え込んだ。

「緋鼬を読めるかもしれん……いや、そいつに無理なら誰も無理や」

「そこまでの御方ですか」

流丈は驚いて細い目を見開いた。

「流丈、江戸に文や。こっちに呼ぶぞ」

「分かりました！」

筆と紙を求めて腰を浮かせた流丈だが、途中で動きを止めて振り返った。

「その御方の名は……」

弾馬は膝に肘をついて身を乗り出した。

「加持星十郎。ぼろ鳶の風読みや」

「ぼろ鳶……」

流丈は鳩が豆鉄砲を食ったような表情になる。初めは己もこんな顔だったのかもしれない。

——余計なんもついて来そうやな。

ふと予感がして、火消馬鹿を絵に描いたような男を脳裏に浮かべて片笑んだ。

第二章　水の都

一

源吾は弁財船の先端に立ち、雄大な蒼の景色を見渡していた。海面は銀鱗をちりばめた如く煌めく。海を割る舳先から細かな泡が溢れ、後ろへと流れていく。船縁に手を添えて身を乗り出し、泡の行方を見た。まるで航路を示すために海原に線を引いたかのようだった。

泡は船尾を過ぎたあたりでははっきり白く残っているが、やがて薄れていき海に溶けるように消えていく。

「何をなされているので？」

背後から声が聞こえて振り返ると、そこにはにこやかに微笑む大丸当主・下村彦右衛門の姿があった。この船は彦右衛門のもので、大坂に向かう途中に相乗りさせて貰っているのである。

て苦笑した。
あまりに子どもっぽいことをしていたと己でも思い、源吾は気恥ずかしくなっ
「いや、泡を見て……」
「どれどれ」
嗤われるまでは無くとも、適当に流されるだけだと思った。しかし彦右衛門は
先ほどの己のように、船縁から身を乗り出した。
「なるほど海に白い線を引いたみたいですね。船には何度も乗っていますが、恥
ずかしながらよく見たことがなかった」
彦右衛門は抑揚のある上方訛りで、明るく言った。何が恥ずかしいものか。恥
ずかしいのはこちらのほうである。源吾は頰に火照りを感じ、つるりと撫でた。
「何か気付かれたのですか？」
彦右衛門は首だけで振り返る。不思議な人である。そう訊かれれば、恥ずかし
いのに素直に答えたくなってしまう。元々大丸は上方では有力な商家ではあっ
た。だが彦右衛門が後を継いで数年の内に、その身代は数倍に膨れ上がり、今で
は天下一の富商とも呼び声が高い。そこまでに至った訳は、彦右衛門のこの魅力
も多分にあるのではないか。無邪気に笑う彦右衛門の顔を見つめ、源吾はそう思

った。

「いや……何か人の記憶のようだと」

「記憶？」

彦右衛門は鸚鵡返しに問う。

「ええ、人の記憶もこうして徐々に薄れていき、消えていくのかなと……」

「松永様は存外風流でらっしゃる」

彦右衛門はにやりと笑う。

「揶揄わないで下さい。火消以外に能のない男です」

「しかし泡と違い、人の記憶の中には死ぬまで消えぬものもあるはずです」

海猫の鳴き声を縫うように言う彦右衛門の横顔は、どこか寂しげであった。

新之助が下手人に疑われた一件では、橘屋という商家が何者かによって襲撃を受け、娘二人を残して一家、奉公人が皆死んだのである。裏で糸を引いているのは、徳川御三卿に名を連ねる一橋だということは判っている。

この橘屋は大丸傘下の中でも有力な七家のうちの一つ。主人の徳一郎は、彦右衛門が幼い頃から支えてくれており、叔父や父のように思っていたという。きっと彦右衛門は徳一郎のことを忘れないに違いない。

「確かにそうですね。たとえ消したくても、ずっと消えぬものもあります」

「松永様にはそのような思い出が？」

「いや……」

たかが泡の話からここまで広がるとは思っていなかった。

「仰いたくなければ構いませんが……時には吐き出すことも必要です。松永様の立場ならば、配下の方々に話せぬこともあるでしょう」

「それは下村殿こそ」

大丸は奉公人五百を超える大所帯。それを纏め上げる彦右衛門の苦労は並大抵ではないだろう。

「私も相談致しますよ」

そこまで言われては、もう引っ込みがつかない。それに確かにこのところ、誰にも話せずに悶々としていたことがあるのだ。

「実は……父のことです」

「御父上？　確か……」

「ええ、すでに」

父を亡くしていることは、配下も含めて皆が知っていること。彦右衛門もどこかで小耳に挟んだとしてもおかしくない。

「松永重内と謂いました。うちは祖父の代から定火消の火消頭なので、父は火消としては二代目です」

海原に視線をやりながら源吾は続けた。

「松永様の御父上ならば、優れた火消だったのでしょう」

「いや……どうでしょう。目立った手柄を立てたことは無かったです。代々という意味では、やはり大音家が群を抜いています。勘九郎の父、『黒虎』の謙八も大関でしたからね」

「火消番付ですか」

「父は東の前頭九枚目が最高です。中途半端ですよ」

父は己と違い温厚な人だった。温厚を通り越して鈍ささえ感じる。火事場で指揮を執る時も、声を荒らげるような真似はしない。落ち着いて噛んで含めるように指示を出す。そのゆったりとした様が鯇に似ている。火が迫っても動じることのない鉄の心だけは立派。そんなことを誰かが言い出し、「鉄鯇」の異名で呼ばれていた。

「火事場で……？」

彦右衛門は声を落とし、波の音に合わせるようにして訊いた。

「はい。そうです」

父が何時、何処で、何をしていて死んだのかを、誰かに詳しく語ったことはない。妻の深雪にすら深く話したことはないのである。深雪もまたあまり話したくないのだと解っているようで、尋ねてくることもなかった。

反面、そのことをよく知っている者もいる。加賀鳶の大頭である大音勘九郎、に組頭の辰一、い組頭の漣次、よ組頭の秋仁。そして八重洲河岸定火消の頭を務める進藤内記。彼らは皆、己と共に父の最後を見ていた。

父が死んで間もなく、松平隼人家は一度定火消を免じられることになった。後を継ぐべき己が未熟だったということが大きい。二年後に再び任じられると内示があり、その間に源吾は様々な熟練の火消の元に出向き、基礎から徹底的にやり直した。

この時に学んだ相手が父の世代で活躍した、に組の前の頭で辰一の養父「千眼」の卯之助、仁正寺藩火消頭 柊 与市の祖父「海鳴」の柊古仙、い組の前の頭「白狼」の金五郎などである。

そして二年後、再び松平隼人家は飯田町定火消に任じられ、源吾も火消頭に就任した。

「これまでさっぱり見なかったのに、最近、よく父の夢を見るんです」

「松永様が立派になられたことを、喜んでいらっしゃるのでしょう」

「そうだといいのですが……」

何故、夢に見るのか。思い当たる節はあった。先達ての狐火もどきの一件で、父の死に纏わる男の影を感じたからである。だがその男は既に死んでいるはず。有り得ないと思うのだが、ずっと心のどこかで気に掛かっている。

「間もなく大坂です。今度、ゆっくり酒でも酌み交わしたいものです」

途中、随分と陸から離れて航行していたが、今は浜辺を歩く人の形も見えるほどに近い。大坂に入るにあたり、船を陸に徐々に寄せているのだ。

「下村殿の忘れられない話を聞いていません」

「それもその時に」

彦右衛門は悪戯っぽく笑い、盃を干す真似をしてみせた。

「お話し中に申し訳ございません」

星十郎が甲板をこちらに向かって来る。

「間もなくらしいぜ」

「はい。そうなのですが……」

「武蔵か」

源吾は片頰を引き攣らせた。

「はい。昨日の時化が応えたようで」

武蔵は船に滅法弱く、乗って半日もすれば足腰も覚束なくなる。特に昨日の夕刻に海が荒れた時などは嘔吐を繰り返し、吐くものが無くなってもえずいていたのである。

「だからあいつだけは陸路で来いと言ったのに」

前回もそうだったが、船から降りても地が揺れると言って二、三日はまともに動けなくなる。それならばいっそ独りで東海道を来いと勧めたのだが、数日寝込むことになっても船で行くほうが速いと聞かなかったのである。

そもそも出発まで三日しかなかったので、なかなか慌ただしかった。主だった頭を家に集め、己と星十郎、武蔵の三人で大坂に応援に向かうと告げた時、真っ先に悲痛な声を上げたのは、やはり新之助であった。

「ずるい！　何ですか、上方はその三人って決まっている感じじゃあないですか」

「火消組全体を考えてのことだ」

今回、星十郎は必須である。しかし星十郎は自らが動くのは苦手。しかも二、三日の内に京に向かわねばならぬ期限が来る。ある程度動けて、星十郎の後を引き継ぐとなると己以外にいない。あと一人となると、やはり経験豊富な武蔵になる。しかも武蔵は極蜃舞という火消道具を得てからというもの、たった一人で炎に突入出来るようにもなっている。少人数で動く場合、これはかなり助かる。

宥めてくれるかと彦弥、寅次郎に視線を送る。しかし今回は二人も不満そうにしていた。

「ずりい。俺も大坂に行ってみたかった」

「お前は女だろう」

源吾が被せるように言うと、彦弥は目の前で手を横に振った。

「違いますよ。ちょいと欲しいものがね」

「欲しいもの？」

彦弥は拳を二つ重ねて片目に当てた。

「遠眼鏡ってやつです」

まさか彦弥からそんな物の名が出るとは思わなかった。

「あんなもん、えらく高いだろうよ」

遠眼鏡がどのようなものか、源吾も見たことはあった。普通の眼鏡でも一両一分は下らないのだ。途方もない高級品だということは解るが、詳しく値を知ろうとしたことはなかった。

「確かに、大坂では遠眼鏡はこなれてきているようです」

星十郎が口を挟んだ。江戸に比べ、大坂は熱心に遠眼鏡が作られているのだという。十倍、二十倍に見えるものはまだ高価だが、五倍程度のもの、見える景色が歪んでしまう失敗作などは、比較的廉価で売られているらしい。

「何故、大坂で遠眼鏡が？」

「米相場ですね」

皆に茶を出していた深雪が答えたので少し驚いた。星十郎も頷いて、話を深雪に譲るというように手を滑らせる。

「米の相場はどのように伝えられているかご存じですか？」

深雪は最後に新之助の前に茶を置くと、皆に向けて話し始めた。

全国の米の価格は大坂で決まっている。元来は米飛脚と呼ばれる者が、大坂から各地に走って米の相場を報せていた。しかし紀伊国屋文左衛門が、さらに速く伝える方法を考案した。予め山や櫓に旗手を配して、旗振りで伝えるのである。

その速度は尋常ではなく、晴れた日に熟練した者が行えば、大坂から安芸国広島まで四半刻（約三十分）を切るという。江戸に伝えるためには箱根の山を越えねばならず、ここは早飛脚を用いる。それでも一刻（約二時間）は掛からないというから相当なものであった。

「これで困ったのは、米飛脚の方々。職を失うのですから。幕府は米飛脚のため、旗振りを禁じました」

しかしその禁止令は摂津、河内、播磨の三国のみに出された。商人たちはその盲点を突き、米相場の決まる大坂堂島から飛脚を出し、住吉街道をひた走らせる。禁止令の外である和泉国の松屋新田まで辿り着くと、そこから大和国十三峠、次に山城国乙訓郡大原野、比叡山、大津へと旗振りによって伝達した。

「商人たちは商いに命を懸けていますから。さらに見え方の悪い日でも的確に旗が見えるようにと、遠眼鏡をこぞって用いたのです。それで大坂では遠眼鏡作りが盛んというわけです」

深雪は話し終えると、星十郎に視線を送る。

「完璧です。補足する必要はありません」

商いや銭のことに関しては、星十郎にも負けない知識を有していることに改めて舌を巻いた。だがその遠眼鏡を何故、彦弥が欲しがるのか。

「いやね、一つだけ花菊との約束を果たせていないんです」

彦弥が救った、昼三という最高位にいる花魁である。火事場から救い出す時に願いを叶えると約束し、花菊は幾つかの願いを口にした。その内、

――上野の桜を見てみたい。

という約束だけが果たせぬまま、春は過ぎてしまった。来年に再度挑戦しようとしているが、廓から出られない以上難しい。数本折って持っていくことも考えたが、それも花菊の真意とは遠いだろう。そこで考えたのが遠眼鏡を用いれば、上野の桜が少しでも見えるのではないかと考えたという。

「そういうことならば、私の遠眼鏡をお貸しします」

星十郎が言ったので、彦弥は身を乗り出した。

「先生、持っているのかい？」

「ええ、天文方では使うのです」

「でも藩の物を勝手に使っちゃあ、まずいんじゃゃ……」

「当家は買う余裕がありませんよ。自前の物ですので、遠慮なく使って下さい」

「ありがてえ。じゃあ、大坂はいいや」

彦弥は一転して納得した。あとは寅次郎と新之助である。

「寅は？」

源吾が振ると、寅次郎は少し恥ずかしそうに頭を掻いた。

「まあ、たまには上方のものも食べたいなと」

寅次郎は近江国石寺の出。力士時代には、その地から望める荒神山という山の名を四股名にしており、火消になってからもそれが異名となっている。江戸と上方では好まれる食材も異なれば、味付けも大きく違う。故郷の味が恋しくなるというのも理解出来る。

「和四郎も育ってきたので、暫く離れてもよいかなと」

寅次郎は付け加えた。和四郎とは、寅次郎の補佐役を務める壊し手で、例の食い逃げを捕まえた鳶である。寅次郎は大きな躰に似合わず慎重な質で、なかなか配下に任せるということが出来なかった。しかし昨年より少しずつ、信用して任せるところを増やすようになってきていた。

「そうそう。私もそれですよ。箱鮨を食べてみたいな」

新之助が同調するので、源吾はすぐに釘を刺す。

「箱鮨なんて、江戸でもあるだろう」

「やはり本場は上方ですから、絶対向こうのほうが美味しいですよ」

「鼈なんかもいいですな。江戸ではあまり食べませんから。あとは『ころ』なんかもありますよ。脂の付いた鯨の皮を煮込んだものです」

「いいですねえ。私は柔らかい豆腐も食べたいんです。絹ごしって言うんですよね」

新之助と寅次郎が盛り上がっているので、源吾は溜息を零した。籤引きでもしてどちらかだけでも連れて行くしか、話が収まらないのではないか。諦めかけた矢先、深雪が再び口を開いた。

「お二人の行きたい訳はそれだけですか？」

叱られると思ったのだろう。二人の肩がびくんと動く。寅次郎は口を噤むが、新之助は勇気を奮い立たせるように拳をぐっと握って答えた。

「まあ……はい」

「箱鮨、鼈、ころ……」

「絹ごしの豆腐もお忘れなく」

新之助は険しい顔で答える。一体これは何のやり取りだ。そしてこれが勇気だとすれば、何と訳の分からぬ勇気だろう。

「分かりました。それをすべて私が作ります」

「え！　本当ですか⁉」

新之助は飛び上がるようにして歓喜の声を上げる。いや実際に少し尻が浮いていた。

「はい。寅次郎さんの口にも合うように、上方風に作ってみせますよ」

「奥方様……」

深雪の優しい言葉に、寅次郎は唇を窄ませた。

「いや、おかしいですよ。これは何かの罠かもしれません。下手人に仕立てられてから、疑い深くなっているんです。そうか……法外な値を――」

「へえ……」

深雪が目を細めて静かに言うので、源吾は身震いした。

「寅次郎さん、彦弥さんも食べにいらして下さい。ご馳走します」

「え……私は？」

「五両頂きます」

「ほら！」

新之助が悲痛に叫ぶ。五両ならば寅次郎や彦弥の年俸の半分。また吹っ掛けたものだ。

「新之助さんが酷いことを仰るからです」

「くそ……こんなに疑い深くなってしまったのも、一橋のせいだ」

新之助は拳で己の膝を打った。まさか一橋もこんな理由で恨まれているとは思うまい。

こちらを見る深雪の目が笑っている。口元も微かに綻んでいた。軽口で言っているだけであろう。

——助かった。

源吾は眉を上げて感謝を伝えた。

もう新之助も昔とは違い、火事場で指揮を執ることが出来るようになっている。いや最近の手並みを見ていると、並の火消以上であると思っている。比する者を挙げるとすれば、与市に迫る勢いである。しかも、この道に入ってまだ僅か四年。未だ己に叱られているので、当人は気付いていないだろうが、これは相当に覚えが早い。

ともかく深雪の助け舟もあって何とか居残り組も納得し、三人は大坂に発(た)つことが出来たのである。

二

大坂湊(みなと)には大小多くの船が停泊しており、積み荷を揚げ下ろしする人々で活気に溢(あふ)れている。当たり前だが飛び交う言葉は、上方訛りが多い。京に行った時もそうであったが、これでようやくここは江戸でないと実感が湧(わ)いて来る。

「大坂は川と堀が町中を流れています。小舟に乗り換えてお送りするつもりでしたが……」

彦右衛門は苦い顔つきで、視線を横に滑らせる。源吾の肩で武蔵を支えているのである。武蔵の顔色は薄く白粉(おしろい)を塗ったように白く、青息吐息(あおいきといき)で項垂(うなだ)れている。

「これ以上、船に乗せると干涸(ひから)びちまいそうです。歩いて行きますよ」

「釣鐘町の場所は分かりますか?」

大坂には武家火消はいない。全てが町火消である。それらが雨、波、滝、川、井、と水に纏わる名を冠した五つの組に分かれている。どういった経緯かは知らないが、弾馬は雨組の火消屋敷に滞在しているらしい。そこで落ち合うことになっている。

「聞いたので凡そは分かります、分からなければ近くで尋ねますよ」

「そうですか。では、皆様よろしくお願いします」

彦右衛門は膝の前で手を合わせ、深々と頭を下げた。船中で聞いたことだが、元々弾馬が店火消をしていた緒方屋という大旅籠が、大丸傘下の有力商家七家の一つらしい。江戸では例の橘屋と、材木商の十津川屋が両輪。上方では緒方屋を最も頼りにしていると彦右衛門は言っていた。その緒方屋が弾馬を大坂に招くことを進言し、彦右衛門が協力したという流れだったらしい。

彦右衛門は大丸の大坂の出店に暫く滞在するらしく、何かあれば遠慮なく言って欲しいと付け加えて去って行った。

「源兄……すまねえ」

耳元で武蔵がか細く声を震わせる。よほど堪えるのだろう。さらに配下の目がないこともあって、昔の呼び方になっている。

「こればかりは仕方ねえ。人には何か一つくらいは苦手があるもんさ。無理させちまったな」

「足で向かえばあと五日は掛かっちまう。明後日には戻るだろうからさ……」

東海道を行くならば早駕籠という手もあるが、武蔵は船以上に駕籠が苦手らしく、とてもじゃないが一日も乗っていられないという。

「せめてそれを担いでやる」

武蔵の背の行李を軽く叩いた。

「いえ……これは離したくないので」

京の松原富小路に工房を構える水絡繰りの大家がいる。その名を平井利兵衛と謂い、改良を加えた竜吐水や水鉄砲の出来は日ノ本一とも呼び声高く、京のみならず全国の火消から注文が入る。

中でも五代目滝翁は数々の新しい火消道具を生み出し、火消たちから「水工」の異名で敬われていた。その五代目もまだ現役であるが、現在の当主は六代目。名を水穂と謂い、まだ二十歳の女である。女の身故、侮られたこともあったらしいが、その揶揄を黙らせるほど立派な水絡繰りを作っていた。

京の事件で知己になってからというもの、武蔵と水穂の間には文の往来がある。鈍い己は何も思わなかったが、妻の深雪に、

——武蔵さんは恋をされているようです。

と言われてようやく気が付いた。

この行李の中には、平井利兵衛工房の最新の火消道具「極蜃舞」が分解されて収められていた。これは滝翁の手のものでも、水穂の手のものでもない。水穂の兄弟子で、真の兄のように育った嘉兵衛という男がいた。

水穂が無頼漢たちから辱めを受け、嘉兵衛はその恨みを晴らそうとした。己の持てる技術の粋を集めた道具で、下手人を次々に殺していったのである。武蔵は最後まで嘉兵衛を闇から解き放とうと奔走した。

嘉兵衛は捕まり火炙りの刑に処されたが、最後に武蔵に己の火消道具を託した。それがこの極蜃舞であった。武蔵は嘉兵衛の想いを背負っているつもりなのだろう。出動や教練の後、独りで念入りに極蜃舞の手入れをしているのを知っている。

「そうか。じゃあ、しっかりしねえとな」

「はい」

武蔵は紫掛かった唇を綻ばせた。

「私もお手伝いを……」

「いいさ。気持ちだけ貰っておく。人には得手不得手があるもんだと言ったろう」

　星十郎の申し出を断り、源吾は小さく笑った。星十郎は十くらいの男の子と相撲を取っても、負けるのではないかというほど非力である。言っては悪いが邪魔になるだけだろう。

　釣鐘町を目指して三人は歩む。彦右衛門の言っていたように、大坂にはあちこちに「水」がある。火消としては有難い限りだが、反面、橋が多く、いざ逃げるとなればかなりの混雑が予想された。一気に多くの人が集中すれば、橋が崩れ落ちることもあり得る。実際に江戸の明暦の大火ではそのようなことがあり、大勢が圧死したと伝わっている。

　覚束ない足取りの武蔵を支えながら歩むと、往来の両脇から呼び込みの声が掛かる。

「兄さん、顔色が悪いな。うちの宿で休んでいったらどうや？」

「どや、気付けに酒がええで」

「うちの饂飩食べたら、すぐに本復するわ」

　どれも軽快で、しかもこちらが武家だからといって敬語を使うでもない。

陸続きとはいえ江戸と大坂は別の国のようなもの。訛りもそうだし、新之助たちが話していたように、好む食べ物などの風俗も異なる。江戸には参勤で武士が溢れかえっているが、大坂では九割九分が町人である。武家なぞは、

——儲からぬ稼業。

と、多くの町人が言って憚らないという。

「なんや、愛想のない」

呼びかけを無視すると、あからさまに舌打ちする者もいた。

「なんや、二日酔いかいな」

行商の薬売りが声を掛けてきた。

「いや、船酔いだ」

源吾が答えるや否や、薬売りは薬箱を地に置いて中から小瓶を取り出す。

「兄さんは運がいい。丁度、鞍馬の天狗の仙薬が手に入ったんや。これを呑めば船酔いなんて、あっちゅう間に治る」

「幾らだ？」

かなり胡散臭いが、箱を開くまでしてくれたので訊いた。

「一両や」

「高(たけ)えな」

「しゃあない。特別や。ほんまに具合が悪そうやから、二分にまけたる」

いきなり半額になったのだから、余計に怪(あや)しく思える。

「釣りはあるで」

隙(すき)も与えず、薬売りは釣り銭の用意を始める。何とか断って立ち去ろうとした時、星十郎が口を開く。

「その天狗の仙薬。何が調合されているのですか？」

「何がて……仙薬は仙薬やからな」

「仮に天狗がいたとして、天狗も何かを混ぜてこの薬を作ったはず。聞いてはいないので？」

「いやまあ……そうやな」

「すみません。何が混ぜられたか解らないものを、口にするわけにはいきません。失礼します。行きましょう」

星十郎はぴしゃりと断って促す。源吾は些(いささ)か悪い気になったが、星十郎に続くようにその場を後にする。

「助かった」

「あの手の怪しい薬売りはどこにでもいるもの。断りにくいように押し売ってきています」

　南蛮には心の動きを読む学問があるといい、星十郎は長崎から取り寄せた書物により、それにも精通している。あの薬売りがそれを修めているとは思えぬが、日々の商いの中で身に付けたのだろう。商魂逞しいことである。

「一々相手をしていたら、日が暮れちまうな」

「もう一人で歩けます。早く行きましょう」

　武蔵はそっと源吾から離れ、一人で歩き始める。しかし時々口元を押さえて吐き気を堪えている。少しでも早く着いて休ませたほうがいいだろう。

　こうして往来の喧騒を縫うようにして歩き、近くで詳しい場所を尋ね、雨組の屋敷が遠くに見えて来た。近くまで来ると、丁度男が外に出て来たところだった。

　年の頃は五十すぎか。無造作に纏めた総髪だが、腰に刀は無いので町人と見える。紙縒りの如き眉の下に、これまた針を二つ並べたような細い目。鼻の下には鯰のような髭を蓄えている。手まですっぽりと隠れるほど袖が長い単衣。色が灰であることも相まって、鼠を彷彿とさせる相貌である。

「雨組の方か」

源吾が尋ねると、男はちょこんと人差し指で己の鼻を指した。

「儂かね。ここを訪ねた者だが」

どうやらここを訪問して帰路に就こうという客らしい。

「これは御免」

通り過ぎようとした時、男が呼び止めた。

「そこの御仁。どうも顔色が悪い。酒気は感じぬ故……駕籠酔いか、船酔いか？」

男がぴたりと言い当てたので些か驚いた。それに上方者にしては訛りが感じられない。

「はい。先ほど江戸から船で」

「なるほど。丁度いい薬を持っている……飲んでいきなさい」

男は腰から印籠を取り外す。源吾と星十郎は顔を見合わせた。先刻の薬売りと同じ流れだ。

「急ぎますので」

先んじて断って行こうとすると、男は手を伸ばして止める。

「飲むぐらいすぐだろう」

「天狗の仙薬ですか？」

星十郎は皮肉っぽく言う。

「天狗？　ああ……ぼったくりの薬売りか。近頃増えてかなわんね」

「貴殿（きでん）は違うと」

「一緒にせんでくれ」

男は髭をなぞるように弄（いじ）って苦笑する。

「その薬は何を調合したものです？」

「江戸者は疑い深いようだ……いいだろう」

咳払（せきばら）いを一つして、男はすらすらと話し始めた。

「まずは沢瀉（たくしゃ）、湿地に生える匙（さじ）に似た葉を付ける草。その根茎を乾かしたものだ。次に猪苓（ちょれい）。舞茸（まいたけ）の一種だな。これの核を乾かしたものを煎（せん）じて加えている」

話の中で指を二本立てて続ける。

「三つ目に茯苓（ぶくりょう）。赤松の根に付くもので、松塊（まつほど）とも呼ぶ。四つ目に白朮（びゃくじゅつ）……まあ『おけら』のことだ。秋に根を掘り、皮を剝（は）がしたもの」

星十郎も驚いて目を瞬（しばた）かせている。男の立てた指は四本。そして掌（てのひら）を見せるように全部を開いた。

「最後に桂皮。漢方二百九十四処方の内、八十九の処方に使われる馴染み深いもので、肉桂の樹皮である。これらを調合して作ったものよ」

「それは……確か、何と言いましたかな……」

星十郎も漢方にはさほど詳しくないようで、眉間に皺を寄せて思い出そうとしている。

「五苓散。二日酔いにも効くが、船酔いにも効く。儂の周りは酒呑みが多く、大抵持ち歩いているのだよ。納得して頂けたかな？」

「失礼致した。漢方医の方なのですね」

医者ならば総髪の者も多く、風体も納得出来るというもの。源吾が頭を下げ、すぐに星十郎もそれに倣う。

「まあ、そのようなところです。ちょいとよろしいかな？」

男は武蔵に口を開くように命じ、喉の奥を覗いた。

「何を？」

「疫病の類ではないかとな。そうなら却って症状を悪くする場合もある。次は貴殿も」

生薬というのはその人の状態によって、薬にも毒にもなり得る。武蔵が他の病ではないかと確かめるため、源吾や星十郎の喉も見てゆく。

「病ではないみたいですな。問題ないでしょう」

男は再び髭をしごきつつ微笑んだ。

「船酔いに効くというのならば、どうぞお譲り頂きたい」

「初めからそう申していますのに」

「お幾らで？」

「儂の勝手で診ただけ。お代はよろしい。早くよくなられるとよいですな」

印籠の中から大粒の丸薬を二つ取り出して武蔵に手渡す。今すぐ一粒。今日の夜にもう一粒飲めば、症状は随分和らぐだろうと言う。

「ありがとうございます……」

武蔵が礼を述べると、男は針のような目を垂らして微笑んだ。

「お大事に」

「あの、貴殿は――」

早くも立ち去ろうとするので、源吾は慌てて呼び止めた。

「これくらい結構です」

男は手をひらりと舞わせて歩を進める。

「拙者は新庄藩火消方頭取の松永源吾と申す」

先に名乗るべきだったと思い、源吾は男の背に向けて言った。男は足を止めて振り返る。

「武家火消が大坂に何の用で？」

「昨今起こりたる不審火の件で」

緋鼬は大坂の町を恐怖に陥れている。周知の事実なら隠す必要はなかろう。

「貴殿ならば止められると？」

「それは……解りません。しかしその為に来ました」

男は髭をなぞって弾く。先刻から見るにどうやらこの男の癖らしい。考え込む時に出る、星十郎の前髪を触る癖に似ていると思った。

「埴淵と申します。明日になってもまだお躰が優れぬ時は、西船場においで下さい。誰かを捕まえて訊けば解るはず。薬を煎じましょう」

埴淵は細い眉を開いて会釈をすると、ゆっくりとした足取りで去って行った。長い袖が揺れる。どこか講談に出て来る、大陸の仙人を思わせる飄々とした後ろ姿である。これで杖でも持たせれば益々様になるに違いない。源吾はそのようなことを考えて見送った。

「いやはや、驚きました。あのような方もおられるのですな」

星十郎が感嘆混じりに言った。

「五苓散というのは……？」

「よく知られた処方です。身元も明らかにされているようなので、心配は無用でしょう」

「これでこの苦しみが消えるなら、後で飲ませて頂きますよ」

武蔵は顔を顰めて丸薬を大事そうに財布に仕舞った。源吾は元来の目的を思い出し、雨組の火消屋敷の敷地内に足を踏み入れると、入口で中に向けて誰かと呼ばわった。

「いい加減にせいよ！　薬は間に合ってる言うてるやろが！」

引き戸が開いて、いきなり不機嫌そうな声が返って来た。若い男である。頰や手の甲に軽い火傷の痕があることから、鳶と見て間違いなかろう。いきなりの剣幕に戸惑ったが、それは相手も同じようである。

「え……ちゃうんかいな」

どうやら先ほどの漢方医は雨組に薬を売り込んでおり、それをこの鳶が追い払っていたという訳らしい。

「拙者は新庄藩火消方頭取の松永源吾と申す者。こちらにご滞在のはずの京都常火消の野条弾馬殿に呼ばれて罷り越した」

久しぶりに武士らしい畏まった話し方をしたので、己でもややぎこちないと思った。

「松永様……これは失礼致しました！」

鳶はこちらが恐縮するほどの勢いで頭を下げる。

「いや、気になさるな」

「私は円次郎と申します。頭から話は聞いております。野条様は頭と共に今出ておりまして……もし御出でになったら、中でお休み頂くように言いつかっております。どうぞ」

円次郎は躰を引いて手を滑らし、中へ招き入れた。知らぬ場所で知人も不在。出直すことも考えたが、武蔵の容態を思えばすぐにでも休ませたほうがよさそうである。

「では、待たせて頂こう」

源吾が振り返って二人に頷く。鳶に続いて屋敷の中へ入った。江戸に比べて土地に余裕があるのだろう。江戸の町火消の屋敷に比べてやや広い。

「今、大半の鳶が出払っていまして」

例の事件が起こってからというもの、鳶たちは休みなしで管轄内を見回っているという。円次郎のような経験の乏しい鳶が数名、火消屋敷に残って繫ぎの役目を担っているらしい。

奥の一室を用意しているとのことで、円次郎の案内で廊下を歩む。

「お疲れでしょう。頭たちは夕刻に戻ると聞いています。それまで、ゆるりと休んで下さい」

振り返った円次郎が微笑みを向けた。

「大坂の者は武士を何とも思わないと聞いていたが、雨組はどうも違うようだな」

湊に着いてからここまでの道程、事前に聞いていた噂は事実だと思った。しかしこの鳶の応対には、こちらへの敬意を感じる。

「いえ、武士なんて何とも思っていません」

鳶は臆面もなく答えて襖を開ける。こざっぱりとした部屋で、掃除が行き届いている。文を書くことも考えてか、文机と文具も備えられていた。円次郎は中に促して続けた。

「武士として敬（うやま）っている訳ではありません。江戸の火消番付の大関。一番の火消だからです。あとのお二方の活躍も耳にしております」

源吾も己が武士であることに何の誇りも持っていない。火消として認められているということは、己の積み重ねてきた技を認められるということ。そちらのほうが素直に嬉しかった。

「私はまだ鳶になって半年の若輩（じゃくはい）。ご指導のほどよろしゅうお願いします」

円次郎は頭を深々と下げた。

「そういうことか。誰に聞いた？」

「大坂者は耳が早いのです」

円次郎は口元を綻ばせる。今回、己たちを招くにあたり、雨組の頭は事前に出来得る限りのことを大坂と江戸を行き来する商人たちに聞き込んだ。そして知れば知るほど、

――これは凄（すご）い火消だ。

と舌を巻き、配下にも丁重（ていちょう）に迎えるようにと命じていたらしい。そこまで言われると気恥ずかしくなってくる。

「今、茶を用意します」

去ろうとする円次郎を引き留めた。

「白湯を一杯貰いたい」

武蔵に薬を飲ませるためである。それで先刻の男のことを思い出し、源吾は尋ねた。

「先ほど訪ねて来た男は？」

「ああ、埴淵とかいう漢方医ですか。頭は留守だと言うてるのに、会わせろとしつこくて……あの手の売り込みは多いんですよ。大坂者は己の弁舌に自信がある者が多く、頭にさえ会えばどうにかなる思っているよってに」

この円次郎もなかなかに早口で舌がよく回る。一度引っ込んで茶と白湯を用意してくると、

「他にご用命があれば、何なりと」

と言い残して、部屋から下がった。

「飲んでおけ」

「はい……効けばいいんですが」

武蔵は白湯で丸薬を流し込むと、隅に置いた極屓舞の入った行李に寄りかかる

ようにして座った。暫くすると武蔵の寝息が聞こえてきた。

「土御門は八日後か……」

　源吾が指を繰りながら数えた。文月（七月）十一日、京で幕府と朝廷との間で論戦が行われる。此度の敗北は絶対に許されない。負けたとしても、幕府は天文方以外を出していると言い張って逃れるつもりでいる。事実、此度はあくまで京都所司代の役人が矢面に立つ。その従者として山路連貝軒、そして星十郎も同行することになっていた。

　もっとも土御門は山路の顔を知っているし、そのような思惑があることも見抜いているだろう。反発するかと思われたが、土御門は拍子抜けするほどあっさりと受け入れた。

「よく土御門がそれで呑んだものだ」

　幕府を論戦の場に引きずり出す喧嘩巧者だ。源吾からしても不審に思われた。

「奴にも何か思惑があるのだと」

　条件面で交渉していては長引くどころか、幕府が席を蹴ることも考えられる。余程自信があるのか。

「あるいは、急ぐ必要がある」

星十郎は仮説を口にした。考えられる理由としては当主・泰邦の年齢。すでに齢六十四に達しており、いつ世を去ってもおかしくない歳といえよう。もしくは病でも発しているのではないか。星十郎はそう見立てた。

「有り得るな」

「急がなければ……」

星十郎の握りしめた拳が震えている。いつもは冷静な男だが、この件に関しては感情が溢れ出る。泰邦の代に幕府は暦を奪われ、二人の叔父の一人は間接的に死に追い込まれ、もう一人は心を病んで逼塞した。そして民の為に京へ向かった父孫一は目的を達する前に火事で死んだのだ。星十郎の遺恨は、土御門という家よりも、泰邦という個に向いているのだろう。故に勝ち逃げのように死なれることは、星十郎にとっては堪え難いことらしい。

「山路殿はいつ？」

「六日後に京に」

山路連貝軒は江戸を発ち、陸路京を目指している。京で合流する約束であるため、星十郎も遅くともその日の朝には発つ。それまでに大坂の事件の謎を解き明かさねばならない。

今まで多くの難題に立ち向かってきたが、今回ほど風読みの力に頼らねばならない事件はないと、源吾は感じていた。

星十郎は荷を解くと、持って来た帳面を取り出した。京での戦いに向け、今一度天文の動きを計算し直すと余念が無い。己も武蔵ほどではないが、船での長旅に疲れている。四半刻ほどすると強烈な眠気に襲われてきた。

「お前も休んだらどうだ？」

源吾は大欠伸をしながら、文机に向かう星十郎に訊いた。

「何かあれば起こしますので、御頭はお休み下さい」

星十郎は一瞥して筆を走らせる。船の中でもずっとこの調子であった。星十郎にとっては、二度と訪れることがないかもしれぬ千載一遇の好機。逃したくないのは解るが、やや気負い過ぎではないかと不安になる。

三

壁にもたれ掛かったまま、いつの間にか微睡んでいた。どれほどの時が経っただろう。源吾ははっと目を覚ました。

庭に面した襖が開け放たれており、外光がたっぷりと差し込んでいる。光は柔らかな櫨染（はじぞめ）色で、間もなく陽（ひ）が暮れるのだろう。

星十郎は変わらずに文机に向かい続けていた。

「お目覚めになりましたか」

星十郎は筆をそっと置いて振り返った。その横顔に暮れなずむ陽が当たる。

「ああ、どれほど眠った」

「三刻ほどかと」

いつの間にか燭台（しょくだい）と蠟燭（ろうそく）が用意されている。蠟燭は高価であるため、それだけでも歓待（かんたい）してくれていることが解る。

源吾は躰を伸ばしながら尋ねた。

「随分、眠ったな……武蔵は？」

「それが……」

星十郎が言いかけた時、見計らったように廊下から跫音（あしおと）が近づいてきて、武蔵が姿を見せた。

「お目覚めになったんですね」

厠（かわや）にでも立っていたらしい。随分（ずいぶん）と顔色が良くなったように見えて、源吾は目を擦った。廊下を歩む跫音もしっかりしたものだった。

「大丈夫なのか？」

「半刻前に起きたんですが、自分でも驚くほどよくなっています」

　前に船から降りた日は、陸がぐわんぐわんと揺れてずっと吐き気を催していた。日が経つごとに治まっていったが、五日目でもまだ揺れを感じたという。

「もう三日目……いや、四日目の感じです」

「それは凄いな。薬が効いたか」

「そうとしか考えられませんね。本当にありがてえ。帰るまでに礼を言わねえと」

　武蔵は、もう一粒の丸薬を忍ばせた懐をぽんと叩いた。

「弾馬は？」

「まだお戻りにならないようで、鳶も恐縮していました」

　もう戻ってもおかしくない刻限だが、二人ともまだらしい。江戸を発つ前に文は返しているが、向こうはこちらがいつ着くのか、正確な時を把握していない。真相究明に奔走しているのだろう。

「腹が減りましたね」

腹が鳴り、武蔵は照れ臭そうに言った。

「ああ、何か食いに行くか」

「私はもう少し……」

星十郎が筆をこちらに向けて掲げる。

「根を詰めすぎると、躰に障る。行くぞ」

源吾は有無を言わさず星十郎を立たせる。

三人で表に出ると、土間からの上がり口に腰を掛けて三人の鳶が話していた。

こちらの姿を見て一斉に立ち上がる。中には円次郎もおり、声を掛けて来た。

「何か御用でしょうか」

「近くで飯でも食おうと思ってな」

「大したものはご用意出来ませんが……」

己たちの食事をどうしようかと、丁度そのことを相談していたらしい。町を見回っていた鳶たちが戻って来る中、まだ頭と弾馬が戻らない。予定通りに帰ってきたならば、無理を聞いてくれる近所の仕出し屋に頼み、宴会を催そうとしていた。

だがまだ帰らぬ今、近くで誰かが飯を食えるところを案内するか、疲れているだろうからここで簡易に済ませてもらうか。どちらがよいかと相談していたという。

「気が利くな。うちのもんにも見習わせたいくらいだ」

　商人の町だからか、鳶たちもよく気が回る。江戸に残る配下たちの顔を思い出し、お世辞ではなくそう思った。

　年嵩の鳶が恐縮するように頭を下げて言った。

「滅相も無い。円次郎、ご案内して差し上げなさい。絹がええやろう」

　雨組がよく利用する、美味いものを食わせる「絹」という居酒屋が、程近い与左衛門町にあるという。出迎えた流れから、円次郎が世話をするのがよかろうと判断したようだ。

　円次郎の案内で町へと繰り出した。あたりは薄闇が落ちてきているが、まだ提灯に火を入れるほどではない。昼間の暑さが嘘のように和らぎ、風の中に微かに水の匂いが混じっている。これも川や堀の多い大坂ならではのことだろう。風の中に水気が多いということは、火事が起こりにくく、防災にも一役買っている。

「家の材木も水を吸う。特に夏の大坂じゃあ、大きな火事は少ないだろうな」

　源吾は、手を風に翳した。

「はい。冬に比べて夏は半分以下とのことです」

円次郎は火消の端くれなのに、人から聞いたような口振りである。円次郎にとって、火消になって初めての夏ということになろう。

「何故、火消に？」

見る限り円次郎の年の頃は二十四、五。別に年を食い過ぎていることもないが、鳶を志すにはやや薹が立っている。

「私はそれまで別のところで勤めを」

己のように、初めから火消になる者は案外少ない。町火消はそれが特に顕著で、江戸でも前職を持つ者や、掛け持ちをしている者も散見される。新庄藩火消などはそのいい例で、寅次郎は元力士、彦弥は今も軽業師と掛け持ちである。横を歩く星十郎も元々は隠棲した学者であるし、武蔵は期間こそ短いが父の元で下駄職人の修業をしていた。「よ組」の秋仁のように破落戸をしていたなどはまだ聞く方で、他にも「け組」の燐丞のような元医者という変わり種もいる。

「訊いてもいいか？」

「はい。奈良で寺男を」

「へえ、聞いたことがないな」

寺男出身の火消に会ったのは初めてである。

円次郎のいた寺の住職は、仏門にありながら無類の酒好きで身を持ち崩した。檀家も見限って他の寺へ移り、ついには立ち行かなくなり、円次郎は放逐されたのだという。幼い頃に口減らしのために寺に預けられた円次郎は、手に職もなく途方に暮れて大坂に出た。そこで働き口を探していた時に、頭に誘われた。

「今の頭も元は坊さんですからね」

「そりゃあ、さらに珍しい」

驚きから声が高くなってしまった。今の頭も火事で寺を焼失して路頭に迷っていたところを、先代の頭に拾われたということだった。

「雨組は皆が似たような境遇でして」

自らがそのような経緯で火消になったため、円次郎のような手に職がなく困っている者を積極的に採っているのだという。上方の者が最も多いが、中国筋や四国から流れて来た者もかなりいる。

「人助けってところか。坊主の頃に染み付いた癖みたいなものかもしれねえな」

「俗世でも人を救うことは出来る。それが頭の口癖です」

円次郎は笑顔を向けたが、すぐに顔を引き締めて続けた。

「うちは皆様をすぐに受け入れましたが……お気を付けください」

「何をだい？」

これまで黙って聞き入っていた武蔵が、眉を顰めて円次郎の顔を覗き込んだ。

「上方者の中でも大坂者は、江戸者が大嫌いですから」

円次郎は申し訳なさそうに頬を歪めた。

訳を挙げろと言われれば色々と出て来る。豊臣家が治めた時代、大坂は実質この国の中心だった。その頃を代々懐かしがり、豊臣家を滅ぼした徳川家を憎たらしく思う者。大坂の武士は数も少なく商人に舐められており、その総本山ともいうべき江戸を軽んじている者。あのような塩辛い味付けのものを食うのは、正気ではないと馬鹿にする者までいる。

「まあ、理屈じゃあないんかもしれません。とにかく何かにつけて競い合う。反骨の塊のような町なんです……中でも火消はさらに顕著です」

雨組以外の四組は大半が大坂者で構成されている。全ての組が競い合って決して仲がいいとは言えない。だが事が江戸の火消の話になると、大したことはないと皆が口を揃える。熱心にも毎年江戸の火消番付を取り寄せてまで、批判する者もいるらしい。

「もうそこまで行けば、ほんまは好きなんやないかと言いたくなりますがね。多分に憧れもあるんでしょう」

火消番付があるのは江戸だけで、本心ではそれを羨ましがっているのではないか。円次郎は苦笑しつつ言った。

そのような話をしているうちに、目当ての居酒屋に辿り着いた。店先に「きぬ」と書かれた提灯がぶら下がっている。

「なかなか美味いものを食わす店でして……」

円次郎が暖簾を潜ろうとした時、源吾は唇に人差し指を当てて鋭く息を吐いた。

「え……」

「静かに」

宵の口とはいえ、この辺りには酒場が多いらしく人通りは多い。往来に人々の話し声が溢れている。源吾は目を閉じると、耳を澄まして喧騒の奥に聞こえる微かな音を追った。

「何だ……夜回りか？」

遠くで拍子木の鳴る音がする。だが、訝しいのはその数が一つや二つではないこと。仮にそうであったならば、流石(さすが)に耳に自信のある己でも聞き取れなかっただろう。まるで秋口に蟋蟀(こおろぎ)が群れて鳴くように、多くの拍子木が重なって鳴っている。このようなことは江戸ではない。

「拍子木！　どちらで⁉」

円次郎の顔色がさっと変わった。

「西……いや、南西だ」

源吾が答えると、円次郎は下唇を噛みしめて言った。

「皆様、火事です」

「何……半鐘(はんしょう)が鳴ってねえぞ」

大坂に入ってから町々に火の見梯子(ばしご)があったのを見た。江戸の町火消が持つものと同じで、簡素だが半鐘もしっかりと付いている。

「大坂市中には火の見梯子は七十二ありますが、火の見櫓(やぐら)の半鐘を打つまでは、打ってはならぬことになっているのです。それを破れば、死罪」

「定火消の太鼓(たいこ)と同じか」

武蔵が舌打ちをした。

江戸の火消法度(はっと)では、まず旗本(はたもと)の務める定火消が太鼓を打つ。それを聞いてからでないと、町火消は半鐘を打ってはならない決まりである。これを破って半鐘を鳴らすことを「先打ち」と謂い、愚かしいことであるが処罰の対象となっていた。武蔵はこれを破ってでも火事を報せようとし、当時務めていた万組の頭を辞すはめになったという過去がある。

「火の見櫓はどこだ⁉」

源吾は唾を飛ばして迫る。江戸には十の定火消が存在する。大坂の町の規模は江戸よりもやや劣るが、五や六はあると考えた。

「それが……大坂に火の見櫓はただ一つなのです」

「釣鐘町のあれか！」

釣鐘町の雨組火消屋敷から一町（約一〇九メートル）ほど離れたところに、火の見櫓が建っているのも確かめている。屋敷から少し離れているのを見て、不用心だと思ったので間違いない。

「あの火の見櫓はうちのものではなく、大坂火消全体で一つ」

「おいおい……江戸より、よっぽど性質が悪いぞ」

武蔵は口を手で覆って青ざめる。

「お上が定めたことです……せめて早く報せようと、拍子木を打ちますが、如何せん音の大きさも高が知れている」

円次郎は苦悶の表情で言った。確かに己だからこそ何とか聞こえたものの、このように話している今も拍子木の音はこの界隈に伝わっていない。往来を行き交う人々は、楽しげに談笑しながら歩いている。

「火の見櫓には⁉」

「南西となれば波組の管轄。今、走っているところだと思います」

「馬鹿な！」

大坂の町は南北半里（約二キロ）以上、東西二里（約八キロ）に近い。最も端で火事が起これば、火の見櫓までどれほど急いでも四半刻（約三十分）近くかかるだろう。その間に炎は周囲を呑み込んでしまう。

己が今出来ることは何か。ここが大坂であることを忘れ、源吾の思考が目まぐるしく回る。

「武蔵！」

「半鐘を打ってきやす。その後、極蜃舞を持って合流しやす！」

流石に「魁」の異名を持つ武蔵である。言わずともこちらの指示を読み取った。

「行け！」

放たれた矢の如く武蔵が駆け出す。

「ま、まずい！」

円次郎が、駆け去っていく武蔵の背に向けて手を伸ばす。

「まだ何かあるのか！」

「火の見櫓には一人しか上ってはならないのです！　それを破れば……」

「捕まっちまうってか⁉」

「いえ！　死罪です！」

「ふざけるな‼」

源吾は喉(のど)が破れんほどの大声で叫(さけ)び、周囲の人々も何事かと視線を送る。

そんな馬鹿げた法があってなるものか。江戸より遥(はる)かに法度の締め付けがきつく、破った時に科される罰(ばつ)が重いではないか。

「お前も行け！」

円次郎は頷(うなず)いて、大急ぎで武蔵を追いかけた。

「星十郎、行くぞ！」

「はい！」

源吾は、微かに聞こえる拍子木の音を探りつつ疾駆する。星十郎の鈍足は相変わらずで、三町ほど走るとすぐに遅れが目立つようになった。

「御頭……先に――」

「後で追いついて来い！」

振り返って叫んでさらに足を速めた。五町、十町走ってもまだ辺りの人々は火事に気付いていない。拍子木の音が小さすぎるのだ。もう辺りは薄暗くなりつつあるが、火明かりもまだ見えないため気付かないのも無理はない。どこかで会合でもするのであろうか。旦那衆のような商人たちが語らいながら道を行く。豆腐売りが声を掛けられて全て売り切れたと返す。何を売るのか分からないが、屋台に暖簾を掛ける親爺。目の端に捉えては流れていく。

江戸とは大きく勝手が違うことはすでに解った。だが変わらないのは、どんな地でも日々を懸命に生きている者がいるということ。炎はその暮らしを一瞬のうちに奪い去るということ。そしてそれを止めるのは火消しかいないということ。源吾は前を見据え、人の営みの中を縫って一心不乱に走り続けた。

四

九之助橋を渡って東横堀を越える。大坂に土地勘は無いが橋の名は欄干に、堀の名はすれ違う者が言っているのを耳にした。そこからはどこをどう走っているのか分からない。拍子木の聞こえる方角に向けて駆け続けた。音は南西から聞こえるため、西に走っては南に折れ、また西に向かう。やがて南に下ったところで道が途絶えて、堀に行き当たった。

「おい、ここはどこだ⁉」

ふらふらと堀沿いを歩いている遊び人風の男に尋ねた。

「何や、藪から棒に」

「早く答えろ！」

こちらの剣幕に押されたか、遊び人風はおっと仰け反った。

「宗右衛門町や」

「ここから西に行けば、橋はあるか⁉」

「ああ、この道頓堀沿いに行けば、金谷橋ちゅうのがあるから……」

「助かった！」

源吾は言い残して再び走り出す。暫し行ったところで振り返って叫んだ。

「火事だ！　逃げろ！」

遊び人風はひっと素っ頓狂な声を上げて頷くと、反対方向へと走り去って行った。

いよいよ拍子木の音が大きくなる。鳴っているのは十にも満たない。己でもよくこれを聞き分けられたものだと思う。いや初めより少なくなっている。恐らく炎の勢いが強くなって、拍子木を打ち鳴らしていた者も消火に回り始めたのだ。

火事場に近づくほど、血相を変えて逃げて来る者とすれ違うようになった。

「何があった⁉」

それまで悠々と歩いていた中年の商人風が、逃げて来る者に尋ねる。

「火事や！」

「またか！　ええ加減にしてくれ！」

商人も身を翻して、足早に逃げていく。こうして火事が起こったことが伝播し、喧騒もより一層大きなものへと変わっていくのである。陽はすっかり落ちて辺りを闇が覆い始めている。それではっきりと西の空が明るくなっていることが見て取れた。

——火元は一つじゃねえ。

空が数箇所、滲むように橙色に染まっているのだ。先ほど覚えたばかりの金谷橋に差し掛かると、逃げ惑う人々でごった返している。流れに逆行しているのは己一人だった。

「危ねえ！」

女の甲高い悲鳴が聞こえた時、源吾は咄嗟に欄干を飛び越えて背を支えた。我先に逃げようとする男が人込みを搔き分け、女が突き飛ばされて橋から落ちそうになったのである。

通常、欄干は胸くらいの高さのものが多い。だがこの橋は女の腰ほど。簡単に落ちてしまう。

「ありがとうございます」

女は顔を引き攣らせて礼を述べた。

「ゆっくり……ゆっくりでいい」

源吾は女に語り掛けつつ体勢を立て直させる。

「よし、俺は行く。欄干を握りながらしっかりと歩め」

「そっちは炎の化物が――」

緋鼬が出るということは大坂中に知れ渡っているのだ。確かに大した火事でもないと思われるのに、皆の顔に悲愴感が漂っている。もうこうなったら己が怒鳴り散らそうが、人々の恐慌は収まらない。

「俺はそれを退治しに来たんだ」

言い残すと源吾は身を揉むようにして進む。どうやら目的地は四方を堀に囲まれているらしい。橋が幾つ架かっているのか分からないが、これでは火消の到着は遅れるだろう。

源吾は金谷橋を抜けて、もうはっきりとしている火明かりに向けて走り込んだ。町火消が七、八人、炎を吐き出す家に立ち向かっている。

「火元はそこか！」

源吾が呼びかけた。町火消の一人が手桶で炎に水をぶちまけている。

「欄間職人の家や。ここだけやない。堀江界隈で四箇所同時。これまでと同じや」

「他の三つは⁉」

「二番組だけじゃ限界や。一、三、四番組の……てか、お前誰や⁉」

好き好んで火事場に近づく者がいるはずがない。加えてあまりに自然に話しかけていたので、町火消は仲間と話しているつもりだったのだろう。

「俺も火消だ」

「武士に火消がおるか！」

「いるんだよ」

顔をぐいと近づけると、町火消は察しがついたように舌打ちを放った。

「江戸もんか」

「江戸の火消で何が悪い！　勝手にやるぞ！」

「くそっ。そこの桶で頼む」

今の状況ならば猫の手も借りたいだろう。こちらの強引さに押され、町火消は諦めたように言った。

近くの堀から水を汲む。それを二人掛かりで担ぐ玄蕃桶に入れ、火元近くまで運ぶ。その水を再び手桶で汲んで火元を叩くという流れである。源吾は転がっている手桶で水を汲むと、伸びて来た焔に向けて飛散させた。

「上手いやんけ」

「だから火消だって言ってんだろう。手を休めんな。この数じゃ抑えるだけで精一杯だ」

「分かっとるわ。ぼけ！」

口悪く言いながら、町火消も手桶の水を浴びせた。

この堀江界隈は、木津川のすぐ近くということもあり材木商の拠点が多く置かれるようになったという。故に長堀川(ながほりがわ)の河岸(かし)は「材木浜(ざいもくはま)」などと呼ばれるようになり、家具や仏具、欄間などの木を用いる職人たちが多く住んでいるらしい。

「頭数がもっと必要だ！」

「この辺りは波組一番の受け持ちや。火元は南堀江(みなみほりえ)一丁目、四丁目、桑名町(くわなまち)、そしてここ徳寿町(とくじゆちよう)の四箇所に散ってる。頭の号令で一、三、四が間もなく駆け付ける！」

ざぶんと手桶を玄蕃桶に沈めつつ、早口で答えた。

「えらい混雑だ。これじゃなかなか……」

「心配ない。うちは波組や」

「どういう理屈だ、そりゃ」

波組だったらどうだというのだ。

「とにかく、うちはどんだけ混んでいても必ず集まる」

町火消は手を休めずに断言した。波組は千八百人。四組に分かれてそのうちの一つが番に当たっているので、四百五十人はいるだろうという。それがさらに四手に分かれて一箇所に百人強。徐々に火元に集まって来て、遂には竜吐水も到着した。

「よし、数が揃って来た。両脇を崩すぞ！」

町火消が気勢を上げたその時である。こちらに向けて二人の男が近づいて来る。その内の一人は大声で叫んでいた。

「待て、待て、待て！　火を消すな!!」

聞き覚えのある程よく錆びた低い声。男は腰に大瓢簞をぶら下げている。こんな恰好の男はそうはいない。

「弾馬！」

「源吾か！　何でここに――」

「お前が呼んだんだろ！」

「いや、何時って意味や」

「今日だよ！」

「来るなり火事場に吸い寄せられるとは、流石、蛾ぁみたいな奴っちゃ」

弾馬は相変わらずの調子である。久しぶりの再会も何もあったものではない。

それよりも弾馬が言うことが腑に落ちない。

「消すなって、どういうことだ」

弾馬ははっと思い出して、波組の連中に向けて喚いた。

「そや、おい波組！　これ消すの待て！」

「誰や、われ！」

「口悪いぞ！　ぼけ！　野条弾馬じゃ」

「知るか、あほんだら！」

互いの凄まじい剣幕に、源吾はたじたじとなって間に入った。

「弾馬、説明しろ。何故、これを消したらまずい」

弾馬は一旦深く息を吸い込むと、語調を静めて皆に話し始めた。

「今、この界隈は四箇所燃えとる。これまでもそうやった。その一つでも消せば
……緋鼬が出る」

「どういうことだ……」

「まずこれは火付けや」

弾馬は口早に皆に説いた。これらの火事が火付けの仕業であるということくら

い、火消でなくとも想像がつく。下手人らは時を計ってほぼ同時に火を放ち、四箇所の火事が出来上がる。

「下手人は完全に風を読んで、火を放っとる」

かつて星十郎も言っていたが、火元からは凄まじい熱風が立ち上っている。熱気が上に持っていかれ、辺りからそれを補おうと風が吹き込む。四方八方から集まった風が火元でぶつかり乱れる。火事場で風を読むのが極めて難しいのは、これが原因である。

「この四つで風は保たれとるんや」

おそらく、これらは絶妙な均衡を保って風の流れを生んでいる。一つでも大きく弱まった途端、風の流れが変わり、

「緋鼬が出るってことか……」

「ああ、そういうことや」

源吾の呟きに、弾馬は下唇を噛みしめながら頷いた。

「ほなら、どないせえっちゅうねん！」

町火消がごうごうと燃える家を指差しながら叫んだ。

「一斉に消す。それしか無い」

「無茶言うな！　付けるのはまだしも、同時に消すなんて出来るか！」

町火消の訴えはもっともである。幾ら熟練の火消であろうとも、そのようなことは出来るはずがない。しかも火の出ている箇所には距離があり、互いの連携すら儘ならないのだ。

「そもそも、ほんまか⁉　お前こそ火付けの一味や――」

「ほんまや。この人は京都常火消。東町奉行所の要請で応援に駆け付けてくれはった」

弾馬の脇にいた男が割って入った。

「流丈……雨組の頭がなんで堀江におる」

町火消が言ったことで、これが弾馬の厄介になっている雨組の頭だと解った。

「今は揉めている場合やない。皆で……」

流丈の言葉を遮り、他の波組の町火消が竜吐水を操りつつ喚き散らす。

「奉行所なんて当てになるか！　訳の分からへん法度ばかり作りよってから、まだ半鐘も鳴らせてへんのやぞ……どんだけ逃げ遅れたと思ってんねん！　お前ら雨組は釣鐘町の火の見櫓も近いからええのう！」

罵っているというより、悲痛な叫びのようだった。波組の言うように半鐘がすぐに鳴っていれば、早く家財を纏めて逃げられた者もいるだろう。民にも火消にも、全く寄り添っていない。

「弾馬、何か策はあるのか」

訊いた源吾に対し、弾馬は首を横に振った。

「同時に消すのが難しいのは解っとる。せめて足並みを揃えて、徐々に火を鎮めていくしか……」

己と弾馬、さらに意見を同じくしている流丈を加えても三人。四手に分かれるにはあと一人足りない。仮に四人が揃ったとしても、波組のこの様子では聞き入れさせるのも難しいだろう。何か手は無いかと思っている矢先、どこからか金音が鳴り響いた。半鐘かと思ったが、それよりも遥かに音が低い。腹を震わせるような鈍い音である。それがあちらこちらから鳴っているのだ。

「まずい……釣左（ちょうざ）が来た」

流丈が音の方向に顔を向けた。しかし往来には逃げ惑う人々だけで、火消の影はどこにも無い。橋は未だ逃げる人々で混雑しており、大人数が押し寄せるのは難しいはずである。

「ちょうざ？」

「波濤の釣左。うちの御頭や」

源吾が呟くと、波組の鳶が不敵に笑いつつ、また手桶を振り抜いて水で弧を描いた。低い金音はどんどん大きくなっており、次第に数も増えてきている。しかもあちらこちらから鳴っており、出所が定まらない。

「松永、あれや！」

弾馬の指差す先、堀を進んでくる舟が見える。しかも一艘や二艘ではない。まるで川に笹を撒いたが如く、群れとなって押し寄せてくるのだ。

「音の正体は銅鑼か」

何艘かの舟の後方には台が付いており、銅製の大きな銅鑼がぶら下げられている。それを激しく叩きつつ向かって来るのだ。

先頭の舟の舳先に男が足を掛けている。褐色の肌に墨染の鉢巻きをしており、火消半纏が風にたなびいている。裏地の絵柄は妖のようなおどろおどろしい亀。あまりに大きく描かれているのではきと見えた。

「あれが釣左です」

流丈が男を指して言った。波組は多数の小舟を持っており、水都大坂を縦横無尽に駆けまわる最も機動力のある組らしい。釣左が腕を組みながら大音声で叫んだ。

「乗り込め！」

応と答えて火消装束に身を固めた鳶たちが一斉に上がって来た。

「半分はこのまま進んで桑名町へ。北の二つは三番が叩く。火を外に出すな！」

釣左は自身も陸に上がってきて指示を飛ばすと、半数の舟が道頓堀を西へと進んで行く。どの舟も見事に棹を操り、水面を滑るが如く猛進して行く。

「釣左、あかん！」

流丈が駆け寄る。釣左は唾を地に吐きつけて睨みを利かせた。

「雨坊主、他人んとこに口出すな」

「どれかを消したらまた同じ羽目になる」

「橋で詰まって逃げ遅れた者は、四番が手分けして舟に乗せとる。もうすぐここらは火消だけや」

「お前まさか……」

「どのみちこの周りは火の海や。たとえ緋鼬が出ようとも……やれることはやる」

釣左は一進一退で荒れ狂う炎を睨みつけた。江戸でも幾度となく見て来た、覚悟を決めた火消の顔である。止めても無駄だろう。源吾は一歩踏み出した。

「火消がこれを放ってはおけねえよな」

「お前は？」

釣左は片眉を上げて訝しんだ。

「俺も火消だ」

「江戸もんか」

身形と話し方から解ったのだろう。釣左は短く吐き捨てた。

「消すのは止めねえ」

流丈が慌てて口を挟もうとするが、源吾はそれを手で止めつつ続けた。

「だが一つだけ。頼みがある。四つを同時に消してくれ」

「そんなこと無理――」

「それが緋鼬を出さない唯一の方法なんだな？」

釣左が一蹴する前に、弾馬に尋ねた。

弾馬が目で訴えて来る。

――あくまで推測や。保証は無い。

京でしか付き合ってはいないが、共に死線を潜り抜けた間柄。弾馬が何を言いたいのかが手に取るように解った。

緋鼬を人の手で生むなど、聞いたこともない。その止め方も不確かなものであるのは間違いない。弾馬たちも、あくまで一つの可能性に賭けてそのように言っているのだ。

「難しいのは承知の上だ。あの銅鑼で指示を出せないか。例えば鎮火に近づくほど、速く打つというように……頼む」

釣左は堀に浮かぶ舟を見て暫し考えていたが、小さく頷きつつ口を開いた。

「なるほどな。やってみるか」

「おお……」

流丈が喜色（きしょく）を浮かべる。

「雨の為やない。むざむざ緋鼬に暴れ回られたい奴なんておらん」

釣左は鼻を鳴らすと、波組の配下たちに向けて指示を飛ばした。

「聞いたな。他の火元に伝えろ。銅鑼に合わせて消せ。間に合わへんと思ったら、すぐに人を走らせろとな」

「助かった」

源吾は眉間にぎゅっと皺を寄せて、頭を下げた。

「江戸もんのくせに珍しい奴や」

釣左はぼそりと言い、舟で待機する配下に銅鑼を打つ支度をしろと命じる。

「そうか……？」

「江戸もん言うたら、上に媚び諂って、下には威張り腐るだけ。そこに暮らしているもんのことなんて二の次の連中やからな」

墨染の鉢巻きの上から跳ねる髪を掻き毟って、釣左は忌々しげに言葉を重ねた。

「半鐘の打ち間違い、小火で鳴らせば、お上の権威を傷つけるとほざきよった。何も解っとらん。間違いで済むんが一番ええんや」

先ほどの鳶もそうだったが、源吾は何故彼らが江戸者を嫌うのか、ようやく理解出来た気がした。

大坂にいる江戸者といえば大坂城代、東西町奉行が代表格となっているらしい。日ノ本第二の町である大坂に派される彼らは、出世街道を順風満帆に歩んでいるといえる。大坂で恙なく役目を終えると、江戸に戻されてさらなる要職に選出されるのだ。出向先の大坂での失態は何としても避けたい。大坂にいながら江戸の幕閣の顔色ばかり窺っているのだろう。

火の見櫓を大坂城の目と鼻の先の一箇所にした訳も、自ら監視して打ち間違いを防ごうというもの。町人風情(ふぜい)の好きにさせてはなるものかという考えも透(す)けて見える。だが釣左の言うように、火事には少々過敏になるくらいでよい。徒労(とろう)が百回あろうとも、一回の悪夢を避けねばならないのだ。

「俺も全く同じ考えだ。くだらねえよな」

「お上が腐ってんのは、京も一緒やぞ」

源吾、弾馬と続けて賛同して、釣左は眉を開いてみせた。

「へえ……火消はどこも一緒か。阿呆(あほ)どもには苦労させせられるな……用意はええか？」

釣左は岸に寄せた舟に乗る配下に確かめると、高らかに叫んだ。

「銅鑼ぁ、打て！」

ぐわんと銅鑼が打たれる。その間も竜吐水は絶え間なく水を吐きかけ、鳶たちは躍動(やくどう)して隣家を崩していく。源吾、弾馬、流丈も波組の指揮下に入って消火に当たった。響きが消えそうになると、再び銅鑼が鳴らされる。

「五分(ごぶ)まで来たぞ。速めろ」

釣左が舟に向けて呼びかけ、銅鑼打ちが速まる。その時、北のほうから肩で息をしながら走って来る者がいた。青海波（せいがいは）のあしらわれた半纏、波組の鳶である。

「頭！　堀江一丁目の火事ですが、てこずっています！　このままじゃ――」

「分かった。少し遅らせる。急げ！」

「はい！」

　鳶は着くや否や、踵（きびす）を返して来た道を戻っていく。

「弾馬……」

　源吾は傍で竜吐水に給水する弾馬に囁（ささや）いた。

「ああ、丁度ていうのは難しいやろうな……」

　火元同士の距離があり過ぎる。銅鑼で凡その速度は調整出来たとしても、完全に同時に消すことは極めて困難であろう。

「そもそもそれで緋鼬は出ないのか？」

「解らん……でもやるしかない」

　それ以降、二人の間に会話は生まれず、黙然（もくねん）と火に立ち向かった。その時、遅れていた星十郎が息を弾ませてようやく駆け付けた。

「これは……何故、消さずに」

　星十郎は息を切らしながら、炎の前で手を止めている火消たちを見渡した。

「実は……」

源吾は手短にこれまでのことを語った。小火の起こっている位置を具体的に示すため、流丈を呼び寄せて地に絵図を描かせる。

「このような恰好です」

図を指差しながら、流丈は言った。弾馬から星十郎が江戸一の風読みだと聞いているのだろう。その表情に期待の色が滲み出ている。

鳶たちの喚声が飛び交う中、星十郎は前髪を指でなぞる。これは思考を巡らせている時の癖である。

「この布陣……確かにどれを消しても焔の旋風が起こるかもしれません」

星十郎が言うには、そもそもこれは川や堀などの水路が無数にある、大坂でしかあり得ないことだと言う。四方を水に囲まれている地で、天から見れば四角形、あるいは五角形の頂点となる場所に同時に火を放つ。すると炎によって上へと向かう風が生じる。

「故にこのように」

星十郎は波組が相手をする炎を指差した。常に強風を受けて中央へと流れ込もうとしている。これは温められて天に昇ったのを補うため、障害物の少ない川面を通って吹き込んでいるらしい。

「このうち、一つでも消すと、このように風の道が出来ます」

星十郎は火事の地点を表した丸を消し、図に指ですうと線を引いた。

「その風は残る炎に引き寄せられます。しかし外側からも依然風は吹いている。ぶつかって行き場をなくした内側の風は炎をなぞるように渦を巻くのです」

風は炎をこそぎ取るように巻き込み、方々に飛び火を招く。その飛び火をまた風が集めて中心に緋鼬が発生するという流れである。

「どうにかなるか」

源吾は全体を徐々に鎮めるという方策について、意見を求めた。星十郎は微かに唇を震わせながら口を開く。

「これは……無理です」

星十郎が断言するのを、鋭く息を吐いて遮った。流丈の顔が一瞬で絶望の表情に変わる。

「言うな」

皆、難しいことは解っている。それは説得を受け入れてくれた釣左ですら理解している。だが、それでも僅かな光明に賭けて動いているのだ。ここで無理だと言えば士気に関わる。

「御頭……しかし、無理なものは無理です」

星十郎が重ねて言うので、源吾はきっと睨みつけた。この男に怒気（どき）を発するのは、出逢った頃以来のことである。

「同時に火を放つ方法ならば幾らでも思いつきます。しかし同時に消すなど出来るはずがありません。少しでもずれれば風で全ての火元が息を吹き返し――」

「おい」

源吾は襟（えり）を摑んで引き寄せた。それでも星十郎の舌は動きを止めない。

「火を付ける前に叩く以外にありません。付けられれば詰みです」

星十郎は下唇を嚙みしめてじっとこちらを見つめる。源吾は押すようにして襟から手を離した。

「元々、お前はそんな奴だったな」

言ったそばから、淡い後悔が心に滲んだ。

確かに星十郎は理知（りち）的で、楽観は口にしない。ともすれば逸（はや）りがちになる新庄藩火消の歯止め役でもある。今も諫（いさ）めたつもりなのかもしれない。

だが出逢った当初から決して冷たい男でないことを、源吾はよく知っている。

心の動きをあまり表に出さなかっただけである。星十郎が新庄藩火消に加わって四年。今では時に自らの想いを口にするようにもなっている。そのような星十郎なのだから、無理だと止めるにしても、皆の前ならもっと言いようがあっただろう。そう思うと、口を衝いて出てしまったのだ。

「御頭……」

星十郎は何か言いかけたが、小さく首を横に振って止める。

「下がってろ。いざ火を消すとなれば、お前は足手まといだ」

何を言っている。そう己を叱りつけてやりたかった。ぐっと堪えて立ち上がると、弾馬の元に駆け戻った。

「どや」

「駄目だ」

「えらい怖い顔して、どないした?」

弾馬はそう言うと、屈んで項垂れる星十郎をちらりと見た。

「こっちのことさ」

「まあ、色々あるわな……もう佳境やぞ。これ以上は引っ張れへん」

釣左は眼前の炎の様子、舟の銅鑼、そして引っ切り無しに駆け込んでくる他の火元の鳶。それらを代わる代わる見て、指示を出し、耳を傾けている。だがあちらが火勢を弱めれば、こちらが息を吹き返す。もう潮時である。どこかで踏ん切りをつけなくては、緋鼬云々の前に他の町にも飛び火してしまう。

その時である。東の方から半鐘の音が鳴り響いた。遂に釣鐘町の半鐘が打たれたのである。待ち焦がれていたように、四方八方から火の見梯子の半鐘が続く。ようやくこれで全ての住人が火事に気付くだろう。

「釣左！」

「ああ」

釣左も同じことを考えていたようで、険しい顔で頷いた。潮時であることに加え、これほど半鐘が鳴ってしまえば銅鑼の音も紛れてしまう。ここ以外に勝負所はなかった。

「銅鑼、早打ちや！」

銅鑼が激しく鳴らされ、鳶たちが火焔に向けて総攻撃を始めた。手桶、玄蕃桶、竜吐水、周囲の建家を壊されて行き場のない炎に、途切れることなく水を浴びせ続けた。

生かされていた炎はみるみる身を縮めていく。最後の炎が哀しげに揺らめき、宙に吸い込まれるように消えた。柱は消し炭の如く歪にひび割れ、白煙を吐き出している。

「どうや……」

弾馬は、無残に梁や柱だけ残った家を見上げた。源吾は鋭く舌を鳴らした。まだ銅鑼が鳴らされており、皆には聞こえていないだろう。

だが己の耳朶は捉えている。遠くで鳶たちの喚声がまだ上がっていることを。そして風が不気味に鳴き始めたことを。背にだんだんと強く風が吹きつけ、零れた髪を揺らす。

「駄目だ……ここが一番に消えたぞ！」

源吾が叫んだ時、風は一層強くなり、まるで潮が引くように砂を巻き上げていく。聞いたことの無い音がする。譬えるならば琵琶を掻き鳴らすのに似ているが、それよりも遥かに低い。

「止めえ！」

釣左の号令で銅鑼が止められる。方々で悲鳴が聞こえる。星十郎の話だと、風は残った火事場を撫ぜるように渦巻く。鳶たちは逆進してきた炎をその身に受けたのだろう。

「来るぞ……」

弾馬が喉を鳴らす。やがて耳朶の奥が何かに圧せられたと同時に、一際強い風が吹いた。三町ほど先に、火事場からの煙と巻き上げられた砂塵(さじん)が集まっていく。炎を纏った木端(こっぱ)が吸い寄せられる。続々と耳に届く鈍い音は、燃えて脆(もろ)くなった家屋の瓦や板壁が剝がされたのだ。あちらこちらから、赤く細い炎が揺らめきながら、その腕(かいな)を天へと伸ばしていく。焔と風が相互に援け合いながら、嬉々(きき)として踊っているかのようである。

方々で育った火を風が巻き上げ、中央へと向かって行く。となると次に来るのは、

「緋鼬だ!!」

源吾が吼(ほ)えた時、薄紅色に染まった旋風(せんぷう)が姿を現した。

釣左が大きく腕を振り、鳶たちは一斉に停まっていた舟に飛び乗っていく。

「源吾！　これは……」

「ああ、どうにもならねえ」

緋鼬はさらに火焔を振り撒き、再びそれを巻き上げて大きくなっていく。その巨体は高さ四丈。いや、五丈に迫ろうとしていた。鉄を熱したかのような黒と赤

の混じった色に変貌していく。「緋」とはまさしく言い得て妙である。刻一刻とその色と姿を変える様は、妖以外に譬えるものが見当たらない。

緋魎は上体を傾け、不気味な跫音を立ててこちらに向かっている。

「退くぞ！」

源吾は後ずさりし、叫ぶと同時に身を翻して走り出す。弾馬も跳ねるように駆け出した。流丈、釣左の二人の頭も同じく退却を始めた。前方では大混乱の様相を呈している。鳶が勢いよく飛び乗ったせいで、大きく揺れて転覆した舟があるのだ。投げ出された鳶は、向こう岸に泳ぐ者、水中で舟を元に戻そうとする者、別の舟に乗った釣左が落ち着くように言うが、恐慌状態になった鳶たちの耳には入らない。駆け寄った源吾は、近くにいた鳶を水中から引き揚げた。

「もう乗れねえ……」

「あっちや！」

弾馬が指差したのは、元来た橋の方角である。走って退避しようとしているのだ。緋魎は少しずつ歩度を速めて家々を呑み込んでいく。皆で力を合わせ、鳶口でもって舟は引き戻されたが、中に水が入っており乗れる数は減るだろう。

「釣左！　先に行ってくれ！」

「お前らは――」

「弾馬さん、早く――」

源吾が舟に向けて呼びかけると、釣左、流丈と声を重ねた。

「俺たちは走る！」

源吾が再び走り出そうとした時、迫りくる緋鼬を見上げる星十郎の姿を目の端に捉えた。

「あの馬鹿――」

「おい、もう時がないぞ！」

「解っている」

茫然と見上げる星十郎の肩を摑む。

「御頭……」

「何してんだ！　早く舟に乗れ！」

「しかし――」

「つべこべ言うな。走れ!!」

星十郎を思い切り引き寄せて、舟のほうへと突き飛ばした。よろめきながら星十郎は舟へと向かって行く。やりとりを見ていた釣左が頷く。何とか乗せてくれるだろう。源吾は身を翻し、待っていた弾馬と合流して走り出した。

緋鼬は徐々に速度を上げていく。明暦の大火では、疾駆する馬に追いついたとも言われている。振り返って見るとたちまち間を詰められていた。

己も相当に場数を踏んできていると自負している。弾馬も西国随一の火消と言っていい。東西百戦錬磨の火消が逃げることしか出来ないでいるのだ。

「南南東……もしくは東南東といったところだな」

「ああ、南に逃げるのは危ない。東や！」

南へと通じる住吉橋を通り過ぎた。素人ならばここで橋を渡ってしまうだろう。だが緋鼬が南南東に進路を取った時、道頓堀を飛び越えて来る。弾馬いわくその先は難波村、木津村などの田園地帯。勢いを弱めることなく緋鼬は猛進する。南に逃げては追いつかれて、灼熱(しゃくねつ)に身を晒(さら)す恐れがある。東に突っ切れば、東南東に取ったところで、ぎりぎりで避けられると見た。

「くそっ……」

「弾馬！」

弾馬が路地に飛び込んだので、源吾は慌てて脚を止めた。

「先に行け！」

この剣幕、逃げ遅れた者がいたらしい。源吾も後に続いて路地に入った。

「逃げるなよ……何もせんから……」

後ろから見れば、弾馬は桶に語り掛けているように見えた。だが布を裂くような唸りが聞こえる。桶の上に白黒の猫がおり、毛と尾を逆立てて威嚇しているのだ。顔は白く、両目に向けて黒が伸びる。いわゆる鉢割れと呼ばれる猫である。

「珍しいな」

鼠は蚕を食う。その鼠を捕る習性があることから、養蚕を生業にしている家では重宝されるが、町では犬に比べて数は滅法少ない。恐らく近くの富商が帳面を守るなどの理由で、鼠狩りのために飼っていたのだろう。

「主人とはぐれたんやろ……よし！　痛っ――」

弾馬が猫を両手で摑んだが、猫は鳴きながら暴れる。

「助ける言うてんねん。分からんやつやな」

振り返った弾馬の手の甲に、猫ががぶりと嚙みついている。緋鼬に追われているというのに、あまりに長閑な光景で思わず口が緩んだ。

「早く、行くぞ」

路地から飛び出して、再び東へ走る。その間も猫はにゃあにゃあと鳴き声を上げ、弾馬の腕を引っ掻いたり、噛みついたりしている。

「猫ごとき……とは、やっぱり言わんか」

「うちにも犬を助けて、死にかけた奴がいるからな」

「どんな命でも守る。それでこそ火消や」

やはりこの男とは、火消に対しての考えが一致している。久しぶりだが、息がぴたりと合う。

「まずいぞ……」

背に熱さを感じ始めている。これ以上近づかれれば熱波だけで大火傷を負い、最悪の場合死に至る。弾馬に抱きかかえられた猫はいつの間にか暴れるのを止め、肩越しに後ろを見つめて震えている。野性の本能で背後に迫る緋鼬が恐ろしいものだと感じているのだろう。

この辺りは確か金谷町。先の東町を抜ければ、源吾が渡って来た金谷橋がある。それを渡り切れば恐らくすんでのところで躱せる。懸命に脚を回して二人は走り続けた。

この辺りにはすでに人の姿は無い。この様子だと橋の混雑も解消されているだろう。

――引き延ばしたのは正解だ。

同時に鎮めるために、目一杯時を掛けて消火に当たった。結果は失敗だったが、そのおかげで人々が逃げる猶予が生まれたことになる。

遠くに金谷橋が見えて来た。やはり橋に人影は無い。その向こうに波組の舟の群れが見える。すでに安全な場所まで退却を終えている。その時、猫がものすごい声で鳴いた。

「あかん！　まだ逸(そ)れへんぞ！」

弾馬が首だけで振り返って喚いた。緋鼬は予想よりも南に逸れない。その片足を堀に突っ込んではいるが、水場を越えるのには力がいるようで、まだ東に流れて追って来る。

「黙って走れ！」

先ほどから背が焦げそうなほど熱い。二人とも火消羽織を着ておらず、今にも衣服が燃え上がりそうだ。息が詰まるほどの熱波が追い越していく。

橋に差し掛かった。真ん中ほどまで来た時、異様な音に片目を閉じて顧(かえり)みた。ふわりと橋の欄干が浮き上がり、そのままの形で緋鼬に呑み込まれている。橋は大きくたわみ、次の瞬間、一気に微塵(みじん)と化した。凄まじい力である。燃え上がってしまった。

た材木が火焔の槍と化して眼前に降り注いだ。それを躱したせいで、弾馬に遅れ

——まずい。

意識が混濁する。背が刺すように痛む。火がすでに移っているのだろう。汗が目に入って霞む視界の中で、弾馬が橋を渡り切るのが見えて安堵した。先ほど見た緋鼬の進む角度からすれば、橋の中腹までは持っていかれるだろうが、渡ればぎりぎりで避けられるはず。

頭に強い衝撃を受け、源吾はつんのめった。木端が直撃したのだ。もう少し大きなものだったら即死していた。この熱さで息をすれば、喉が焼けて絶命する。少し前から息を止めていたことで、立ち上がろうとする脚が小刻みに震えた。

——駄目だ……。

橋板が剝がれる音が近づいて来て、諦めが躰に広がっていく。弾馬がようやく気付いて戻ろうとする。源吾はそれを手で制し、赤子が這うように進んだ。諦めてたまるかと心で連呼した。己は江戸で最も諦めの悪い火消。

「ぼろ鳶だ……」

これまでの火事での経験、見て来た火消のことが走馬灯のように頭を過った。

次の瞬間、源吾は勢いよく立ち上がり、頭を後ろに思い切り引くと、頭突きをするように前へ振った。その勢いを駆って、最後の力を振り絞って駆け出す。

——鮎川転。

かつて江戸三大纏師に数えられ「天蜂」の異名を取った男である。鮎川は異常な初速で駆け出す。その絡繰りがこれである。猿真似に過ぎないが、脚に力の入らぬ今の己には効果があった。

腕で目を拭うと、霞が晴れたように視野が戻る。片手で猫を抱いた弾馬が、残る手を車輪の如く回す。

「あかん、飛び込め！」

弾馬の言葉を無視して、源吾は駆けた。堀の中には材木が散乱しており、大きい柱などは乱杭の如くそそり立っている。飛び込めば躰を貫くかもしれない。

だが聞かなかった訳はそれだけではない。弾馬の背後、駆け込んで来る男を捉えていたのだ。

「源兄‼」

武蔵である。極蜃舞を構え、緋鼬に怯むことなく猛進して来る。眼前に迫ったところで、武蔵は極蜃舞の取っ手を回した。霧状になった水が躰を包み込んだ。

武蔵に首根っこを摑まれて前に引き倒される。背に向けてもう一発放たれ、火の沈む濁った音がした。

「来んな、馬鹿野郎」

仰向けになった源吾の目に飛び込んできたのは、逸れていく緋鼬目掛け、極蜃舞を立て続けに二発放つ武蔵の姿であった。流石に極蜃舞といえども、緋鼬を曲げる力はない。辺りの熱を引かせるために放ったのだ。

「御頭、大丈夫ですか」

「すまねえ、助かった」

武蔵に肩を借りて立ち上がった。

緋鼬は名残惜しそうに南の方へと向かって行く。残された金谷橋の三分の一ほどは無残に壊れ、堀を覗けば水の中から突き出した木には、ちろちろと炎が嘲笑うように揺れていた。

見渡す限りこの先もまだ民家はある。半鐘は絶え間なく鳴り響いているが、すでに避難は済んだのだろうか。動こうとするが躰中に痛みが走った。それに加えて緋鼬はさらに速さを増し、もはや走っても追いつけないだろう。もはや祈ることしか出来ないと悟った。

――こんなもの止められるのか……。

緋鼬は人の力では止められない。天魔（てんま）の領域の炎だと改めて感じた。長く火消をしていれば炎に敗れることもある。だが、これほどまで絶望を感じたことは一度とてなかった。

源吾は下唇を破れんばかりに噛みしめ、囂然（ごうぜん）と天を搔き回すようにして進む緋鼬を睨みつけた。

第三章　天理人欲

一

一辺三尺六寸（約一〇八センチ）、厚さ五寸（約十五センチ）の石の台。二つの頂点を結ぶ二本の細い溝が十文字に刻んである。この溝に水を注いで台座の水平を取るのに用いる。

上に据えるのは渾天儀と呼ばれる器械。四本の支柱の間に幾つもの円輪が付いており、それぞれに目盛が刻んである。これを動かして星の移ろいを調べる天文の道具である。

本日は雲一つない夜天。星を観測するにはうってつけだった。

「ふむ……」

土御門泰邦は星々を眺めながら、円輪の一つをすうと動かした。物心ついた七つの頃よりずっと続けてきたことである。父の泰福は已に天文の俊英たることを欲した。自身が天文に疎かったため、後に身を滅ぼすことになったからである。

土御門家が天文の支配を得るまでの道程は、平坦なものではなかった。朝廷の長い歴史の中、土御門家は代々陰陽頭を務めていたが、江戸に幕府が開かれて間もなくの頃、先祖の泰重が不手際を重ねてその職を返上せねばならぬ事態に追い込まれた。

当時は安倍氏宗家の土御門家と並ぶ陰陽道の元締、賀茂氏宗家であった勘解由小路家は絶えていたので、その庶流で奈良に拠をおく地下家、幸徳井家が陰陽頭に任じられた。元和四年（一六一八）のことである。

この後、泰重は身を恥じてその地位を奪還することに努めたが、信頼回復には至らず、幸徳井家の者が陰陽頭を務めることになる。土御門家にとって最も不遇の時代である。

そもそも土御門家は、公家の中でも地位は高くない。堂上家と呼ばれる昇殿出来る家の中では、五摂家、精華家、大臣家、羽林家、名家に次ぐ半家と呼ばれる最下位。石高に至っては百八十三石と、武家と比べるならば加賀藩の下士よりも少ない。陰陽頭として得る権益がなければたちまち困窮し、米櫃が空になるようなこともしばしばあったという。

そこから五十二年の時を経た、寛文十年（一六七〇）。元服して正六位下蔵人兼近衛将監に任じられた父、泰福が積年の無念を晴らすべく動いた。だが五十余年の時は、土御門家を最新の天文学から遅れさせるには十分であった。泰福は在野の天文家を集め、その力を結集して幸徳井家に陰陽頭を巡る相論を吹っ掛けたのである。裁定には幕府が入ることになった。

この相論は一進一退であった。慣例を重んじるこの国は、引き分けでは幸徳井家を陰陽頭に据え置くであろう。そうなればまた五十年は、いや永遠に機会は訪れないかもしれない。

追い込まれた父は「盤外」で勝負を決することにした。幸徳井家の当主友傳を、在野の天文家と共に集めた浪人の手で、

――始末した。

のである。方法は単純明快。相論の帰りに襲撃させたのだ。幸徳井家は興福寺の支援を受けており、槍術に長けた僧兵も護衛に付いていたが、槍を持って洛中を歩く訳にもいかない。その日の相論を夜まで引き延ばし、細い小路で待ち受けて襲えば難なく討ち取れた。

父が土御門家累代の書物、家宝を売り払って工面した銭を持って、下手人はそのまま逃亡。下手人は一向に捕まらず、事件は解決されることなく幕を閉じた。三十五歳という若さで死んだ友傳に残されていたのは、幼い子がただ一人。仲裁に当たっていた幕府は、土御門家を陰陽頭に復させて諸国の陰陽師を支配する、免許の権を与えた。父は乾坤一擲の賭けに勝ったのである。

だが土御門家の危機はまだ続いた。貞享元年（一六八四）の改暦に際し、大統暦を使うように主張したのだが、思わぬところから反論が来たのだ。鍼医、僧、儒学者と異色の経歴を持つ山崎闇斎の門下、渋川春海が編んだ暦が極めて優れていると、在野の天文家がこぞってこれを支持したのである。

「父御の哀しいところよ……」

泰邦は覗き込んだ渾天儀から顔を離し、一等瞬く星を見上げて零した。

父は天文家としては中の下。雇い入れた在野の天文家の力に頼るところが大きい。故にその意見に左右されることになる。

己の体面を保つために、父は奇策を用いた。山崎闇斎が教える垂加神道の門下となる代わりに、渋川春海を招くことに成功したのである。そして力を借りて編んだという名目で、春海の暦を推したのだ。これが貞享暦となり、土御門家は薄氷を渡り切ったのである。

父はこの功績によって宝永五年（一七〇八）に従三位、正徳四年（一七一四）に従二位治部卿にまで昇進する。土御門家として初の位、半家としても異例中の異例であった。

父が死んだのは、享保二年（一七一七）のこと。嫡男は父に先立って病で世を去っていたため、次兄泰連が継ぐが、子に恵まれなかった。そこで三男である己が兄の養子として家督を継いだ。寛延三年（一七五〇）、今より二十四年前のことである。

確かに土御門家の再興を成し遂げたが、負の遺産も多く残すことになった。

「春海め……」

歳と共に歯茎が痩せて隙間の顕わになった歯を、泰邦は強く噛みしめた。

渋川春海が土御門家から幕府に寝返ったのである。下にも置かぬ扱いをしてきたにもかかわらず。そして春海を擁した幕府に暦の編纂権を奪われた。これは明確な裏切りだった。

父は天文の知識が拙いことを弱点と思い、己に幼少の頃からみっちりと学ばせた。泰邦は自信を持っていたし、祖である安倍晴明以来の英邁だと讃えられたこともある。それでも春海には敵わなかった。今思い出しても口惜しいが、あれは本邦始まって以来の天文家であったと思わざるを得ない。

だが、春海亡き後にようやく一つのことに気が付いた。

——何も盤外を捨てる必要はない。

己が卓越した天文の知識を有しているからといって、真っ向勝負をせねばならないという訳でもあるまい。父の如く盤外から攻勢を仕掛けてもよいのだ。その二つを併せていけばよい。そうして憎き渋川一族から、再び暦を取り返した。

幕府は暦の再々奪還を目論んでいる。もう戦える者が残っていないと思っていた渋川一族に、野に下った庶子がいたということは驚いた。確か名は加持孫一。渋川の姓も捨てた変わり種である。だが調べれば調べるほど、

——これはまずい。

と、感じずにはいられなかった。大陸だけでなく南蛮の天文の知識まで持っており、しかも実践で磨き上げている。恐らくは己より実力が上だと察した。

「まあ、死ねば意味がないがな」

泰邦はからからと渾天儀を回して独り言ちた。

加持孫一は京に乗り込んでくる途中、中山道近江守山宿で火事に巻き込まれて

果てた。

「盤外よ、盤外……」

手を離すと渾天儀は暫し惰性で回っていたが、やがてゆっくりと動きを止めた。

度重なる危機を、土御門家は乗り越えてきた。教訓も得た。ただ守っているだけでは、ふいの敵の出現に敗れることになる。攻めている時の土御門家は、これまで無敗だったのだ。

では次に目指すところは何か。暦と共に奪われた改元の権か。もっと壮大なものであるべきだ。目標は大きければ大きいほどよい。そうすれば土御門家はずっと攻め手でいられる。

そもそも上位の公家たちは幕府が政を握る中、今は何もしていないに等しい。だが半家は違う。例えば五辻家は神楽を家業としているし、高辻家は紀伝道を、舟橋家は明経道、吉田家は神祇道を代々修めている。土御門家の陰陽道もまた然り。今は見る影もない朝廷の権威を、半家はそれぞれ何らかの道で支えているのだ。だが半家は半家、大臣はおろか、余程のことが無い限り従三位以上の公卿にもなれはしない。

　そのような不満もあった己が打ち立てた目標こそ、

——公家の下克上。

というものであった。つまり半家の力を認めさせ、上位の家格を得るというものである。これに賛同する半家はすでに数家おり、行動を共にしている。

ではどうやって認めさせるか。朝廷の権威を取り戻すという大功を立てるほかなかろう。かといって武力で幕府を倒すことは叶うまい。

　将軍家はたびたび世継ぎで諍いを起こしている。今も御三卿の一橋家が、息子を将軍にしようと暗躍していると見られる。やがて問題は表面化し、泥沼の争いを繰り広げるだろう。それまでに暦、改元の両剣を揃えていれば、土御門家の重要性は際立ったものになる。争いの調停に乗り出し、宮家から将軍を送り込む。鎌倉幕府の時に先例があるので、決して無理なことではない。

　そのためには備えが必要である。まずは手勢がいる。しかも渋川春海のように裏切ることのない手駒が。そこで泰邦が考えたのが、

——六角獄舎の罪人。

だった。お尋ね者ならば行くあても、頼る者もいない。脱獄させて己が庇護すれば裏切られる心配も無い。

籠絡した者に六角獄舎を焼かせ、それに乗じて脱獄させた。最も欲しかった人材の野狂惟兼を筆頭に、本来ならば二、三十人は引き入れたかったが、新たに京都西町奉行に就任していた長谷川平蔵なる男に邪魔され叶わなかった。阻止した一味の中に、あの渋川一族がいたなどという噂を配下が聞いてきたが、幾ら宿敵とはいえ些か出来すぎであろう。ともかく、目をつけていた者たちの二番以降を数名獲得出来たのでよしとすべきである。

次に狙うは金。金がなくては何も出来ない。しかし僅か百八十三石である。数年前、暦を駆使してよい金儲けの方法を思いついた。これまではそれで上手くいっており、今年に入って大きな勝負に出た。

「儘ならぬものよ……」

思い出すと苛立ってきて、泰邦は地を足でにじった。

大勝負に出た今回に限って上手くゆかない。偽の情報を流布してみたが状況は変わらず、反対にそれを幕府に咎められる始末。このままでは身を滅ぼすかもしれぬ。

何とかせねばと考えに考え、ようやくこの危機を打破する妙案を思いついた。

「揃いましてございます」

背後から声が聞こえて、泰邦は振り返った。

「有明か」

真の名を黒川万里と謂う。歳は三十八。肥前の生まれで、剣は肥後、肥前で盛んなタイ捨流をかなり遣う。元は長崎奉行配下の同心であったが、さる事件をきっかけに出奔。食い詰めていたところを己が拾った。有明も幕府を深く恨んでいることから、己の手足となって働いている。ここでは故郷の海に因んで「有明」と名乗っていると聞いている。

この後、妙案を実行に移すために主だった配下を集めてある。一室に向かう途中の廊下で、有明が囁いた。

「あの者、些か気が立っております。私から離れぬよう」

配下の一人を指しているのだと解った。

「まさか。儂を斬ってどうなる」

「常人の理が通じぬ輩です。首狩り京史郎などと呼ばれるほど」

「それくらいのほうが頼もしいというものよ」

「治部様に万が一のことがあってはと」

「治部か……」

治部省とは、律令制における八省のうちの一つで、外事、戸籍、儀礼などを司る。もっとも遥か昔に官位と実質の職の整合性は壊れ、名ばかりが残っている。

位の高い順に卿、大輔、少輔、大丞、少丞、大録、少録となるが、概してこの官位にある者は治部と呼ばれる。その中で古今最も有名な者といえば、石田治部少輔三成ではなかろうか。幕府では徳川家康に刃向かった大謀叛人としており、彼の者が任じられていた治部少輔は、その後誰一人授かったことが無い。縁起が悪いという考えである。

そして今、朝廷で下克上を起こし、幕府に刃向かおうとしている己が、位こそ違えど「治部」であることに一寸した運命を感じた。

泰邦は襖を開けて部屋に入ると上座に座る、黒川はそのすぐ脇に侍った。眼前には男が三人。どれも六角獄舎から脱獄させたいわくつきの悪党ばかりである。

一人は畏まって頭を垂れた。もう一人はそれを見て慌てて真似る。残る一人は腕を組んで欄間のあたりを茫と眺めている。

「六兵衛、よい」

「はい……」

頭を下げるこの男。慇懃（いんぎん）を装っているが、自らが奉公する菓子屋「伊佐（いさ）」の主人を恨み、売り物の菓子に毒を混ぜた悪人である。結果十一人が死に、七人が寝たきりになり投獄（とうごく）された。世間からは伊佐の六兵衛と呼ばれている。

「万吉（まんきち）も達者そうだ」

「へい。それはもう。しっかりと食わせて頂いてやすんで」

先ほど六兵衛を真似しようとし、下卑（げび）た笑いを浮かべたのは通称、鼬（いたち）の万吉。全国を股（また）にかける盗賊千羽一家の嘗役（なめやく）を務めていた。嘗役とは押し込みに入る目当ての屋敷を予（あらかじ）め探る者である。よってここでも探索には酷く役立っている。

「京史郎、久しいな」

腕を組んで呆（ほう）けたように宙に見つめる男に声を掛けた。

「考えごとをしているんだ。爺（じじい）、邪魔するな」

有明が鋭（するど）い眼差（まなざ）しを向けるが、泰邦は鷹揚（おうよう）に笑って手で制した。

「何を考えていた」

「あ……？　暫（しばら）く狩っていないからな。次の獲物は何にしようかとな」

「檜谷（ひのきや）、勝手は許さんぞ」

有明が冷たく言い放つが、京史郎も鼻を鳴らして睨み返す。

檜谷京史郎。首狩り京史郎の異名を取る、連続辻斬りである。齢はまだ二十七と若い。元丹波篠山藩の江戸詰めで、初めは明和七年に江戸で辻斬りをした。追手が迫ると出奔して、東海道でも無差別に人を斬りつつ逃亡。京に逃れて洛中で人を斬ったところで、長谷川平蔵の手によって捕縛された。表向きには斬った数は十九人と言われているが当人は、

——食った鰯の数を一々覚えている奴がいるか。

と、嘯いているため、その数倍は斬っているものと思われる。

「有明、頼もしいではないか。止めよ……それに京史郎、願いを叶えてやれる」

「何……」

京史郎の目が妖しく光った。

「仕事だ。四人とも動いてもらう」

泰邦はそう言いながら皆を見渡して続けた。

「六兵衛、例の調合は習得したな」

「はい。いつでも使えます」

昨年、六角獄舎を焼くにあたり、有明はよき男を見つけてきた。京の水絡繰り師の弟子で、名を確か嘉兵衛といった。火を消すということは、付けることにも

精通しており、その中に亜麻仁油に少量の硫黄を混ぜたもので自然に発火させるという技もあった。

六兵衛は菓子作りと薬の調合は似ているという。飯の味付けが舌に頼るのに対し、菓子は砂糖の目方まできちんと量る。そのことから嘉兵衛から訊き出した亜麻仁油の調合を任せていた。

「うむ。それを携えて、有明、万吉、京史郎に向かってもらう。有明、しかと覚えたな?」

「は……ぬかりなく」

有明には此度の策、一切合切を叩き込んでいる。賢しい男である。この老軀に代わり、まるで己がそこにいるかのように成し遂げるであろう。

「どこへ……?」

万吉が眉間に皺を寄せる。目的に適った地は、日ノ本広しといえども一箇所しかない。

「大坂よ」

泰邦は短く言うと、込み上げて来る笑いを抑えきれず、乾いた頰を綻ばせた。

二

源吾が到着した日、早速現れた緋鼬は堀江界隈を焼き飛ばして東南東へと進み、金谷橋を掠めながら道頓堀を越えた。その先には九郎衛門町三丁目、難波新地があったが、それを抜けると民家は絶えて田圃が広がる。焼く物がなくなった緋鼬は急速に勢いを弱め、千日墓所に突っ込んだところで行き詰まって立ち消えた。

半鐘が間に合ったこと、陽が落ちて火明かりから火事に気付いた者が多かったことで、九郎衛門町、難波新地では死人は出なかった。堀江界隈でも波組の迅速な誘導により、怪我人が数人だけで済んだ。あの猛威を目の当たりにした後だと、奇跡としか言いようがない。

だが焼けた民家の数はきりがなく、緋鼬が消えた後も撒き散らした炎を消す作業に追われ、全てを消し終えたのは翌日の陽も昇る卯の刻（午前六時）であった。

波組は本来の形を取り戻し、己たちだけで消火に当たると言い張った。余計な者が入れば指揮が乱れるということは源吾も熟知しているため、納得せざるを得ず引き下がった。

　源吾らは雨組の火消屋敷に戻り、消火の半鐘が鳴らされた卯の刻から少し眠った。目を覚ましたのは巳の刻（午前十時）を少し過ぎた頃。今後のことを話し合うために一室に集まった。己のほかに新庄藩火消からは武蔵と星十郎。雨組頭の流丈、淀藩火消頭の弾馬という顔ぶれである。

「御頭、大丈夫ですかい？」

　武蔵が顔を引き攣らせる。背の火傷のことだ。

「こんなもん唾つけときゃ治る」

　源吾は背に手を回して軽く叩いた。軟膏を塗って晒を巻いてある。少々痛むがこれくらいは火消ならばよくあることだ。

「相当、脚にきていたはず。よく走れましたね……」

　煙に巻かれていたのだ。息を止めねばならない。一度倒れ込んだら、なかなか起き上がれないことを、武蔵も理解している。

「吃驚したで。気色悪く頭振ったと思ったら、走り出すからな。こいつ頭おかしくなったんかと思うたわ」

「うるせえ。ああいう走法なんだよ。まあ、猿真似だけどよ」

幸いにも死人は出なかったとはいえ、今後の見通しも立っておらず、場の雰囲気は重い。弾馬は軽口で和まし、前向きさを取り戻そうとしているのだ。東西、所は違えども、火消の頭を務める者どうし通じ合うものがある。

流丈はやり取りを眺めていたが、膝をにじらせて話しだした。

「改めまして。雨組の頭を務めている流丈と申します。遠路遥々、大坂のためにお出で下さり、ありがとうございます」

すうと頭を下げる流丈からは、確かに元僧という出自を感じさせる。

「新庄藩火消頭の松永源吾です。こっちは……」

源吾は名乗ると、残る二人も簡潔に紹介した。

「町人相手にお気を遣わず。野条様はすぐに地の話し方に……」

流丈はくすりと笑った。

「ではお言葉に甘えて。元は僧だとか。珍しいことだ」

「確かに私以外には聞きませんね。しかし大坂の火消五組の頭は、皆が変わった出自。今も火消をしつつ他に職を持つ者もいます」

町火消というのは町ごとの寄付によって成り立っている。江戸では幕府からの援助金も出るが、それでも頭などの上の者を除き、何かしら二足の草鞋を履いている者が多い。

「まずは、その辺りから……」

流丈は大坂の町火消の仕組みについて話し、次に五組の頭について語り始めた。

「すでに釣左さんはご存じですね」

「ああ、なかなかの腕前だった」

「波組は大船が大坂に入った時、小舟で陸まで荷揚げするのを請け負う舟衆や、漁師などが主な面子。釣左さんも元は舟衆です。故に波濤の二つ名で呼ばれています」

聞いていて心地よい、丸みを帯びた声で流丈は続ける。

「井組は大工衆。頭は『大井楼』の印六。弾馬さんはもう面識がありますね」

「あの巨漢やな」

弾馬は深く頷く。何でも組で独自に作った車輪付きの井楼を用いる。そこから屋根に飛び乗ることは勿論、井楼には滑車が付いており、桶を送って上から水を掛けることも出来るという。

「他は川組の『泡沫』朱江。現役の医者です」

「医者か」

源吾が思い出したのは、江戸の町火消、け組の燐丞。彼も元医者である。その場で怪我人の治療に当たれることを考えれば、火消と医者という職の相性はいいのかもしれない。

「泡沫ってなんや？」

弾馬は顎に手を添えた。

「川組の放つ水は変わっていまして、ぶくぶくと泡立っています。これが普通の水よりもよく消えるのです。しかし作り方は門外不出で川組の連中しか知りません」

「妖術使いみたいなやっちゃな」

そのような水があるなど聞いたことはない。確かに怪しい臭いのする話だが、水番の武蔵は興味があるようで身を乗り出している。

「最後は滝組。頭は律也という若い男です。人呼んで『百滝』の律也。椿屋の屋号を掲げている損料屋です」

「おいおい、損料屋が火消かよ」

武蔵が驚いて身を仰け反らす。

損料屋はいわゆる貸し業の一つで、着物、鍋や盥などの日用品、挙句に褌まで貸し出すという商いである。褌など誰が借りるのかと思う者もいるだろうが、これが存外流行っている。身分の低い独り身の武士などは、人を雇う余裕もなく、自ら洗濯もしなければならない。長屋の井戸端で洗濯している姿を見られることを恥じる武士も多い。若い者こそなおさらであろう。故に損料屋で火熨斗の当てられた綺麗な褌を借り、汚れたらまた交換に来るという商売が成り立つ。だがそれは単身で出て来る者の多い江戸ならではの話で、大坂ではあまり繁盛する商売とは思えない。

「椿屋は着物や褌、鍋だけじゃあないんです。何でも貸し出すと掲げているんです」

「何でもって……」

「もうそれこそ何でもですわ」

下は石ころ一つから、上は高価な茶道具、名刀、あるいは家にいたるまで、値は張ろうとも貸せる物は何でも貸す。椿屋は先代までは細々とやっていたが、律也が継いでからその謳文句で一気に商いを広げた。天下の三大富商である白木屋、越後屋、そして大丸からこぞって傘下にと申し出があったが、その全てを撥ね退けて独立独歩で大繁盛しているという。三年前、滝組が壊滅するほど被害を出したことがある。町衆は立て直しのために椿屋に献金を頼んだが、それは言下に断ったらしい。だが頓智の利いた町の長老が、

——火難からの安全を貸して下さい。

と頼んだところ、律也は二つ返事で受けて自ら滝組の頭に就任したというのだ。

「全く面白い奴もいるもんだ」

大坂という地に住まう者の多様さ、不思議さに源吾は舌を巻いた。

「だがその灰汁の強さのせいで、なかなか一つに纏まりません。うちなぞは目の敵にされている始末です」

火事を報せるために初めに叩かねばならない唯一の半鐘。それは雨組の管轄内にあり、しかも火消屋敷の目と鼻の先。このため雨組は他の組よりも即応出来、圧倒的に火事の被害が少ない。

「うちもそれでかなり苦労はしているんですがね……」

流丈は大きな溜息をついた。このせいで雨組は一年間昼夜問わず、誰かが起き

て見張りをしている。他の管轄でも火事があれば、雨組が半鐘を鳴らしてやろうと考えたのだ。だが、これが原因で揉めることもあるという。

「うちの火の見梯子で、大坂の全てを見通せる訳ない」

　まず釣鐘町の火の見櫓は五組の共有であるため、どこかの組が陣取って見張ることは禁じられている。しかも一人上ってしまえば、二人目に上った者は死罪というとんでもない法がある。自前の火の見梯子で見張るしかないが、櫓ほど高くないので、夜はともかく昼の小火は、炊煙との区別もつきにくく見逃してしまうことなど多々ある。

——何で、見てて打たんのや！

　などと他の組に怒鳴られ、反論しようものならば、二言目にはお前らはええのうと当てこすりを言われることもしばしば。感情としては理解出来るが、雨組としてもこれ以上の対策は講じられずにいた。

「しかし、今こそ力を合わせやなあかん時。そう思って印六さん、律也には声を掛けたんでですが……」

　昨日、到着した時に不在だったのは、火付けがあった場所を改めて見分した後、弾馬と二人でその二組を口説きに行っていたらしい。律也に懇々と説いていた時、火事が出来して駆け付けたという流れであった。

「駄目だったか」

「はい。印六さんは少し考えると濁されましたが、律也は……」

「あんな奴あっか。火事やて判った時、何て言いよったと思う」

――うちはあの町には何の貸しもありませんからな。励んで下さいや。

「やと。あんなもん火消て呼べるか」

弾馬は相当腹が立ったようで、顔を赤くして憤った。

「ともかく今後のことです」

流丈は話を仕切り直す。この大坂で続いて起こっている緋鼬を止めねばならない。そのために己たちは江戸から来たのだ。流丈はちらりと星十郎を見た。

源吾はずっと気に掛かっていた。この間、星十郎は一度も口を開かずにいる。昨日のことを気にしているのだろう。だが、沈痛な面持ちではあるものの、やはりどこか心ここにあらずという風にも見える。

「星十郎、ありのままでいい」

「はい……」

星十郎は深く息を吸って話し始めた。

「これは明らかに意図して緋鼬を起こしています。風を読むのにかなり長けた者が下手人一味にいるのだと思います」

「秀助のような花火師、船乗り、砲術家、なども候補になるな」

かつての事件に思いを馳せつつ源吾は言ったが、星十郎はゆっくりと首を横に振る。

「これは……風読み。天文家だと思います。それほど高度に風を読まねば、緋鼬など起こせるものではありません」

星十郎は断言した。己を除けば、江戸の風読みで何人がこれと同じことを出来るか。いたとしても一人、二人ほどではないか。それほど難解な読みが必要らしい。

「大坂の天文家を全て洗い出します」

流丈は前向きに答えるが、星十郎と同じく、弾馬が浮かない顔をしている。

「どうした？」

「俺が考えていたのは、火付けの手法についてや……火が付いた時に不審な者はおらん。中には勝手に桶が燃え出したと言う者もいる……」

「おいおい。そりゃあ……」

「京の火車（かしや）の時と同じ。亜麻仁油やないかと俺は思う」

流丈は目を瞬（しばた）かせている。弾馬も自信がなく、流丈にもまだ語っていなかったらしい。だが、下手人が天文家ではないかということで確信を得た。

――土御門だ。

昨年の火車事件の経緯、真相を詳（つまび）らかに伝えると、流丈は声を裏返した。

「その土御門が何故――」

同時に数箇所火を付けるとなると、どうしても見られることが増える。もっとも効率よく火を付ける方法として、星十郎も亜麻仁油ではないかと推理していたのだろう。天文家と言った時には、その名が思い浮かんでいたに違いない。

「もしそうならば私も知りたい……土御門は何のために大坂に仕掛けているのか」

丁度（ちょうど）七日後に暦の論争があり、山路連貝軒も五日後には京に入る。その土御門にとっても大事な時期に、何のために大坂に仕掛けるのか。露見（ろけん）すれば暦は疎（おろ）か、家の存続すら危うい。つまりその危険を冒（おか）してでも、今仕掛けなければならない訳があるということになる。

「亜麻仁油か……」

武蔵も神妙に唸る。京で土御門に利用された嘉兵衛が、亜麻仁油に硫黄を加えたものを用いる火付けを考えついた。嘉兵衛はずっと己が憧れていた水絡繰り師である滝翁の一番弟子であり、今も文の往来がある水穂の義兄だった男である。その嘉兵衛を捕まえたのも、最後の最後で改心させたのも武蔵の力に依るところが大きい。

「星十郎、起こったら止められないというのは間違いないないか」

「はい。その前に押さえるしか……」

「そうなると捕えるのは並大抵じゃねえ」

調合の度合いによって発火までの時を変えられる。燃え上がる時には下手人は遠くまで逃げられることになる。また予め油を染み込ませた綿などを仕込むならば、人目があってもそう怪しくは映らない。

「大坂の町を挙げて警戒するしかない。しかしそうなると……」

「五組の協力が必須。堂々巡りやな」

流丈の言葉を継いで、弾馬が頭を掻き毟った。

「言っていても始まらん。手分けしてもう一度、説得しやな」

いつまた同じことが起こるかも知れない。その前に五組の協力を取り付け、厳戒態勢で迎えねばならない。

流丈は雨組が助けたことで、もっとも脈のありそうな井組の印六。弾馬は共に火事場で戦った波組の釣左。武蔵は水の不思議にも興味を持っていたので川組の朱江。己は弾馬、流丈が不首尾に終わった、もっとも癖のありそうな滝組の律也の元に向かうと決まった。

「仮に裏で糸を引いているのが土御門だとして、何故大坂を狙っているのか。そして今一度、現れた緋鼬を止める方法はないのかを、星十郎は考えてくれ」

「はい……」

そうは言っているものの、星十郎の顔には半ば諦めの色が見えた。己もかなり厳しいことは気付いている。だがそもそも待ちの姿勢を取らざるを得ない以上、火消はいつも劣勢を強いられるのだ。諦めるという選択を捨てて初めて火消になる。星十郎は賢し過ぎるが故に、下手人の綿密さに絶望している。源吾にはそのように思えた。

三

翌日、源吾は東横堀を渡り、百貫町(ひやくめちょう)の滝組火消屋敷を目指した。西本願寺から僅(わず)かに東、大坂の町全体のほぼ中央に位置する場所である。

滝組の火消屋敷は雨組のそれに比べて新しく、一見して造りも豪奢(ごうしゃ)である。律也が頭に推(お)された後に建て直されたと聞いている。

昨日のうちに、滝組には今日訪れることを申し入れてある。本業の損料屋も忙しく、突然訪れても会うことも儘(まま)ならないらしい。今日は予定に空きが出来たらしく、僅かな時ならばという条件付きであるが面会が叶(かな)った。

一昨日に断ったばかりなのに、もう一度会うということは脈があるのではないか。そう思っていた源吾の淡(あわ)い期待は見事に打ち砕(くだ)かれた。

「うちはうちでやらしてもらいます」

まず名乗った上で、これまでの推理や今後のことを話したが、律也の第一声はそれであった。

この律也、若いとは聞いていたが、会ってみると確かに歳は二十二と新之助と同じほど。十六で椿屋を継いで商いを一気に広げ、十九の時に滝組の頭に就いた。

太く凜々しい眉に、眠たげにも見える二重。頰骨がやや張っているのが、意志の強さの証のように見えた。彦弥などとはまた違う種の男前だった。

「しかし……」

「松永様、私はこの界隈の方々から御代を頂戴し、火難からの『安全』を貸しておるんです。他の町まで守ろうもんなら、皆々様にお叱りを受けてしまいますわ」

見かけや理由は全く違うが、自らの矜持に従って我が町だけを守るという点では、馬喰町の龍に似ている。この手の者は相手の決まりに沿って話を進めるのがいい。そう思った時にあることが閃いた。

「ならば、その安全。大坂の町全てに貸して貰うというのはどうだい？」

「ほう……江戸者、しかもお武家様やと聞いていたから期待はせんかったが、ようやく話の分かる方に会えた。よろしい。貸しましょ」

「おお、では――」

「四千両、頂きます」

「何……」

「うちの管轄で年に千両の貸し賃を頂いています。あと四つの組の管轄まで網羅するというのなら、四倍となります」

　まあ、ある程度予想出来たことではある。どこか己の妻と対峙しているような心持ちになったが、そのようなことを思うだけで江戸から叱責が飛んできそうだ。

「そんな大金はねえ」

「では……」

　席を立ちかけた律也を手で制した。

「話を少し変えよう。他の四組の管轄に出入りする下手人を見張れってんじゃねえ。おたくのところを見張れってんだ。それを貸せ」

「見張りを貸せ……ということですな」

「どうだ」

「それはなりませんな。人は火消として炎に備えている。見張りに割く余裕はありません。どんなものでも貸しますが、先客の不利益になることだけは請けないと決めています」

「それも含めての『安全』だと思うがな」

「ふふ……しぶといですな。私が結んだ約束は、火が出た時に消し止めるという安全。未然に防ぐという安全は貸してはいません。それがどれほど難しいことかは、火消ならば解るはず。為そうと思えば、数倍の銭が必要です」

まるで言葉遊びのようにはぐらかすが、要は火を消すだけで精一杯というのは理解出来る。ともかく四千両は大金過ぎる。彦右衛門に言えばどうにかしてくれそうではあるが、流石に度々頼る訳にもいくまい。

「高えな……」

思わず口から零れ出たのを、律也は捉えた。

「安いと思いますが？」

「あんたのところは儲かっているから……」

「これは火消とは思われぬ一言」

律也は呆れたような笑みを浮かべた。火消がそう儲かる稼業でないことは、この男も重々知っているはず。何をもってそう言うのかと眉を顰めると、律也は眼光鋭く言い放った。

「命より高いもんは無いと思います。故に千両で守れるなら、安いもんやと言うたんです」

　源吾は苦笑して頷いた。日頃から家財や金を置いてでも避難しろ、命には代えられぬと、己は江戸の人々に説いているのだ。これは一本取られた形になる。

「確かにその通りだ」

「意外ですな」

「何がだい？」

「貸した物を踏み倒すのは武士と相場が決まっています。借りるときはへこへこ、返す段になって威張り散らす。このように素直に非を認める御方は見たことがないんですわ」

「あんたの言う通り。命より高いもんはねえ。だから俺はそれを守ろうとしているんだ」

「しかし私には管轄の――」

「いい」

　律也が言いかけるのを、源吾は手で制して続けた。

「あんたの矜持は分かったつもりだ。今日は俺の負け。また出直すとする」

「私は多忙でそうそう捕まりませんよ？」

「捕まえるさ。あんたの言う通り、俺はしぶといんだ」

源吾は片笑んで腰を上げた。少し歪な矜持ではあるが、この男も火消の心を持っている。それを確かめられただけでも今日はよしとすべきだろう。それに律也にも葛藤はあるようだ。断る度に拳をぎゅっと握るのは、その証左ではないか。何となく源吾はそう思った。

源吾は会釈を残し、滝組の屋敷を出た。なかなか一筋縄ではいかないようだ。変わった男ではあるし、変わった火消であることも間違いない。だが一個の男として信用に足る。そのように直感した。

――お前ならどうやって口説く。

源吾は大坂城を越えて、遥か先の東の空を見た。先ほど深雪のことを思い出したからか、ふとそのようなことを考えた。こうした時、いつも深雪の何気ない一言が解決の糸口になる。

今頃は平志郎を背に洗濯でもしているのだろうか。それとも己がいない隙を盗んで、小谷屋の干し芋を買い込んで食べているのかもしれない。日頃は何も考えないが、京に赴いた時と同様、離れると早く会いたいと思うから不思議である。前回は深雪一人。今は平志郎と二人。前にも増して気持ちが強い。

「あかん、暫く（しばら）は早（は）よ帰りて言うたやろ」

「まだ遊ぶ！」

往来で子どもが駄々（だだ）をこね、母らしき女が叱る。

軽妙な上方訛り（かみがたなま）のせいで気付かなかったが、すれ違う大坂の人々の顔に、どこか翳（かげ）が差している。日々、緋鼬の恐怖に晒されているのだから当然だろう。それをぐっと押し殺し、妻を、夫を、子を、不安にさせないように日々を過ごしている。この母親も万が一の時、子と離れ離れにならないようにと気を配っているのだろう。

──絶対、止めてやる。

己のように彼らにも守らねばならぬ者がいる。そう考えると猶更（なおさら）、一刻も早く、何としてもこの怪火を止めると決意を胸に刻んだ。

四

夕刻、再び雨組の火消屋敷に集まった。まず源吾が滝組でのことを話す。

「やはり……律也は動かないですか」

流丈は肩を落とした。もしかしたらと期待していたのだろう。

「だがあいつは己の管轄は見張るような気がする。あくまで勘だがな」

「そうだといいのですが……」

「で、弾馬はどうだった？」

源吾が尋ねると、弾馬は瓢簞から一口呑んで話し始めた。

「波組は昨日の片づけで大忙しや。火付けの方法が知れたことには感謝しとった……」

手法が亜麻仁油の公算が高いことは各組に告げている。このようなことは出来得る限り共有したほうがいい。だが、弾馬の口振りは重い。

「あまりいい返事じゃあなかったようだな」

「ああ、他の三組は信用出来へんらしい。特に川組……」

「どういうことだ？」

川組というと武蔵が赴いた、泡沫の異名を取る朱江が頭の組である。そこで源吾も思い出した。滝組の律也も、

――他と組むと足を掬われそうな気もします。

と、意味深なことを言っていた。源吾が問うてもはぐらかして、それ以上は一

切語ろうとしなかったのだ。

「実は波組も独自に探索はしてるそうや。その中で火事の後、朱江が必ず現場に来ているのを見てるんや」

源吾は喉を鳴らした。流丈も知らなかったようで首を勢いよく振る。

これまでの緋鼬の収束後、決まって川組の朱江が現場を歩き回っているらしい。前々回の時などは消火に加わるでもなく、野次馬の中に混じっているのを見たという者もいた。

「確かにそりゃ怪しいな」

通常ならば火を付けた場所には、二度と近づきたくないと思うだろう。だが実際には違う。火付けの下手人はどうした訳か、現場に戻って来ることが極めて多い。その心の動きは解らないが、十人いれば五人以上が戻って来る。火付けの下手人を隠語で「赤馬」などと謂うが、

――赤馬は野次馬を疑え。

と、火消ならば当然のように先達に教えられている。ましてや今までですでに四回。全てに朱江が現れたとなると、怪しさは尋常ではない。

「やっぱり一昨日の事件の後も……ふらりと朱江が現れたらしい」

そこで木端の片付けをしていた波組の連中の一人が、

――力を合わせたいとか吐かして、われがやっとるんやないんか⁉

と、朱江に食って掛かるということが起こった。

「ちょっと待て！　力を合わせたいだと……？」

「ああ、朱江はその少し前、波組の火消屋敷を訪ねてる」

この事件は五組がばらばらに動いていては、とても太刀打ち出来ない。故に皆で力を合わせて事に当たりたい、と説いて回っているというのだ。

「井組の印六さんも確かに、朱江さんが来たが断ったと。その前には滝組にも行ったと言っていたようです……」

「あの野郎」

律也はそのようなことは一言も口にしなかった。訊かれた以外のことは、無用に答えない性質の男なのだろう。

「雨には来てねえのか？」

源吾は流丈に振った。波、滝、井に川は訪ねたことになる。ならば当然だが雨組にも来てそうなものである。

「それが来ていないんです……印六さんが、お前のところにも来たやろうがと話し出し、そこで私も知ったのです」

「武蔵……どうだった」

川組の朱江を説得しに行ったのは武蔵。何か核心に迫る問いになりそうで、源吾は声を低く尋ねた。

「会えませんでした。朱江は昨日から、配下にも何も言わず姿を消しています」

「いよいよ怪しいじゃねえか」

「皆が疑うのはそれだけでは無いと……」

流丈は言うか迷っているような素振り（そぶり）を見せたが、己に言い聞かせるように頷き、重々しく口を開いた。

「朱江さんは、元鯎党（かいらぎとう）です」

「何……」

あまりに意外な告白に、源吾だけでなく皆が息を呑む。

鯎党とは日ノ本を股（また）にかけた盗賊団である。江戸の者は何でも三傑、四天王、五大などと数えて話題に華を添えるが、この鯎党も江戸三大盗賊の一つに数えられていた。

鬼灯組（ほおずきぐみ）は盗まれたことすら気が付かない腕の良さから「幻（まぼろし）の鬼灯」、千羽一家は盗んだ金を困窮する民に配る義俠心から「義の千羽」と呼ばれていた。この千羽一家の当時の頭こそ、源吾が駆け出しの頃に番付火消に数えられていた、に組「千眼」の卯之助。辰一の義父でもある。

そして最後の一つがこの鯱党だった。押し込んだ屋敷、商家の者を一人残らず殺して奪うことから「恐の鯱党」と呼ばれていた。しかし鯱党は宝暦年間に壊滅したと読売が報じ、当時かなり話題になっていたのを覚えている。

鯱党には大頭と副頭の下に、十人の小頭が置かれ、それぞれの組が独自に動いて競い合うという形を取っていた。そして一年の内で最も実入りの少ない小頭が平に落とされる。小頭は落とされまいと躍起に盗む。そのことで三大盗賊の中でも最も猛威を振るっていた。

「朱江さんは昔、旅の途中、夜盗に襲われたことがあったそうです」

朱江は讃岐国徳島の産。若い頃から医の道を志し、全国の著名な漢方医の元を巡って修業に明け暮れた。夜盗に襲われたというのは、修業も終盤に差し掛かり故郷で医者をしようと考えていた、四十五歳の頃だった。死を覚悟した朱江であったが、たまたま通りかかった男が刀を抜いて追い払い、命を救われたらしい。

「後に知ったことですが、それが鯱党八番組頭でした」

偽の素性を聞かされた朱江は、そのまま旅を一緒にして、すっかり打ち解けたという。数日後、小頭は酒に酔ったこともあって、朱江に己の苦悩を打ち明けた。

――俺は殺しをしたくない。

朱江はそこで初めて男が鯱党だと知った。

盗賊に人の好いも何もあったものではないが、少なくともその小頭はこれまで人を殺さず、例えるならば鬼灯組のような人を傷つけない盗みをしていた。先代、先々代、その前も同じく、八番組はそのため最下位ばかり。表向きは平に落とされるとなっているが、不満を抱いて寝返る恐れのあることから、最下位を取ると消されてしまうのが現実らしい。

朱江は辞めればいいと勧めたが、裏切り者は生涯追われて殺されるため、それも難しい。このままでは最下位は確実。小頭の頰はこけ、今にも自害しそうなほどであったという。

「盗賊といえども命の恩人。朱江さんは情に絆されて手伝いを……」

殺さずに盗む。朱江が考えた方策は、己が修めてきた漢方を使ったものである。目当ての商家に近づき、無料で漢方を処方するから、もし効能があれば使って頂きたいと持ち掛ける。

人は躰に悩みの一つや二つはあるものだ。主人や家族だけではなく、奉公人も含め、それぞれに見合った薬を処方した。そして決行が近づくにつれ、眠り薬の成分を増やしていき、当日には全員を深く眠らせるというものであった。これを上手く使うことで、八番組は到底手出しが出来なかった「大物」を四軒仕留めて、最下位を免れることになった。

「なら、それで手伝いは……」

流丈は深刻な顔で首を左右に振った。

「小頭は殺されました」

「そうなるか……」

源吾は薄々勘付いていた。当時の朱江は気付かなかったのだろう。

「鰄党の大頭が朱江さんのほうが、使いものになると見た。そして無理やり、八番組の頭に就けたのです」

大頭は故郷の家族を殺すと脅した。朱江に逃れる道はなかった。こうして鰄党の八番組頭として盗みを働いたのである。

「しかし一年半後、突如仲間割れから鯱党は壊滅。十人の小頭も半数は手下たちに解散を命じ、残る半数は独立した盗賊団となったとか」

その解散を命じた小頭の一人に、朱江は含まれていた。

「そこでようやく、医者になれたのか」

「いえ、朱江さんはお上に名乗り出ました」

やむなくとはいえ盗みに医術を用いた己が、このまま医の道に入ってよいのか。朱江は思い悩んだ末に奉行所に出向いた。そして我が身に降りかかったこと、己がした盗みを洗いざらい話したのである。

朱江の裁きを巡っては、お白洲だけでは判断が付かず、幕閣が相談する事態に発展する。確かに盗みに入ったが、鯱党の中では唯一人を殺さず、火を放ってもいない。

それでも幕閣は、死罪にすべきという意見が多く占めていた。しかし下された沙汰は島流し。幕閣に向けて若い旗本が意見書を提出したことが、流れを変えるきっかけになったらしい。

――ここで朱江を死罪にすれば、残る九人は死に物狂いで逃げる。

寛容さを見せれば、他に自首してくる者も現れるかもしれない。ましてや他はともかく、殺しに手を染めていない朱江の罪は比較的に軽く、当人も深く悔いている。償いをさせるべきだと進言したのだ。

「ともかく朱江さんはそれで、五年もの間、八丈島に」

ようやく刑を終え故郷に帰った朱江だったが、流罪よりもさらに辛い現実が待っていた。家から極悪人を出したことで、父母は肩身の狭い暮らしを強いられ、すでに亡くなっていた。朱江は村に入り、墓に詣でることも許されなかったのである。

朱江は追われるように船に乗った。着いた大坂で自ら命を絶つつもりだった。

「神様が生きろと命じられたのでしょう。船で病人が出ましてね」

朱江はその手当に当たった。やがて病が癒えた男は、大坂でもそれなりの身代の呉服問屋。大坂で待っていた家族にも大層感謝された。呉服問屋の主人は、その腕ならば医者になればいい。家や当面のことは面倒を見ると申し出た。

「ようやく話が繋がったな。だがそれを何故、お前が？」

朱江の半生を知ることが出来た。だが解らないのはそれを何故、流丈が知っているかということである。

「朱江さんは……己の来し方を隠すことなく全て話したのです。患者も含めて関わる者全員に。そんな私でもよいならばと前置きしてから、治療を……」

「そりゃ、思い切ったな……」

黙って聞いていた弾馬も頰を引き攣らせた。

「朱江さんは今も稼ぎの中から、己が盗みを働いた商家へ金を返しているのです」

一介の医者の稼ぎでは一生を費やしても払い切れるかどうか。受け取りを拒む者もいた。わざわざ大坂まで足を運び、金を投げつける者もいた。朱江は土下座して詫び続け、その金にも手をつけようとせず、いつか受け取ってくれる日の為に貯めている。

「患者の中には、初めは唾を吐きかける者も僅かながらいました。しかしそんな朱江さんの姿を見て、今では誰も昔のことを言う者はいません。川組の頭に推されるくらいですから」

火消も初めは、少しでも町の人の力になればと始めた。それがいつの間にか皆に推され、頭を務めるまでになったのだ。

「本当の意味で償ったんだな。だが、それでもよく大坂の者が受け入れたな」

そこまですれば確かに心を開く者はいよう。だが、許さないという者が一人もいないとは驚いた。

「大坂は生き直しの町。前を向いて歩むならば、いかなる者でも受け入れます」

一旗揚げようという者の多くは、江戸に集まる。だがその中で夢を遂げるのは一割にも満たぬだろう。そんな江戸で夢破れた者が、再起を図る町。大坂はそんな町なのだと流丈は言った。

「人は弱いものです……そんな大坂者の心意気も、緋鼬の恐怖のせいで揺れてる」

流石に元僧だけあって、人の核心を突くようなことを言う。釣左、印六、そして律也。皆が皆、いがみ合っていたものの、朱江のかつての罪を罵ったことはこれまで無かった。それが今、朱江への疑念を抱いている。それは謂わば、生き直しの町大坂の崩壊が始まっていることにもなる。

「私は……埴淵朱江は男やと思うてます。下手人なはずない」

流丈は目に薄い膜を張って、凛然と言い切った。

「おい……」

「ええ、間違いねえ」

源吾と武蔵は顔を合わせた。これまで朱江とだけ聞き、姓を名乗っているとは知らなかった。

大坂に着いた日、武蔵に薬をくれた漢方医は埴淵と名乗った。薬が足りぬなら西船場に来れば、誰なりと居場所を教えてくれるとも言っていたので間違いない。

「朱江は、雨組にも来ていた」

その日の様子を告げると、流丈の顔色がみるみる蒼くなっていく。恐らく朱江は漢方医とだけ名乗ったのだろう。故に雨組に入って間もない若い鳶である円次郎が勘違いし、門前払いをしてしまったのだ。

「円次郎め……いや、責めても仕方ない」

流丈は一瞬怒りを露わにしたが、心を鎮めるように深く息を吸った。

「当人が下手人やないにしても、朱江は事件に何らかの関わりがありそうやな……」

弾馬は顎の無精髭をざらりと撫ぜた。現場に繰り返し現れている。四組に協力を頼んで回っている。そして配下にも告げず姿を晦ました。その読みで間違いなかろう。

「朱江を捜そう」

そうすれば何か解るかもしれず、大坂火消の結集の糸口を摑めるかもしれない。

最後に緋鼬そのものの対応、下手人の意図である。こうしている間にもまた緋鼬は起こるかもしれない。快楽が目的だった場合、少しでも長く楽しむために、これほど頻発させることは少ない。また怨恨などの場合はこのような手の込んだことをせず、初めから対象を狙っていくだろう。何か隠された意図があるように思えた。

「星十郎……どうだ」

昨日もそうだったが星十郎は黙っていた。振られてようやく乾いた唇を開く。

「陥れるのが目的だとして、その対象も理由も見当たりません。土御門は幕府の天文方を迎え撃つのに、爪を研いでいるはず。無用に刺激する必要は無いかと……」

「そうか……緋鼬を止める方法はどうだ？」

「それも残念ながら……」

計算し尽くされた数箇所に火を付けられたならば、どれから消しても正解は無い。やはり同時に消火するという、現実には難しい手法のみであるという。

「そうか。やはり付けられる前に叩く他ねえか」

場に重苦しい空気が漂う。嘘を言っている訳ではない。星十郎が導けぬならば、誰も打開策を出せない。源吾はそれほどこの男の知識を買っている。だが常ならば答えが出ずとも決して諦めず、最後まで考えると言うはず。その一言が無いのは、心が京に飛んでいるからだろう。髪を弄(いじ)ることなく項垂(うなだ)れる星十郎の横顔を見て、源吾は何とも言えぬ焦燥(しょうそう)を感じていた。

五

翌日から雨組は昼夜問わず管轄を見回った。非番も休みも関係無い。鳶だけでなく、屋敷の中間(ちゅうげん)小者まで駆り出した、まさしく総動員の体制である。

他の組の様子を窺(うかが)えば、波組の釣左は管轄内の堀という堀に小舟を浮かべて見廻り、井組の印六は異名の元にもなった大井楼を町に繰(く)り出して、高所から見張りを続けているという。あまりに高い建物は、武士を見下ろすということになるため建造を禁じられている。だが移動式の井楼ならば、祭りの山車(だし)と変わらないだろうと井組は突っぱねたらしい。

源吾が面会した滝組の律也。これは少々変わった行動に出た。自身の商う椿屋の屋号を書いた紙を町のあちこちに十枚張り、

――この紙、全て見つけた者、先着の十名には千文を進呈。

と、触れ回ったのである。まるで宝探しのようである。これによって日中は子どもから大人まで、町の隅々まで張り紙を探し回り、大いに賑わっているという。これほど衆の目があれば火付けは容易ではないだろう。しかし十枚の張り紙が見つかれば終わってしまうことを危惧したが、律也はよく考えていた。

――三日ごとに張り紙の場所を変えてやり直します。

三日ごとに仕切り直して、暫くこのお祭り騒ぎを続けるらしい。これによって滝組は昼間に鳶を休ませ、夜間の見廻りを強化することが叶っている。商人らしい頭を使ったやり方である。

最後に川組であるが、朱江はまだ行方を晦ましたまま。朱江は出て行く間際、副頭を呼び寄せて、

――何があろうとも見張りを続けろ。仮に儂が死のうともだ。

と、意味深なことを言っていたらしい。副頭としても決意を示す喩えだと思い、その時はさして気にしなかったらしい。だが朱江が消えたことを考えれば、

胸に期す何かがあったのだろうと思われる。ともかく川組は朱江の言いつけを守り、他の四組以上に管轄を見回っている。

　こうして三日経ったが、火事は起きていない。何かは解らないが、下手人はもう目的を達したのかもしれない。もしくは町の警戒が厳しく、次を諦めたのかもしれない。しかし機会を窺っているだけかもしれず、気を緩めることは出来ない。いつでも仕掛けられる下手人に対し、火消の弱点はここにあろう。日々消耗していく中、雨組も気を張って警戒に当たっていた。

「御頭……」

　朱江を捜しはじめて四日目の朝、星十郎がか細く声を掛けて来た。その顔は紙の如く白く、眼の下には隈が浮かんでいる。昨夜は一睡も出来なかったのであろう。度々寝返りを打っていることには気付いていた。

　何の話かは察しが付いている。本日発たねば、翌々日に控えた京での天文相論に間に合わないのだ。

「ああ、行くか」

　大坂の事件は何一つ解決していない。だが星十郎の頭脳をもってしても、緋鼬を消し去る方法は解らないのだ。確かにここにいても最早出来ることはない。

「はい……一つだけ。微かですが……いや、条件が揃った場合のみですが、止める方法があるかも……」

「何だ。頼む」

源吾が手を握らんばかりの勢いで言うと、星十郎は躊躇いつつ話し始めた。

「まず風下から消すのです……」

数箇所に付けられた火を一つでも消すと、そこが通り道になって周囲の堀の上を駆け抜けた風が注ぎ込まれる。それが残る炎の内部で渦巻き、旋風へと発展する。

風上のほうを消してしまえばもうどうしようもない。だが風下だと駆け抜ける風は、元々吹いている風とぶつかるため、勢いは若干なりとも弱まる。

「この時、板でも何でもいいから、堀の上に壁を作るのです。弱まった風の勢いを、これでさらに削ぐことが出来ればあるいは……」

源吾は暫し待った。しかし星十郎は下唇を嚙んで俯く。

「なるほど。解った。やってみる」

風読みの力が要となる策である。雨組にも風読みはいるし、己も多少は読める。だが星十郎に比べれば足元にも及ばない。

土御門の野望を打ち砕くのが星十郎の宿願であることは知っている。また己という火消の黎明期を支えてくれた、孫一の遺志を継ぐことだとも解っている。だが今の星十郎ならば、もしかしたら山路に任せて己が残ると言ってくれるのではないか。そんな淡い期待を抱いたのだ。

武蔵も何も言わない。彦弥、寅次郎がいてもきっとそうだろう。これが新之助ならば遠慮なく残ってくれと頼んだかもしれない。

源吾は京に旅立つ星十郎を見送った。しょぼくれたその背を見ていると、何故か胸が締め付けられた。

「星十郎！」

「はい！　本日文月九日辰の下刻（午前九時）、風は……」

源吾が呼びかけると、星十郎は慌てて振り返って朗々と告げ始めた。すっかり癖になっているのが可笑しく、今日はどこか哀しかった。

「馬鹿」

源吾は苦笑して止める。星十郎も曖昧な笑みを浮かべた。

「頑張って来いよ。こっちは任せとけ」

源吾が目一杯の笑顔を作って見せると、星十郎の目に涙が溢れ出るのが解った。星十郎はそれを袖で拭(ぬぐ)うと、深々と頭を下げ、足早に立ち去っていった。

火消である前に人なのだ。優しさに縋(すが)ろうとしていた己を恥じた。星十郎には一生を掛けて成(な)し遂げたいことがある。それを全(まっと)うさせてやるのも頭の務めではないか。源吾は己に言い聞かせながら、星十郎が見えなくなるまでその姿を見送った。

六

京までの道程(みちのり)は伝馬(てんま)を用いた。公儀(こうぎ)のものではない。商人が米相場などで使う馬を雇ったのである。値は少々張るが、星十郎はぎりぎりまで大坂にいて打開策を練りたかった。最後の晩も寝ずに考えていたが、あの程度の策しか遂に思い浮かばなかった。

残って欲しいというのが本心だろう。だが最後に笑顔で送り出してくれたのは、御頭の優しさであると解っている。

思えば庵(いおり)を出てから己は変わった。昔ならばにべもなく断り、さっさと京に向かっていただろう。

今は違う。御頭や新庄藩火消の皆と交わり、心に変化が起きていることを己でも気付いている。昼はただ黙然と書物を捲り、夜になれば星を観測する。それだけが全てだった頃は、笑うことなど一度たりともなかった。

己の中で「火消」の占める割合がどんどん大きくなっている。

――だが今だけは……。

この数日だけは、昔の己に戻りたいと強く願っている。油断をしていてはあの老獪な土御門に付け込まれることになる。

夕刻、洛中に入ると、真っすぐ京都所司代に向かった。ここで山路連貝軒と落ち合うことになっている。姓名を告げると、一室に案内された。そこにはすでに山路が待っており、丁度文机に向かっているところだった。

「来たか」

山路は振り返って頷く。

「遅くなりました」

「何かあったか……」

星十郎は口辺を手で包み込むように撫ぜた。山路の察しが良いのか、それとも己が顔に出過ぎているのか、すぐに気付かれた。

「いえ、明後日に向けて支度をしましょう」

山路は膝を滑らせて向き直ると、手で座るように促した。

「松永殿に何かあったのだな。申すがいい」

山路の口調に有無を言わさぬ威厳を感じた。この父の盟友は、己と御頭が出会う切っ掛けを作ってくれた。以後、何かにつけて気に掛けてくれており、一月に一度は天文について議論も交わして来た。今の己にとっては実の叔父のような存在である。

「実は大坂の一件ですが……」

隠し立ては出来ないと覚悟を決め、ぽつりぽつりと話し始めた。山路は瞑目して耳を傾け、一々頷く。全て語り終えると、山路はゆっくりと目を開いた。

「優れた風読みが要るな」

「はい……」

「大坂には？」

「五組それぞれに風読みが」

「お主より優れたるか」

「それは……」

雨組の風読みでは少々心許ない。他の四組の風読みは解らないが、やはり天文を究めようと学んでいるわけではない。

「任せてよいか」

「は……と、仰いますと」

山路は文机の書物をぱたんと閉じると、すっくと立ち上がった。

「儂が大坂へ行く」

「な……相論はいかがなされるのです！」

星十郎は赤い前髪を跳ねさせて顔を上げた。

「お主に任せると申したであろう」

「しかし――」

「のう、星十郎」

山路は目を細め、厳しい語調で続けた。

「孫一は儂のせいで死んだようなもの……今度は儂が奴の想いを遂げる番よ。孫一ならば、すぐに駆け付けるはずじゃ」

何も言い返すことが出来ず、星十郎は項垂れた。父は実践の人であった。天文を机上のものだけでなく、市井に役立てるべきと、五十近くなってから火消を志したのだ。今、大坂の民は恐怖のどん底にいる。父ならば確実に駆け付けるはずだった。

「土御門は……」

絞るように言った時、肩にぽんと手を置かれた。顔を上げると、そこには深い皺を作って笑う山路の顔があった。

「土御門から吹っ掛けた喧嘩じゃ。相手をしてやるのだから、待たせれば良い」

所司代も明後日に備えて支度をしているはずで、言うほど簡単なことではない。

それに土御門は今年が不作と吹聴（ふいちょう）しているが、どう考えても例年並み。明らかに逸（はや）った悪手（あくしゅ）で、土御門も今頃後悔していることが考えられる。

大切なのは、米の収穫高が確定する前に、幕府として例年並みとの見解を公式に出しておくこと。もう一月もすれば米の刈り入れが本格的に始まる。その後見解を示したところで、様子を見てから出したと指摘を受けるに違いない。土御門は日延べをすれば、収穫後に相論をしてうやむやにし、失策の挽回（ばんかい）を図ることが出来てしまう。

「根本から考え直す必要がありそうだ」

山路は顎に手を添えて首を捻った。

「如何なる意味でしょうか」

「やはり冷静さを欠いておるな。いつものお主ならば気付くはず」

山路はそう前置きして、自らの推理を語り始めた。

土御門は改暦の権を奪ったことに勢いづき、改元の権も奪おうとしている。土御門は当年六十四歳の高齢。焦りから逸って勝負に出たと考えていた。しかも収穫の読みは甘い。山路らは耄碌した土御門から暦を奪い返すのは今しかない、そう考えて京までやってきた。

だが山路は、大坂の事件に土御門の関与が考えられると聞き、ある疑念が頭を過ったという。

「そもそも……これは読み違いなのか？　改元の権など取る気は無く、疾うの昔に諦めている。此度の相論を目眩ましに使っているのではないか」

「まさか……」

「本命は、大坂」

山路は間髪入れずに言い切った。

「何のために」

「それは儂にも解らん。だがそのほうが筋も通る」

幕閣や山路らの目を京に向けさせるために、あえて悪手を打ったと考える方がしっくりくる。そして、大坂こそが本来の目標。だが、それが何かは皆目解らない。

「誰か」

山路はすぐに所司代の下役を呼びつけ、明後日の相論の中止を申し入れるように言った。下役は面食らって取り乱した。山路は続けて、

「これは土御門の罠だ。所司代に至急伝えよ。幕府の存亡が懸かっている」

と、未だ全容を摑めぬにもかかわらず、最大限に話を膨らませたため、下役は慌てて走り去っていった。

「所司代は聞き届けて下さるでしょうか……」

「さあな。聞かぬならば、勝手に出て行くまでよ」

山路は不敵に笑う。暫くして襖が開いた。先ほどの下役ではなかった。山路は居住まいを正して座った。

(大炊頭様だ……)

星十郎も膝を揃えて頭を垂れる。現れたのは、京都所司代土井利里その人だっ

た。このような詰めの間に来るとは、事態を重く見てくれたということか。

「話は聞いた。相論は中止とする。すぐに大坂へ向かえ」

「は……」

山路が訝しんでいるのが解る。こうも簡単に信用してくれるとは、星十郎も思ってもみなかった。

「一昨年から朝廷の動きが怪しく、我らが取り締まっているのは知っているな」

朝廷に幕府から禁裏附と呼ばれる役人を派していたが、その目の届かぬところで朝廷の地下役人が横領しているのではないかという疑惑が浮かび上がった。

そこで幕府は安永二年（一七七三）より、その調査に乗り出している。京都所司代である土井利里も、それを調べている一人であったらしい。

「まだ公にはしていないが、土御門の手の者も関わっていたという話も出ている」

「それで……」

そのような経緯から、土御門に何らかの野心があるとは目星を付けていたらしい。

「それだけではない。丁度、今日の昼。江戸から指示が来た」

「何と」

山路が尋ねると、土井は一層声を落とした。

――土御門、大坂にて何やら画策せん。動きあれば相論より、そちらを優先せよ。

偶然にしては出来過ぎている。恐らくは老中田沼意次が事に気付き、手を回してくれたのだと星十郎は考えた。

「どなたが」

山路の問いに、土井は囁くように答えた。

「……大きな声では申せぬが、一橋様だ」

思わず声が出そうになるのをぐっと堪えた。どうして一橋が土御門の野望を気に掛けるのか。

山路が今からでも大坂に向かいたい旨を伝えると、土井は駕籠を仕立てると言って去って行った。

――どういうことだ……。

一橋は相論をさせたくないのか。いや、土御門の蠢動は一橋にとっても不利益になるのか。今、ここで考えていても答えは出ない。

星十郎が思案していると、山路がしわがれた声で訊いた。

「星十郎……それでその緋鼬とやら、止まるか？」

風を完全に読み切って、なおかつ通り道に障害物を置く。やってみないと解らないが、勝算は少ないだろう。

「しかし、それしか方法が思いつきません」

「うむ……確かに。今回は幕府天文方も来ておらぬ。相談出来る者はいないか……」

今回の相論は非公式である。故に陪臣の己も参加出来たのだ。幕府天文方と額を集めて考えれば、光明が見えるかもしれないが、余りに時が掛かり過ぎる。仮に相談出来たとしても、山路より優れた天文方はいないと星十郎は見ている。

その時、星十郎は脳裏に電撃が走ったような感覚に襲われた。

「いる……ただ一人。あの男ならば、もしや……」

「何……」

「山路様、先に大坂に発って頂けますか」

星十郎の頭に最早相論のことはなく、早口で捲るように続けた。

「京都常火消淀藩の頭に野条弾馬という御方がおられます」

当初、相論が終わり次第、星十郎はすぐに大坂に駆け付けるつもりでいた。帰りは舟を用いて川を下るつもりでいたのだが、弾馬が書き殴るように文を認め、

――これをうちの火消に見せろ。

と、渡してくれたのである。何でもこの文を見せれば船よりもはるかに速く大坂に戻ることが出来ると言った。だが定員は一人。山路には所司代の用意してくれる駕籠で、今のうちに向かって貰うほうがよい。

「私が遅くなった時は……お頼み致します」

勝ち目がないに等しくとも、御頭は己が出した策を実行するだろう。その時には優秀な風読みが必要。山路ならば申し分ない。

「よし。任せておけ。ふふ……」

「何か可笑しいことでも？」

「孫一に火消を辞めさせたのに、まさか儂が火消の真似事をするとはな。人の世とはおかしなものよ」

「いかさま」

いかなる人と巡り逢うかで、人の一生は大きく変わる。父もそうであったろうし、己もまたそうである。

「して、どこへ行く」

「はい。この難問を解けるやもしれぬ男がいるところ……」

山路は知らない。己が唯一智謀で完敗した男が、この京にいることを。星十郎は、暗闇で一点を見つめる、痩せた老人を思い浮かべ、渇いた喉を震わせた。

「六角獄舎に」

七

翌日の昼下がり、星十郎は京都所司代の屋敷を出た。昨日、すぐにでも行きたかったが、流石に相手が大罪人とあって、京都所司代も手続きに時を要した。山路は払暁には駕籠に乗ってすでに大坂に向かっている。己もすぐに切り上げて後を追わねばならない。

星十郎は固く閉ざされた門の前に立った。この炎天下である。それなのに京でここだけが秋かのように、ひやりとした風が流れている気がした。罪人の怨嗟が辺りを寒からしめているかのようであった。

昨年、火事で大きな被害を受けた獄舎であるが、すっかり修復が終わっている。新材の香りを嗅げば清々しくも感じるものだが、場所が場所だけに心が弾むことはない。

門前で案内を乞うと、一人の男が脇門から姿を現した。

「お久しぶりです」

「確か……伝兵衛さん」

前回、ここに来た時、牢獄を案内してくれた年嵩のいった牢役人である。今回もこの男が案内役を務めるらしい。廊下を歩く。独房の奥こそが目的の場所。歩いていると罪人たちが暗く冷たい目を向けてくるが、星十郎は意に介さず歩を進めた。

「私は外にいても構わないでしょうか……」

迎えた時から青ざめていた伝兵衛の顔は、さらに血の気が引いている。罪人たちから向けられる視線のせいではない。この奥に鎮座する男を鬼神の如く恐れているのだ。

「ええ、構いません」

独房の突き当たりを左に折れる。そこは何も無い壁があるだけ。伝兵衛は板目を探って一枚を押し込んだ。がたんと閂の外れる音がし、壁そのものが回転する。星十郎は提灯を受け取ると、一人で中へと足を踏み入れた。

十畳ほどの一間。分厚い木の格子。その向こうは畳の敷き詰められた座敷牢。提灯の茫とした灯りに照らされ、痩せぎすの老人が闇に浮かび上がる。髪は火明かりに照らされて銀色に輝いている。一年前と全く同じ。この場所だけは時を拒絶しているような錯覚を受けた。

「惟兼殿」

星十郎は静かに名を呼んだ。

野狂惟兼。齢は八十二。本名は鷹司惟兼と謂い、前の関白、鷹司兼熙の子。庶子ではあるが、歴とした五摂家の家柄に生まれた男である。自らを小野篁の生まれ変わりと称し、「野狂」と名乗っている。

今から六十六年前の宝永五年（一七〇八）に火付けを行い、京の大半を焼き払ったとされている。事件から四年後に自ら出頭し、以後六十二年に亘ってここに囚われている。

飛驒の山奥に棲む妖、「覚」の如く人の心を見透かし、精神を蝕む呪詛を吐き、これまで何人もの牢役人を奈落に陥れてきた。

昨年、星十郎は初めて他人の智謀に戦慄した。その相手こそ惟兼である。

「加持殿か」

名を覚えていることに驚きはしない。惟兼は役人たちを惑わさぬ代わりに、世間で発行されるありとあらゆる書物、読売まで届けさせている。そして新之助並の記憶力で覚え、武鑑の片隅に記された己を言い当てた。

「大坂の件だな」

とくんと胸が高鳴った。大坂で火に纏わる事件が起こっていることは、読売ですでに知っているのだろう。惟兼はすでにこちらの用向きを察している。やはり背筋が冷えるほどの洞察力を有している。人の動き、物の動き、世の動き、森羅万象すべてを己の頭の中で再現しているのではないか。

「はい……まさしく。尋ねたいことがあり、罷り越しました」

相手は罪人とはいえ、最大限の敬意を払った。

「下手人の目星は付いているのだな」

惟兼はこちらに一瞥をくれることもなく、壁を見つめたまま話す。

「土御門泰邦」

「よく見た」

惟兼はまるで寺子屋の師匠のような口振りである。惟兼は僅かに顎を上げて天を見上げた。しかしそこには当然天井があるのみで、蒼天を望むことは出来ない。ただこの怪老には見えている。そう思えて仕方がない。

「どちらを訊きたい」

惟兼の問いに、星十郎は詰まった。すると惟兼は鷹揚な調子で続ける。

「緋鼬の止め方か。あるいは土御門が大坂を狙っている訳か」

「なっ――それが解るのですか！」

星十郎は格子に取り付いて声を上げた。緋鼬の止め方を知っているかも半信半疑。それなのに土御門の野心の本質まで見抜いているというのだ。

ようやく惟兼は、ゆっくりとこちらを見た。提灯の灯りでも、瞳が濁っていることが解る。視力が相当に衰えているのだ。

「解る」

「教えを乞うことは叶いませんでしょうか……」

嘘を吐く類の男ではないことを知っている。藁にも縋る心地である。

「断る」

「惟兼殿！　人の命が懸かっているのです！」

にべもなく断られ、星十郎は思わず声を荒らげてしまった。惟兼は怪訝そうに首を捻る。

「加持殿は誰と話しているかお忘れか。儂は京を焼き、無辜（むこ）の民数千を殺した大悪人よ」

「しかし……」

星十郎は握った格子が一段冷えた心地がし、思わず片手を離した。

惟兼は老狐（ろうこ）のような高低入り混じった咳（しわぶき）を一つし、じっと壁を見つめて言った。

「どちらか。どちらか一方だけならば、教えて進ぜよう」

「二つともという訳にはいきませぬか」

「欲をかくと碌（ろく）なことがない。それは知識への欲求も同じ。知り過ぎるは不幸の種ぞ」

何となくではあるが、惟兼は己のことを、ここに閉じ込められるきっかけのことを話しているのではないか。星十郎はそのように感じた。

「どちらにする」

惟兼は己の言葉を違（たが）えたりはしない。どちらかを選ばねばならない。

緋魈の止め方を知ることが出来れば、大坂の民の暮らしを守ることが出来る。

だが、それで土御門を追い込むまでには至らないだろう。また時がくれば土御門は蠢動を始める。

一方、土御門の野心、大坂を狙う動機を知ることが出来れば、泰邦を破滅へと追い詰めることが出来る。土御門に苦しめられた渋川一族、そして父、孫一の仇を討てる。長い目でみれば、そちらのほうが民の安寧に繋がるのではないか。

「土御門は何故……」

そこまで言いかけた時、星十郎の脳裏に浮かんだのは御頭の顔である。あの日、己を連れ出そうと庵に乗り込んで来た時。町に住む人々の何気ない明日を守ろうと、懸命に訴えかける御頭の顔だった。

――命を救え。

そう聞こえた気がした。

星十郎は前髪を鷲摑みにして掻き上げ、凜然と言い放った。

「緋鼬の止め方を教えていただけますか？」

惟兼の頰が微かに緩んだような気がした。

「よかろう」

惟兼はすうと膝を滑らせて、正対する恰好となった。

「その前に確かめたい。大坂のことを詳らかに語れ」

読売だけでは知り得ないこともあるだろう。星十郎はこれまで起こっている事件を滔々と話した。惟兼は目を細めて聞く。開いているのか怪しいほど細く、仏像のそれに似ている。

「いかがでしょうか」

星十郎は話を結ぶと改めて問うた。

「複数の炎による風の流れを使い、緋鼬を起こしているのは間違いないな」

「して、どう消せば緋鼬は生まれないのでしょうか」

「どれを消しても緋鼬は出る。同時に消すなどは実際には無理というもの」

「そんな……先ほどは止められると――」

惟兼は唇にそっと指を当て、蛾の羽ばたきほど細く息を吐いた。僅かに覗く歯はくすんでおり、相貌の不気味さを際立たせる。

「消すならばな」

「え……」

「頭を使え、加持殿」

この台詞、前にも言われた。考え過ぎると言われたことはあれど、このように言われたのは父以来であったと記憶している。

――消すならば……。

惟兼の一言を心で反芻する。消す以外、他に何があるというのだ。確かにそのまま放置すれば緋鼬は生まれない。だがそれでは結局辺りは火の海になってしまう。そこまで考えた時、星十郎の脳裏に閃くものがあった。

「まさか……そんなことが」

「出来る。そのためには三つの条件が必要となってくる……」

惟兼は即座に断言して指を一本立てる。

「一に場所。ちょうどそこにあるとは限らぬ。場合によっては積む必要があろう。火事の中でそれをやるには相当な人手が要る」

何を積むのかとは訊かなかった。惟兼の言わんとすることが全て理解出来た。だが星十郎はまだ信じられず、固唾を呑んで聞いていた。

「二に速さ。同時ではいかぬ」

「かといって遅すぎてもいきませんね……」

星十郎が先んじて応えると、惟兼は毛の長い眉の片方を上げた。

「左様。流れるように順に。これでなくては押し負けることになろう。最後に三つめは……」

惟兼は手を差し伸べるようにして、己を指した。

「これらをすべてを司る、極めて風読みに長けた者。加持殿が要る」

理論の上では確かに出来る。だが相当に息を合わせてやらねば、被害は余計に酷くなるだけ。そして風を一度たりとも読み間違ってはならない。果たして己に出来るのか。星十郎は喉仏を上下に動かした。

「分かりました。やってみます」

「策が嵌れば、必ず下手人は姿を現す。そこを捕えればよいのではないか」

「これは……」

星十郎は苦く笑った。まさか下手人も、罪人に捕縛の計画を立てられていると は、思いもよらないだろう。

「気を付けなされ。真っ先に狙うは指示を出す風読み。つまりは加持殿」

「私の心配までなさるとは」

そのような老人であったかと奇異に感じ、星十郎は首を傾げた。

「折角、面白い玩具を見つけた。壊れてもらっては困る」

昨日までの己、つまり心に迷いを抱えていた己ならば、この不気味な言い様に気圧されていただろう。だが今は違う。芯が一本通ったように心は揺らがない。

「御老、もう八十二とか。いつ旅立たれてもおかしくない歳です。次に遊んで頂くまで生きて貰わねば」

惟兼は今日初めて笑って見せた。闇に三日月が浮かんだかのような笑みである。

「儂の考えでは、人は躰を労われば百二十までは生きられる」

「そこまで生きられるおつもりか。欲深いのはどちらですかな」

さらに痛烈に返すと、惟兼はうふと声まで上げて笑んだ。

「これは一本取られた」

「私は……あなたが火付けをした訳を知りたい」

前回話した時に真に貴方が火を付けたのかと尋ねた。それに対して惟兼は一言、

――この国を救うためよ。

と、答えたのである。その真意を知りたいとずっと思っていた。

「またおいで」

まるで惟兼は使いに来た童に言うが如く、目を細めて少し顎を傾けた。そして

ゆっくりと膝を動かし、元の向きに戻り、再び壁を見つめ始めた。こうなれば、きっと何を訊いてももう答えぬだろう。前回もそうであった。

これも同じく前にも感じたこと。この知の化物と格子を挟んで対峙すれば、まるでこちら側が囚われており、向こう側にこそ無限の世界が広がっているのではないかと思えて来る。

無限の知を見つめる惟兼に、星十郎は深々と頭を下げて座敷牢を後にした。

第四章　秘策

一

　星十郎が京に向かった翌日の夜、源吾は弾馬と二人きりで今後のことを相談していた。

　大坂町火消雨組の頭の流丈は近隣の旦那衆の元へと行っている。鳶たちは火付けの警戒に皆出払っており、事件について何かを知っていると思われる川組の頭、埴淵朱江を捜す手が足りないのだ。

　そこで懇意にしている管轄内の商家を巡り、日中に丁稚を貸して欲しいと昼夜を問わず頼んで回っているのだ。流丈の懸命な訴えに人手を出してくれる商家もあるが、この広い大坂から一人の男を見つけるのは、砂浜に落とした針を探すに等しい。しかも朱江がまだ大坂にいるとは限らない。

「ともかく、この状態をいつまで続けられるかだな」

源吾は大坂の切絵図を眺めながら言った。

連携している訳ではないが、各組とも管轄内の見廻りを強化している。だが問題は人が為していることである以上、疲れも出て来るし、いずれは気の緩みも生じて来る。下手人はその一瞬の隙をついて仕掛けて来るかもしれない。つまり圧倒的に下手人が有利な状況に変わりはないのだ。

「二十日……いや、十日が限界ってところか」

「この歳になって、また切絵図を覚えることになるとは思わなかった」

源吾は鬢を掻き毟って零した。切絵図に書かれている町名、橋の名、管轄の区分などを短い期間で出来るだけ頭に叩き込んでいる。これは火消になって初めにやること。全て暗記してようやく初歩の初歩というところである。

「橋はどっちの管轄だ？」

源吾は首を捻った。組の管轄はそれぞれ朱で囲まれているが、間に架かっている橋はどちらの囲いにも含まれていない。

「そんなもんどっちかがやるやろ」

弾馬は存外細かいことに拘ると眉を顰めた。京都常火消は常に決まった四家が務め、そのうち輪番の二家が京中を守る。江戸の方角火消のような存在であるため、管轄の概念が薄いのだろう。

「江戸の大きな橋には、橋火消がいるんだ」

「何やそれ？」

「橋を守る火消さ」

「えらい狭い管轄やな」

「でも大事なんだよ」

江戸には幾つか主要な橋があり、そこには橋火消と呼ばれる専門の火消がいる。普段はともかく大火となれば、橋が焼け落ちては極めて避難が困難になる。そのために橋だけは死守するという役目で設置されたのだ。

源吾は留守居をしている雨組の鳶を呼び寄せて訊いたが、どちらの管轄でもないという。そのため管轄の境の橋では、度々縄張り争いが起こっているのが悩みの種らしい。

「江戸より遥かに橋が多いせいかもな……」

単純な数では町の規模の大きな江戸のほうが多い。だが距離に対して架かっている橋は、明らかに大坂のほうが多かった。逃げる経路を確保しやすいということで、橋を守り抜かねばという概念が無いのかもしれない。

「俺はだいたい頭に入った」

弾馬は瓢簞に口を付けて、酒気の香る息を吐いた。

「そんなに呑んで大丈夫か？　事が起こればすぐに動かなくちゃならねえぞ」

弾馬は先ほど雨組の下男に頼んで、瓢簞に酒を満たしてもらっていた。思えばこの男、出逢った時から呑んでいる姿ばかり見てきている。

「心配無い。動くためにはこれがいるんや」

「どういうことだ？」

源吾が眉を顰めて尋ねると、弾馬は手をひらひらと宙に舞わした。

「何も無い。それより……加持はいつ戻って来られるんや」

「相論が終わり次第。だがそれはいつになるか……」

その道に関して己は門外漢である。星十郎もどれほど掛かるか見当が付かないと言っていた。土御門は渋川一族との論争で、相手を京に留めて持久戦に出た過去がある。その時は確か月単位で相論が続いたはず。星十郎がその手に乗るはずもなく、ましてや山路も付いている。そこまで長引くことはないだろうが、それでも一月や二月は掛かるのかもしれない。

「そうか……終わればすぐに戻って来れるんやがな」

弾馬は文を認めて星十郎に渡していた。それを淀藩火消に見せれば、最速で京から帰って来られると自信ありげに言っていたのだ。

「一日もあれば戻って来られるのか？」

「そんな掛からへん。二刻（約四時間）もあれば戻って来れる」

弾馬は手を振ってまた一口、酒を呷った。

「二刻だと。伝馬でか？」

京と大坂の間を往来する場合、最速は伝馬であろう。それでも丸一日は掛かる。

「まあ、あいつに任せとけば大丈夫や。心配せんでええ」

弾馬は多くを語らずに、からりと笑った。

「えらく信用しているんだな」

「お前もそうやろう？　配下を信じる。詰まるところ、頭の役目なんてそれだけや」

「違いねえ」

弾馬も配下と共に数々の炎と闘ってきた。江戸と京、場所こそ違えども、行き着くところは同じということらしい。

「まあ、信じてはいても……言えんことはあるがな」

この陽気な男が、珍しく湿った口調で言ったのが気に掛かった。

「聞いてやるよ。配下に言えねえことでも、俺なら話せるんじゃねえか」

弾馬は自らの額をひたひたと叩き、少し躊躇う様子を見せた。暫くして深い溜息を零すと、傍らの瓢箪を持ち上げた。

「俺はやめとこう」

「違う。さっき言うたやろ。動くためにこれがいるってな」

「ああ……」

「俺は呑まな、炎に向かえへん」

その一言で弾馬の胸中が全て解った。己もかつてその経験があるのだ。そして一度火消の道から足を洗った。源吾は出来るだけ声を落ち着かせて訊いた。

「いつからだ」

「淀藩に仕える前からや」

弾馬は哀しげに瓢箪を見つめながら手を下げ、ぽつぽつと語り始めた。

まだ弾馬が店火消の頃、風の強い夜に火事があった。火元から瞬く間に延焼し、弾馬が駆け付けた時には安普請の家の柱が焼け崩れ、屋根が滑り落ちた。

「その家には親子が三人住んでてな。俺が飛び込んだ時に父親と母親はもう死んでた……娘が一人だけ……」

まだ十にも満たない娘が瓦礫の下敷きになっていた。弾馬は鳶口で懸命に瓦礫を動かそうとしたが、びくともしない。応援を呼んだが、結果は同じ。挙句の果てには鳶口が折れた。

弾馬は諦めず、素手で瓦礫をのけようとした。熱を持っている瓦礫である。手から煙が出るほど焼け焦げた。それでも弾馬は歯を食い縛り、助けようとした。

「配下に引き剝がされた時には……もうな。今でも夢に見る……」

「そうか」

火消を務めている限り、多かれ少なかれ死を目撃することは必然である。己にも助けられなかった者はいる。その中には近しい者もいた。深雪の父である月本右膳もその一人である。

「そっから炎に向かう時、全身が震えてどうにもならんくなった。親父が酒乱やったから、呑まなかったんやが……呑んだら震えが止まってな」

それからというもの、弾馬は酒に頼るようになった。火事はいつ起こるとも限らない。いつでも震えを抑え、火元に突っ込めるようにと、常に酒を携えるようにしたのだという。

「情けない話や……」

弾馬は拳骨で自らの額をごつんと叩いた。

「俺もさ」

源吾は吐息混じりの小声で言うと、ゆっくりと語り始めた。

定火消の頭だったこと。同輩の嫌がらせで半鐘を打てず、火事場にも向かえなかったこと。そのせいで病床にあった妻の父を救えなかったこと。火消を続ける自信を失ったこと。それと同時に炎が恐ろしくて足が竦むようになったこと。新庄藩の火消組を教練するだけという条件で舞い戻ったこと。そこで今の配下の面々に出逢ったこと。明和の大火を経て、ようやく克服したこと。源吾は自らの来し方を洗いざらい話した。

「そうか……でもお前は、己の力で乗り越えた」

「一人じゃねえよ」

配下の皆がいたから。かつての同輩の火消がいたから。そして深雪がいてくれたから。己は立ち上がることが出来た。衒いもなく、心からそう思う。

「祐だっけな？　お前もいるんだろう。そんな奴らがよ」

「ああ……そうやな」

源吾は片笑んでみせたが、弾馬の手が小刻みに震えている。初めて苦悩を吐露したのだろう。己になら打ち明けてもよいと考えてくれたのだ。

「なあ、弾馬」

「おう」

弾馬は俯いたまま細い声で応えた。

「近しい者を助けられなかったのは、妻の父だけじゃないんだ」

弾馬は顔を上げて覗き込む。

「親父は俺の目の前で死んだ」

「な……」

「火消ってのは皆、悔いを抱えているもんさ。悔いがあるから火消をしてる。無い奴はこんな危ねえこと、とっとと辞めていくぜ」

初めは皆が火消に憧れる。だが半年もすればその過酷さ、恐ろしさ、虚しさに気付く。それでいて鳶などは大した金も貰えない。今残っている火消の数十倍の者が足を洗っていくのを見て来た。

「皆そうだろう？」

源吾は江戸の同期たちの顔を思い浮かべた。今なお現役を続けている者はすべて当て嵌まる。加賀鳶の大音勘九郎も、己のように火事で父が殉職している。辰一は弟が行方知れずで、育ての親の卯之助は光を失っている。い組の漣次は師である金五郎が炎に殺され、秋仁も竹馬の友にして副頭の安次が大火で死んだ。あの進藤内記がどうかは解らない。だが、内記も兄を火事で亡くしているのだ。

「悔いがあるから火消を続けられる、か……ほんなら悔いが消える時が辞め時か」

「いいや。俺とお前は違う」

源吾は首をゆっくりと横に振った。弾馬は僅かに唇を綻ばせ、真っすぐな目を向けた。

「そうやな……死ぬ時か」

「ああ、俺たちは辞められねえ。きっと悔いを捨てることはないからな」

「結局、そのままでいろってことやんけ。お前に相談したんが間違いやったわ」

弾馬は大袈裟に手を挙げてごろんと寝ころんだ。

「馬鹿野郎。最高の助言だろうが」

「阿呆」

天井を見つめる弾馬の唇が僅かに綻んでいる。たったこれだけで乗り越えられるとは思わない。だがいつの日か己もそうであったように、弾馬にもその時が来るだろうと確信した。この男は己が見て来た中でも、最も優れた火消の一人なのだ。

「おい」

寝そべった弾馬に向け、源吾は低く声を掛けた。廊下を歩いて来る跫音が聞こえたのだ。跫音は二つ。何事かが出来したのかもしれない。弾馬が手を突いて身を起こした時、勢いよく襖が開いた。

「松永様」

初めに己を迎え入れてくれた鳶、円次郎である。

「何かあったか」

「それが今、松永様の知人という方が……」

円次郎の背後からもう一人、男が顔を出した。白と黒が混じり合った灰色の髪。目尻や口元に深い皺の刻まれた老人である。何故ここにいるのか。源吾は訳が呑み込めずに唖然となってしまった。

「誰や？」

弾馬がこちらに囁きかけた。

「山路様……何故、ここに。土御門との相論は？」

「松永殿、頼み事があって来た」

部屋に足を踏み入れる山路は、神妙な顔つきである。

「頼み……ですか？」

「うむ。儂を火消にして頂けぬかな」

そこで山路は初めて顔を緩め、不敵な笑みを見せた。その顔は先ほどまでと異なり、急に若々しく見えたのは気のせいであろうか。源吾は呆然と山路の顔を見つめ、そのようなことを感じた。

二

開け放った戸から心地よい風が吹き込む。夏ということは変わらないはずだが、水場が多いせいか江戸よりも若干涼しい。それでも畏まって聞いていたからか、源吾の胸元にはじわりと汗が浮いてきている。

隣の部屋で極蜃舞の手入れをしていた武蔵も合流した。武蔵も京にいるはずの山路が、ここにいることに驚きを隠せないでいる。

山路は四半刻（約三十分）ほど掛けて、ここに至る経緯を順々と語ってくれた。全ての話を聞き終えると、源吾は上目遣いに尋ねた。

「つまり……山路様が風読みを務めて下さると？」

「力不足かな？」

山路は悪戯っぽく口角を上げた。

「そ、そんな。山路様ならば申し分ありません」

元幕府天文方の俊英である。以前、星十郎がもし風読みになったら、父孫一にも勝るとも劣らないだろうと冗談交じりに言っていたことがある。もう一つ、源吾は念を押して訊きたいことがあった。

「星十郎はまことに……」

「ああ、おっつけ来る」

星十郎は何と、あの野狂惟兼の元に向かったという。源吾は直に逢ったことはない。だが、星十郎が真顔で己以上の智嚢を持っていると言っていた。あの時は軽口の一つも言うようになったかと思っていたが、どうやら真にそう感じていたらしい。

六角獄舎は昨年に襲撃を受けている。そのことから京都所司代も手続きに手間取り、面会は午過ぎからとなったらしい。それを聞き、山路は払暁に京を出た。

「面会が一刻(約二時間)で終わったとして……淀藩の屋敷を訪ねるのは夕刻か」

源吾が話を振ると、弾馬はひょいと指を繰って断言した。

「もう間もなくや」

弾馬は自信に満ち溢れているが、どうやってそんな短時間で大坂に来るというのか。その手法はまだ聞いていない。

「いい加減教えろよ」

「しゃあないな。花村祐は淀藩越後領の牧……」

弾馬が言い掛けるのを、源吾は目で制した。

「何や、折角話そうとしてんのに腰を折るなや」

「蹄の音……馬がこっちに向かっている」

源吾は耳朶に手を添えながら言った。大坂に武家火消はいない。騎乗を許されている者がいるとすれば、大坂町奉行、あるいは大坂城代の手の者か。膝を立てた時、雨組の火消屋敷が俄かに騒がしくなった。馬の嘶きに混じって、複数の声が耳に届いた。

「来たぞ」

弾馬が膝を打つが、皆訳が解らず顔を見合わせる。暫くすると再び跫音が近づいて来た。円次郎の時と異なり、とたとたとどこか覚束ない足取りである。

「うおっ」

弾馬が胡坐を掻いた体勢から後ろへ飛び退いた。大音とともに、いきなり襖が倒れてきたのだ。

「御頭……」

襖には赤髪を乱した星十郎が乗っかっている。

「何してんだ。馬鹿野郎」

源吾は唇の隙間から息を漏らした。

「足が縺れてこけてしまいました」

「走り込めって言っただろう?」

「人には得手不得手がありますので」

星十郎は俯せに倒れたまま、顔だけを上げてにこりと笑った。その表情に、このところ浮かんでいた翳は無い。

「人には得手不得手がありますので……ちゃうやろ！　そこは御免や！　下敷き

になるとこやったわ」

弾馬が似ていない物まねをして戯けたものだから、皆が噴き出してしまった。

「申し訳ございません」

星十郎は慌てて倒れた襖の上に正座して頭を下げた。

「いや、ええけどやな。てか、いつまで乗ってんねん」

「あっ——はい」

星十郎は襖から降り、元通りにはめ込もうとするが上手くいかない。

「先生、こりゃ上から嵌めねえと」

武蔵が苦笑しながら、代わりに襖を手際よくはめ込んだ。

「ありがとうございます。頭では解っているのですが、不器用なもので」

「得手不得手……ですね」

武蔵も白い八重歯を覗かせる。到着した矢先、あまりに滑稽なやり取りが続いたものだから、山路などは目尻に涙を浮かべて笑っている。

「このように笑われる山路様は初めて見ました」

源吾も笑いを堪えながら言った。

「儂こそ……このような星十郎は初めて見た。松永殿と……皆といる時はこうか？」

　山路は涙を指で拭いながら、片手で腹を押さえる。

「ええ」

「そうか、そうか」

　源吾が微笑むと、山路は穏やかな笑みを浮かべながら、何度も小さく頷いた。

「御頭！」

「うおっ！」

　元の位置に戻っていた弾馬がまた跳ね飛んだ。はめ込まれたばかりの襖が、猛烈な勢いで開いたのだ。そこに立っていたのは、すらりとした、三日月を思わせる凜々しい眉が特徴的な侍であった。

「何しておられるのですか……まさか酒の呑み過ぎで頭が……」

「ちゃうわ！　お前が勢いよく開けるからや！」

「勢いよく開けたからって、そんなに驚きますかね。そうか、酒の呑みすぎで心の臓が……」

「何でも酒のせいにすな」

　弾馬とのやり取りで、これが誰か何となく解った。

「弾馬……」

　呼ぶと、弾馬は不敵に口角を上げる。

「ああ、こいつがうちの頭取並（とうどりなみ）、花……」

「花村祐です。皆様、お見知りおきを」

「今、俺が紹介しようと思ってた！」

「自分で出来ますよ」

　またこの場にいる者がどっと笑った。弾馬は唾（つば）を飛ばし、祐は顔を顰（しか）めて仰（の）け反（ぞ）る。己が弾馬と通じるところがあるからか、その補佐役もどことなく新之助に似たものを感じる。傍（はた）からだとこのように見えるのかと、新之助の惚（とぼ）けた顔を思い浮かべて、源吾は苦く笑った。

「で、いつ出たんや？」

　弾馬は話し続けていたせいで、息を切らしながら訊いた。

「色々と手間取ったせいで、酉（とり）の刻（午後六時）くらいですかね」

　祐は顎に手を添えて首を捻った。

「おいおい……」

　源吾は驚いて声が引き攣った。まだ亥（い）の刻（午後十時）である。つまり京から大坂まで僅か二刻で来たことになる。

「かなり応えました。脚にもきます」

星十郎は腿の辺りを摩りながら溜息をついた。弾馬はこほんと咳払いをして言った。

「祐は淀藩越後領、野馬奉行配下、牧士の次男や」

「牧士？」

聞き慣れない言葉に、源吾は首を傾けた。

まず淀藩は日ノ本各地に飛び地を持っており、越後にも領地がある。飛び地からの税の徴収、運搬が難しいなどの問題も多いが、そのことで享受出来る利もある。その一つが越後領での馬産だった。

越後では昔から地理的に木曾駒や陸奥駒を集めやすく、馬産が盛んに行われていた。淀藩の先代藩主がそれに目を付け、廃れつつあった牧場の復興に尽力したという。

牧士というのは、その中で馬の世話や調教を行う者である。幕府も直轄の小金牧や、佐倉牧にこの牧士を任命し、永続的な馬産を図っているという。

「馬で来たのか……？」

「ええ、白秋も頑張ってくれました」

祐は薄い唇を緩めた。白秋とは祐の乗馬である。名の元にもなったように雪のような白馬らしい。元は上賀茂神社の神馬になるようにと納められたが、あまりに気性が荒く禰宜たちの手には負えなかった。神社は馬喰に売り下げることにしたが、そのような験の悪い馬など誰も欲しがらない。売るとは名目で、実際には殺されることが目に見えていた。

「その噂を聞きつけた祐がな。ほなら、一発で乗り回したもんやから、禰宜らは目剝いて驚いとったわ」

弾馬が快活に笑った時、三度跫音が廊下に響き渡る。

「加持様がお戻りになったのですか！」

「ほら来た」

襖を開いたのは戻った流丈である。それと同時に弾馬も三度尻で飛び下がる。

「御頭……本当に、頭が……」

祐は憐れむような目で弾馬を見つめた。

「さっき襖に敷かれそうになったんや」

一度目の経緯を知らぬ祐、流丈が首を傾げる。他の皆はくすりと笑う。ただ源吾と弾馬の二人だけは視線を交えて、互いに頷き合った。弾馬が言っているのは、褌のことではないだろう。源吾は皆を見渡して意気込んだ。

「よし、やってやろうじゃねえか」

皆の頷きがぴたりと揃った。星十郎は一昨日までとはまるで違う。この難局を乗り越える策を胸に秘めて帰って来たと確信していた。


そこから全員が車座になって一刻。星十郎が滔々と語る策に耳を傾けた。全てを聞き終えた後、初めに口を開いたのは源吾であった。

「そんなこと本当に出来るのか……」

「はい。緋鼬を出さずに消すには、これしかありません」

「その罪人の授けた策なのですよね。信用出来るのですか……？」

無理もないだろう。流丈の表情には心配の色がありありと浮かんでいる。

「ここに来るまで、頭の中で何度も試しました。私を信じて下さい」

「解った。少し整理しよう。この策を成し遂げるためには、条件を揃える必要がある」

野狂のことは解らない。だが、己は星十郎がそこまで言うならば、それしかないと信じている。

「まず一つ目は、小火(ぼや)が起こってから、四半刻以内に風読みが現場に着くことだ。大坂の町は広い。これが出来るか？」

「一人では無理です。しかし二人なら」

星十郎は山路に視線を送った。

すでに緋鼬が起きた箇所はまだ更地(さらち)で、燃えるものが無い以上そこは狙(ねら)えない。その地を除外して大坂を東西に分け、星十郎と山路が配置につく。小火が起こり次第、馬で駆け付けるという方法で対処出来ると言った。

「なるほど。それならいけるな。祐、大坂に残れ」

「え……白秋を休ませたら帰るつもりだったんですが。京も守らなければならないし」

「そんなやわに育てたつもりはないわ……祐」

「はい。承(うけたまわ)りました」

弾馬が怒気を込めて名を呼ぶと、叱られた子のように今度は即諾した。馬借(ばしゃく)から馬を借りるという手を考えていたが、馬術の達人というこの男が、一方だけでも担(にな)ってくれれば心強い。

「二つ目は、風読みの指示に従い、複数の箇所に迅速に支度を整えること……か。人手がいるな」

「雨組を全員駆り出します」

流丈は力強く言ったが、源吾は唇を噛んで首を横に振った。

「駄目だ。足りねえ」

「うちは二千二百五十人。これくらいならやれます」

「どこが狙われるか解らねえんだぞ」

「そうか。確かにそれは無理です……」

流丈も意味を察したようで、膝を拳で打った。

雨組は御城の近くが管轄という性質上、大坂火消五組の中でもっとも数が多い。しかし、それでも大坂の町全てを網羅するというのは難しい。それに、他の組の管轄に入れば、またすぐに諍いが起こってしまうだろう。

この大坂のどこに緋鼬を生み出すか、それは下手人にしか解らない。だからこそ風読み二人を配置して急行させる。向かわねばならないのは、支度を整える人員も同じ。風を読み切った時には到着し、即座に消火に掛からねばならないのだ。

「明日、俺が話を付ける」

「まさか……」

「ああ、他の四組を集める。頭だけじゃなく全員だ」

「無茶です！　私の呼びかけに集まるとは思えません」

「切絵図を見て思いついたことがある。どいつもこいつも癖のある野郎だが、火消の心は持っているようだ。必ず来る」

もし己ならば、江戸の火消ならば、それで集まるという秘策がある。大坂に来てこの地の火消たちを見て、江戸と何ら変わらないと確信している。流丈が渋々引き下がったところで、源吾は最後の条件に触れた。

「三つ目だ……これが難しい」

「はい。各現場で完璧な意思疎通が必要です。それだけならば鉦などで何とかなるかもしれませんが……風向きが変われば順番も変わる。そのような複雑な指示は鉦だけでは難しいのです」

星十郎もここが悩みの種だったらしい。それでも事前に綿密に打ち合わせをし、何とか鉦だけで指示を届けるつもりであったという。だがこの三つ目の条件。少しでも間違えば、策が全て水泡に帰すというから失敗は出来ない。

「いいですかい……？」

武蔵が神妙な面持ちで手を挙げた。

「どうした」

「今回の敵は恐らく土御門だってことですよね」

今更何を言い出すのか。皆が口を閉ざして武蔵の話を聞く。

「色々思い出しましてね。ずっと考えていたんですよ。嘉兵衛は何故、あんなものを作ったかと」

京の街を恐怖に陥れた嘉兵衛が作ったものと聞き、源吾はすぐにそれが何か察しがついた。

「それは……復讐を遂げるため……」

「いいえ。あんなもの一朝一夕で作れねえ。唆される前から作っていたはずなんです」

「何が言いたい」

「そして今回の策を聞き、閃いたんです。あれの使い道が何かということが。野条様……京の近くで数年前に大きな山火事はなかったですか？」

突然話を振られたが、弾馬は考える間も無く答えた。

「四年前に嵐山で大きな山火事があったわ」

「三年前にも雷が落ちて、あれは伏見でしたよね？」

祐も続いてすぐに過去の事例を挙げる。

「やっぱりな……間違いねえ。それだ」

武蔵は自身に言い聞かせるように何度も頷き、己を見て凛然と言い切った。

「魃は火消道具なんです」

魃。嘉兵衛が作り出した炎を吐く絡繰りである。形は霧を吐き出す極蜃舞と似ており、武蔵は構造も恐らくそこから発展したものに違いないと言う。

突入した狭い屋内でも使え、多くの人命を救える極蜃舞を兄とするならば、一瞬で炎を生み出して吐き散らす魃は、凶悪すぎる弟ともいえる。京の事件で嘉兵衛は仇を魃で狙い、武蔵が極蜃舞で助けた。宙で焔と霧が混じり合った壮絶な光景は今でもはきと覚えている。

「あれが火消道具だと……」

「はい。山火事を払うものなんだと思います」

「なるほど……そうかもしれねえ！」

山火事の止め方は町での消火と大きく異なる。水では到底間に合わず、かといって建家を壊すように木を伐採していても追いつかない。何より炎の迫る速さは、時に馬の速さを超えることすらあり、逃げることも儘ならない。これには唯一の対抗策がある。その手法において、魃は抜群の働きをするに違いない。

「先生の策と、山火事への対処法。似ていると思いませんか？」

武蔵は不敵に笑いかけた。源吾は膝を打って矢継ぎ早に訊いた。

「星十郎、現場は幾つになりそうだ」

「四つ……五つといったところでしょうか」

「その間の距離は」

「これまでの緋鼬から見ると、三町から四町かと」

「時は」

「出来る限り早く。四半刻以内には済ませないとなりません」

「いけるな」

源吾と武蔵は見交わして頷き合った。

「だが魃は……」

京での事件の時、罪人を狙った土御門の奸計により、通りの前後が塞がれ、燃ゆる水こと臭水による業火が迫った。この窮地から皆を救い出してくれたのが、亡き先代長谷川平蔵である。その平蔵と共に、魃は焔の海に消えたはず。

「魃と極蜃舞の構造はほとんど同じです」

「時がねえ」

武蔵は、滝翁と水穂に極蜃舞を魃にしてもらうつもりなのだ。だがすぐに会えるとも限らないし、いくら似ているとはいえ細工にも時が掛かるだろう。

「今すぐ発ちます」

魁の名に恥じず、武蔵は早くも立ち上がった。

「祐、京へ帰れ」

弾馬も話を呑み込んだようで、すかさず命じた。

「え？　さっきは残れって……」

「ほんですぐ戻って来い」

「何ですかそれ。人を駕籠みたいに」

「ごちゃごちゃ――」

「はい、言いません」

弾馬を遮り、祐はしゃんと立ち上がった。

「花村殿、夜ですが……」

星十郎は心配そうに顔を上げた。馬は闇を嫌う。そのため夜の移動に関して言えば、優れた飛脚のほうが早いことが多い。

「心配ない。白秋は夜でも駆ける」

弾馬は見得(みえ)を切るように肩を前へ突き出した。

「いや、それは仕込んだ私が凄(すご)いのであって……」

「祐」

「武蔵さん、行きましょうか」

祐は何事もなかったように、己の胸を叩いていた手をさっと下げた。

「人使いの荒さも似てらあ」

武蔵もくすりと笑い、源吾は腕を組んで顎をしゃくった。

「うるせえ、行ってこい」

「すぐに戻ります」

武蔵は力強く言い、祐と共に部屋から出て行った。細工にどれほど掛かるか解らない。仮に突貫(とっかん)で一両日としても、大坂に戻るのは明後日(あさって)の遅くになるだろう。それまでに敵の動きがあれば、覚束ないが鉦の連携で対処するしかない。

いつ来るか分からない脅威。これは今に限ったことではない。火事はいつ何時でも起こり得る。その時に備えて出来得る限りのことをする。これこそ火消の日常なのだ。

「どこまでも足掻くぞ」

「当たり前や」

源吾が低く言うと、弾馬が真っ先に応じた。

策は講じた。時との勝負になる。あとは大坂火消の力がどうしても必要となる。明日、全ての火消を集めると言った。その方法を言えば、流丈は愕然とするに違いない。そのようなことを考えながら、唇を内に巻き込んで頷く流丈の顔を眺めた。

三

明朝から、源吾は大坂火消を集める支度に追われていた。昨夜、武蔵たちが発った後、そのやり方を流丈に語った。源吾の予想通り、流丈は啞然とし、

「そんなことしたら、袋叩きにされてしまいます！」

と、取り乱して反対した。通常ならば時を掛けて熱心に口説くしかない。だが

いつ何時、また襲われるかわからない。多少荒っぽくとも、一堂に会する機会が欲しかった。

「余所者の俺たちが責を負うさ」

「何で、俺も入ってんねん」

弾馬は苦笑したが、すぐに同調してくれた。弾馬も大坂火消を見ていて、この方法ならば集まると確信したと後押ししてくれた。

決行は未の刻（午後二時）と定めて忙しなく飛び回っている中、一人の雨組の鳶が血相を変えて駆け込んで来た。

「何……朱江さんが大怪我を……」

流丈は緊張に顔を強張らせた。

鳶の話はこうである。昨夜の亥の刻（午後十時）、西本願寺近くの濱町で騒ぎがあった。飼い犬が激しく哭いたことで、近くの住人が目を覚ました。すると大きな水音がして、次に呼子のような音が鳴り響いたという。すわ火事かと出て行ったが変わった様子は何も無い。

帰ろうと思った時、近くを流れる西横堀でまた水音を耳にした。物の怪の類ではないかと、恐る恐る提灯の火を掲げて見ると、停めてあった小舟にしがみ付く男がいた。それが朱江だったというのだ。

住人は手を貸して堀から引き上げたが、左腕と頬の骨が折れ、擦り傷は無数、酷い怪我を負っていたらしい。朱江は多くの人々に治療を施しており、大坂でも顔が知られている。助けた男も、母を診てもらったことがあり、朱江を見知っていた。自宅に運んですぐに奉行所に届けようとしたが、

――奉行所には内密に。川組の屋敷に報せて頂きたい……。

と、苦しげに懇願したという。住人は迷ったが、朱江に恩義があることもあり言う通りにした。そして朝方、川組の屋敷に運び込まれたという。濱町で朱江を見つけたという住人は、流丈の生家である寺の元檀家であった。流丈が、朱江を捜していることを知っていたようで教えてくれたらしい。

「行くぞ！」

源吾は支度の続きを残った者たちに託し、すぐに流丈と共に屋敷を飛び出した。源吾らは川組の屋敷まで一気に駆け、面会を申し入れた。

「御頭は帰っていません」

川組の鳶がぞろぞろと出てきて、けんもほろろに追い返そうとする。

「濱町で見たという者がいる」

「濱町？　何の話してんのや」

流丈の訴えにも、鳶たちは素気なく返す。皆で口裏を合わせているのは明白であった。

「おい、てめえら。ごたごた言ってんじゃねえ。入るぞ」

源吾は衆を押し除け、屋敷に入ろうとする。

「われ――」

手を伸ばして止めようとした鳶に、源吾は反対に胸倉を摑んだ。

「敵と味方も判らねえのか」

「何やと……お前らは雨組やろが」

「同じ火消だろうが」

源吾が顔を近づけると、鳶がぐっと口を結んだ。

「おい、御頭が……」

屋敷の中から別の鳶が出てきた。雨組の流丈が来たと告げると、中へ通せと言ったらしい。どうやら意識があるということだけは解った。

源吾はぱっと手を離し、屋敷の入口へと歩を進めた。立ちはだかっていた鳶たちは、一様に思いふけったようになっていた。

鳶の案内で一室に通された。そこにはまさしく武蔵に丸薬をくれた男がいた。左腕を布で吊り、頰には膏薬を張りつけ、頭にも包帯という痛ましい姿だった。

「これは……確か江戸から来られた火消の御方」

朱江には前に出逢った時、江戸から緋鼬を止めるためにきた火消だとは名乗っている。流丈は己が江戸から来た経緯や、これまでのことを手短に語った。

「そういえば雨組の屋敷の前で会いましたからな。雨組が呼んだということか」

朱江は得心したように頷いた。

「何があったんです。朱江さん」

流丈は朱江の傍らに腰を下ろした。朱江は他の四組に協力を頼んで回っていた。しかし全てに断られ、雨組を訪ねた時は行き違いで流丈には会えず仕舞い。その直後に姿を消し、次に見つかった時には大怪我を負っている。事件に何らかの関わりがあるとみて間違いない。

「昨日……危なかった」

「もしや――」

「ええ、火付けを止めたのです」

己が訝しんでいることに気付いたのだろう。朱江はこちらを見て目を細めた。

「松永殿は儂が火を付けたと疑っておられるのだろう」

「いや……」

「疑うのも無理はない。そう都合よく火付けに出くわす訳はないからな。しかも雨組の管轄で」

「はい。確かにその通りです」

　正直に答えると、朱江は搔巻きの縁を見つめて考え込み、やがて重々しい口調で言った。

「儂は火付けの下手人に見当が付いてた」

「何ですと。誰なんです！」

「鼬の万吉。千羽一家の元嘗役や」

「千羽一家の嘗役……万吉……」

　どこかで聞いた名だと思ったが、それがなかなか思い出せない。江戸で千羽一家が暗躍した時か。いや、別の機会だった気がする。源吾が額に拳を添えて唸っていると、朱江はさらに付け加えた。

「京都町奉行に捕まって、六角獄舎に繋がれたと読売で見たのですが……」

「それだ！」

六角獄舎に繋がれていた、特に極悪人とされる数人のうちにその名があった。京の一件では大半の罪人は再び捕えたが、何人かの逃亡を許している。その極悪人とされた者のうち、野狂惟兼を除く全員に逃げられたと後に聞いていた。これまでも土御門の陰謀ではないかと疑っていたが、これでほぼ確信を得た。

「往来でばったり会いまして。あいつは白昼物の怪を見たように驚いていました」

「話したのですか⁉」

二人に面識があるということに吃驚した。

「万吉は元鰄党八番組下。つまりは儂の部下だった男です」

鰄党が壊滅したのは今より、二十四年前の寛延三年のこと。万吉は当年四十六であるから、当時は二十二歳。十五で鰄党に身を投じたというから七年後のことである。

「鰄党が壊滅し、儂は八番組に解散を命じて自首した。万吉は若くして盗賊になった。手に職もなく、結局は千羽一家に誘われて続けたようだ……」

朱江は取り調べの中で、万吉が千羽一家に流れたことは耳にしていたらしい。

その千羽一家にいた万吉が、平蔵に捕まって入獄したのは安永二年の如月のこと。最低でも島流しに処されるはず。朱江も先の脱獄事件は耳にしており、万吉も逃げた一人だと確信したという。そして京から遠くない大坂にわざわざいる訳を考えれば、千羽一家に復帰したということしか考えられなかった。

「昔、万吉は儂に酷く懐いていましてな」

鯱党の中でも最も穏健で、人を殺すことを嫌った八番組。当時の万吉も悪党には違いないが、人懐っこい男であったらしい。親の折檻に堪えかねて家を出て、鯱党に拾われたという点でも同情の余地はあったという。

朱江は素知らぬ顔をして、掛け茶屋に誘った。千羽一家に加担しているならば、足を洗わせようとしたのだ。そのために己の医院で雇ってもいいとも思っていた。だが万吉はこともあろうに、

『頭……いや、埴淵様。もう一度一緒に務めをしませんか』

と、朱江を仲間に引き入れようとした。詳しく訊くと、どうやらすでに千羽一家とは縁が切れたらしく、新たな雇い主の元にいるらしい。それが誰かと訊いても、万吉は仲間に入るまでは教えられないと渋った。

「そんな時に、掛け茶屋に井組の鳶がな……」

そこは井組の管轄だったらしく、井組の鳶は朱江を見つけるなり、

『おいおい、川組の頭がうちの縄張りに何の用や』

と、声を掛けてきた。朱江がはっと万吉を見ると、全てを悟ったらしく席を蹴るように立って一目散に逃げ出した。追いかけようとした朱江の肩を、井組の鳶が鷲摑みにする。すぐに振り払って追ったが、すでに万吉の姿は人込みに紛れていたらしい。

「そこから儂は、緋鼬が起こる度、野次馬の中に万吉を捜した。火付けの下手人は現場に戻りますからな」

それで朱江が野次馬の中に目撃されていた訳が解った。そして前回の源吾らが対峙した緋鼬の時、ようやく万吉の姿を見つけて後を尾けたという。

「塒は解ったのか？」

「いや、毎日旅籠を変えているようです。いつも何人かの男たちと共におり、すぐに二人きりで会うことは叶いませんでした」

流れで尾行したことで、人に頼んで川組に報せることも考えた。元盗賊の己でも、今ではこうして皆に慕われて真っ当に暮らしている。そのことを思えば、万吉に足を洗わせることを諦めきれなかったという。

「遂に一人になったのが、昨夜のこと」

男たちと連れ立って旅籠を出たが、恐らく手分けして火付けを行うため、西本願寺のそばで散開した。朱江は一人となった万吉が周囲を確かめ、懐から何かを出した時に声を掛けた。

万吉はぎょっとして、

『止めねえで下さい。斬りたくねえ』

万吉は歯を食い縛って凄むが、朱江は今ならまだ間に合うと必死に説いた。万吉は焦っているようであった。今までの小火が全てほぼ同時に起こっていることに鑑みれば、一刻も早く火を放たなければならなかったのだろう。朱江は歩を進めながら説得を続けた。

「その時だ。背後から儂は蹴り倒された」

朱江もすぐに立ち上がって拳を放ったが、新手は難なく躱して左手を摑み、膝でへし折られた。悶絶する朱江に、新手は唾を吐きかけて低く言った。

『数日前から尾けてやがるから、泳がしてたが……てめえ何者だ』

さらに新手は万吉に向け、凄みを利かせた。

『万吉よ。随分仲良さげに話していたようじゃねえか。尾行のことは言わねえで正解だったな……裏切ったか？』

『違う!!』

万吉は懸命に否定した。

『町人の恰好をしてる時に限って……刀がなけりゃ、狩れねえじゃねえか』

新手は何か衝動を抑えるように腕を掻きむしる。殺気に勘付いたかのように、近くでどこかの飼い犬が喚き始めた。

『この人は昔、世話になった漢方医。命の恩人なんだ。それなのに俺が金を払わねえで逃げたから……それで後を尾けられていただけ。見逃してくれ』

万吉は新手に向けて嘘をでっちあげた。

『駄目だ。てめえが殺せ。そうじゃねえと、裏切ったとみなす』

万吉はわなわなと震えていたが、朱江の襟元を摑んで立ち上がらせると、思い切り頬を殴った。蹌踉めく朱江を追いかけ、さらに殴打する。気付けば後ろは堀。万吉は懐に手を入れ、短刀を出して素早く抜き払うと、

（頭、すまねえ。檜谷に見つかれば終わりだ。出来るだけ長く沈んでいてくれ……）

と小声で囁き、短刀を逆に構えて、躰ごと朱江へぶつかってきた。刺したふりをした短刀を胸から外すと同時に、最後に思い切り腹を蹴り飛ばした。近隣の住

人が聞いた水音はこれだった。万吉の一言があったから、朱江は思い切り息を吸い込むことが出来た。限界を迎えて顔を出した時、万吉や新手の姿はなかったという。

　朱江は吊った左腕をさすりながら深い溜息を漏らした。

「水音を立てたのも、恐らく騒ぎを気付かせるためだと思う……」

　万吉は世話になった朱江を殺すのを躊躇ったことになる。恐らく近隣の住人が聞いたという呼子は、不測の事態が起こったことを報せ、撤収を告げるものだったのだろう。本来ならば昨夜火事が起きていたのかと思うと背筋が冷えた。

「だからって見逃すわけにはいかねえ」

　源吾が静かに言うと、朱江は伏せていた顔をゆっくりと上げた。

「解っている……万吉を止めたい」

　朱江の凛とした答えに、源吾は短く首を縦に振った。

「その男……状況から見ると、火付けを妨害する者がいないかを監視する役目だな」

「ああ、顔に狂気が浮かんでいた。あれは相当に人を殺しているだろう」

　朱江のいた鯱党には殺しを何とも思わぬ輩も沢山おり、その者らと同じ臭いを感じたという。

「何か特徴は無いか？」

「あれは三白眼だった」

黒目が小さく、左右と下が白目になっている目のことで、易では不吉な相貌だと言われている。朱江は思い出したように付け加えた。

「万吉は確か……ひのきやと呼んでいた」

「檜谷京史郎。首狩りか！」

このことからも黒幕は土御門で間違いない。京での脱獄騒ぎの時、一刀流をかなり遣う鉄三郎でも押されていた剣客である。今のこちらの陣容で対抗出来る者はいない。新之助を呼び寄せたところで、もはや間に合わないだろう。

源吾が京でのあらましを二人に語ると、流丈は蒼白になって尋ねた。

「大丈夫でしょうか……」

「星十郎の策なら、首狩りも出る幕がない」

当初は火付けを防ぐという方法しかないと思われた。下手人もそれを警戒したからこそ、京史郎を付けていると見るべき。だが星十郎の策は、火を付けさせてなお、緋鼬を発生させないというもの。これならば京史郎も妨害のしようがない。

「流丈、いよいよだ」

あとは火消の力の結集。あの時は大見得を切ったが、源吾も正直なところ自信が無い。だがこれに賭けるしかない。源吾は己を鼓舞するように拳を強く握りしめた。

四

井組の火消屋敷で、頭の印六は巨軀を揺らしながら切絵図を見つめていた。井組の管轄において、次に下手人が狙うならばどこか、改めて検討していたのだ。

「頭、戻りました」

襖が開いて配下の鳶が報告に現れた。井組でも昼夜輪番で管轄内を見回っている。交代の度にこうして、町に変わったことがないか報告させている。雨組の流丈の言う通りにするのは些か癪だが、他人事ではないのだから仕方ない。

「どうや？」

「特に変わった様子はありません」

「いつでも井楼を出せるように用意しとけ」

己も含めて井組の大半は大工衆。その技を使って車輪を付けた移動式の井楼を作っている。本来は二階家は幕府により禁じられている。だが反骨心の強い大坂の民。露見しなければ問題なかろうと、隠し二階を作る者がかなりいる。そのことで火事の時、二階に取り残される者もいた。梯子で助け出そうとしても、炎に動揺した者が鳶にしがみつき、二人して落下して死ぬという事例もあった。

だが足場の安定した井楼があれば、二階から安全に助け出せる。井楼には滑車も備え付けられており、水の入った桶を送って上から浴びせることも可能にした。これが井組の最大の武器である。

「御頭……流丈のこと、いいんですか？」

鳶は恐る恐る口にした。

「前回の借りはいつか返す。だが大坂の火消が纏まるなんて、どだい無理な話だ」

雨組の流丈の申し出は断った。あの男は容易く考えているようだが、この問題はかなり根深い。

発端は今から丁度五十年前の享保九年（一七二四）に遡る。橘通三丁目、金屋治兵衛の祖母妙知尼宅より火が出た。この時の風が至極厄介だった。刻一刻と風向きを変えたのである。

　天から見たとすれば、火焔は二日間に亘って大きく右回りに進み、北は梅田から長柄、南は道頓堀まで、東は上町、西は木津川に至る広大な範囲が灰燼に帰した。

　東西奉行所を始めとする公儀の役所、大名屋敷の大半が焼失。燃えた町の数は四百七。焼失した家屋一万一千七百六十五。蔵屋敷三十二。寺社四十四がたった二日で消え去った。後に享保の大火、あるいは「妙知焼け」などと呼ばれる大火である。

　この大火で命を落とした者は、規模の割には少なく二百九十三人。だがその八割が何と火消であった。炎の攻勢に堪えかねて鳶たちは退却し、別の組の管轄に入る。ここで合力して対抗すれば勝ち目があった。だが逃げ込んできた鳶は我が町が焼けたことで戦意を喪失しており、踏み止まろうとする鳶を見捨てて遁走した。

　やがて堪え切れなくなって止まっていた鳶も逃げる。次の管轄で同じことが起こる。大回りする業火に、都度都度少人数で立ち向かい、逃げ込んだ管轄の組は見捨てるという負の連鎖が起こったのである。

大坂五組の全てが、どこかの組に見捨てられ、どこかの組を見捨てた恰好である。このことが復興後も五組の仲を決定的に悪くし、己の町だけを守るという方針に凝り固まったのだ。

「大坂には町火消しかおらんからな」

武家火消がいればまた話は違ったかもしれない。武士というものは名を重んじる。実利がなくとも、名誉や誇りのために他の管轄をも救うだろう。江戸には方角火消なる全ての管轄の境を越えていく火消がいるらしく、彼らはたとえ己の屋敷が燃えていても他人を援けるらしい。

「頭……」

配下は耳に手を当てて左右に首を振った。

「ああ、半鐘やな。行くぞ！」

釣鐘町の半鐘が鳴り響いている。濛々と煙が立ち上っているのは地上からも見えた。配下の鳶が参集してくると、印六は火の見梯子に上って火元を確かめるように命じた。

「土佐堀と西横堀の交わる辺り……燃えているのは橋かもしれません！」

「厄介なことやぞ」

　報告を受け、印六は苦々しく零した。各組の境の橋はどちらの管轄とも決まっていない。そのため度々諍いが起こっている。しかも今回の場所は己たち天満の井組、西船場の川組、北船場の滝組の三つの管轄の境なのだ。

「井楼は後からついてこい！　先に消口を取る！」

　印六率いる井組の定員は、大坂火消五組の中で最も少ない千三百五十人。そのうち、四百人を率いて急行した。

「あれ……動いてませんか!?」

「どうなっとんねん……船火事か!!」

　船が燃えるという火事は数年に一度起こる。これは橋よりもさらにややこしい。燃えた船が停泊していればまだましだが、流されて移動することがある。その場合は初めに燃えた場所と、今船がある場所の両方に消火の責務が発生する。その堀が己の管轄内を通っていれば、同じ組が対応すればいいのだが今回は違う。

「全ての管轄の境、西横堀……」

　煙は南へと流れていく。このままだと四ツ橋に到達する。そうなれば初めの三組に加えて、あの釣左が率いる波組の管轄にも入る。

「その前に押さえろ!!」

印六は配下を叱咤し、自らも十三文（約三〇センチ）近い足を前へと繰り出した。

――おかしいぞ。

疑問を持ち始めたのは、ただ惰性で流れているとは思えぬほど、煙の移動が速かったためだ。

「頭、こっからは滝組の管轄です！」

「うちの縄張りで火が出たんや。関係あらへん。突っ込め！」

配下の制止を振り切り、西横堀沿いに走る。東本願寺の裏手、西笹町に入ったところで遂に船影を捉えた。

「何や、あれは！」

船の上に大きな鉄鍋のようなものが載せられ、そこから煙が噴き出している。まるで船で焚火をしているような恰好である。その舳先から縄が伸びており、もう一艘の舟を牽引している。先を行く船には人の影も見える。その者たちは布で顔を覆い、櫓を忙しく動かしている。

「悪戯（いたずら）でしょうか⁉」

「あいつらが緋鼬を生み出してるんかも知れん。追うぞ！」

井組は二艘連（つら）なった舟を追いかけてさらに道を南へと下った。

「波組です！」

先を塞（ふさ）ぐように流れる長堀を、大量の小舟が西に向けて進んで来る。不審なあの船を四ツ橋で止めるつもりなのだ。

「あっちは川組！　南から滝組も！」

「くそっ！　こんなこと初めてやぞ！」

印六は吠（ほ）えながら炭屋橋（すみやばし）を渡り始めた。ここは大坂で唯一十字に堀が交差し、四本の橋が架かっていることから四ツ橋と呼ばれる地。その十字の中央に二艘の船が差し掛かったが、行く手に波組の舟の群れが立ちはだかる。下繋橋（しもつなぎばし）の橋下に陣取った形である。

一方、その対（つい）に当たる上繋橋（かみつなぎばし）を川組が、己たちの炭屋橋の対の吉野屋（よしのや）橋を滝組が渡り始める。雨組を除く四組が囲むという異例中の異例の事態である。

これに観念したのか、二艘の舟は十字の中央で止まる。前の舟に乗っている覆面の者は二人。どういった訳か桶で堀の水を汲（く）み、後ろの煙の元に浴びせ始めた

ではないか。水が粒となって爆ぜる音がし、強烈な煙が立ち上った。その煙もやがて風を受けてゆっくりと晴れていく

「おい……あれ……鉄牛か」

印六は目を凝らして呟いた。後ろの舟にあった鉄の鍋の中から鉄球が覗いている。雨組が「鉄牛」と呼び、堀に投げ入れて霧を発生させるものである。どうやら熱した鉄牛の上に、煙の立ちやすい松の葉を被せて燻していたらしい。火事は起こってはいないのだ。

煙が収まったところで先の舟の一人が覆面を剥いだ。

「流丈……」

艶のある黒髪が陽を受けて光沢を放つ。間違いなく雨組の頭、流丈である。

「おい、どういうことや!」

「われぇ、何しとんじゃ!」

「いてまうぞ!」

一斉に罵声が飛ぶ。井組だけではない。四方から罵る声が中央に降り注ぐ。その中に己以外の三組の頭の姿も認められた。

波組「波濤」の釣左は船縁に足を掛けて睨みつけ、滝組「百滝」の律也は腕

を組んで冷たい視線を送っている。そして川組「泡沫」朱江、怪我を負ったのか腕を吊っている。その顔には微笑みが浮かんでいる。

——あいつ、知ってやがるな。

これは雨組と川組の共謀。印六はそう直感した。

残る一人が覆面を剝いだ。髷と腰の刀から推測するに武士。見たことのない男である。雨組は京と江戸の武家火消を引き入れていると噂に聞いた。その内のどちらかであろう。

男は四方をぐるりと見渡した。そんなもの慣れっこだと言わんばかりに不敵に笑みを見せている。むしろ罵詈雑言を楽しんでいるようにすら見える。

騙されたという怒りはある。だが同時に、腹を括ったこの男の面構えに、印六は大きな躰を震わせた。

第五章　大坂讃歌

一

「上手くやったな」

四方から絶え間なく降って来る罵声の中、源吾は流丈に語り掛けた。

「はい……えらい剣幕です。堀に沈めるとか言うてますよ」

流丈は引き攣った笑みを零した。

「上等だ」

源吾は思い切り息を吸い込むと、すうと天に拳を掲げた。何か起こるのかと皆の視線が集まり、罵詈雑言の中に一瞬の隙が生じた。それを見逃さず源吾は高らかに吼えた。

「黙れ、大坂の糞火消ども!!」

こいつは正気か。皆が唖然となったのも束の間、先ほどの数倍の悪罵が四ツ橋に渦巻く。

「これ以上、煽ったら……」

「いいんだよ。皆、同じ顔してるだろう？」

源吾はからりと笑った。四組の鳶は同じような顔でこちらを睨みつけ、唾を飛ばして罵っている。そこに組の境などは見られなかった。

「おい、そこのお前なんて言った？」

己の耳朶はこの喧騒でも言葉を聞き分ける。橋の場所から察するに井組の鳶である。皆の視線が井組の鳶の元に集まって、それまで囂々と飛ばされていた罵声が嘘のようにぴたっと鳴り止んだ。

「何度でも言うたる。馬鹿にしてんのかって――」

「馬鹿にしてんのよ！」

間髪入れずに源吾は怒声で切り返した。どの者の顔も憤怒に染まっている。人は真に怒ると言葉を失う。

「いいから聞け。聞いた後で気に喰わなけりゃ、沈めるなり何なりしろや」

源吾は四つの橋を順に見た。いずれの橋にも鳶が満ち溢れて壮観ですらある。川組の朱江にはこのことを事前に告げている。朱江は己が配下を説得すると言ったが、源吾は黙っていて欲しいと断った。

——自ら立ち上がらねえといけねえ。

源吾の言に、朱江は口辺に皺を浮かべて頷いたのである。その朱江は上繋橋の上で、お手並み拝見とばかりに軽く笑んでいる。

「俺は江戸の方角火消、新庄藩火消頭取の松永源吾ってもんだ」

江戸者が何故、あの雨組の呼んだ奴か、方角火消とは管轄を越える馬鹿働きをしなきゃならないらしい、様々な囁きが聞こえる。

「緋鼬を止めるために来た。何故だか解るか？　おい、そこのお前」

釣左の横で眉間に皺を寄せている男を指差した。

「そりゃあ、お上の命で……」

「違えよ。てめえらが情けねえからだろうが」

さっとまた四方から怒気が立ち上りかけたが、それぞれの頭が一様にそれを止める。挑発に乗っては自らの組の恥だと思っているのだろう。

「俺は……俺たちは江戸では『ぼろ鳶』って言われてんだ。みすぼらしい恰好だからな」

「ぼろ鳶……」

囁きも一つになるとここまで大きくなるのかと、源吾は苦笑した。

「でもよ……人に何を言われても関係ねえ。火消は命を救う、町を守る。泥臭くてもそれだけでいい。喜ぶ人たちの顔はてめえらも知っているだろうが」

皆の顔に動揺が走るのが見て取れた。

「どっかの町で誰かが泣いてるんだぜ……？」

まるでこの小舟が檜舞台のよう。源吾が低く言っても、皆の耳にはきと届いているのが解った。

「俺は余所者だ。てめえらの確執なんざ、これっぽちも解らねえ……だがよ、てめえら大坂の町が無茶苦茶にされて悔しくねえのか⁉　それなのに勝手ばかり言っている、お前らを馬鹿にしてるって言ったんだ！」

斬るように鋭く叫んで、周囲に見得を切った。頭が制さずとも、皆が言葉を失っている。そんな中、一転して静かに凄むように言った。

「幕府なんざ頼りにならねえ」

武士の発言とは思えないと、皆が吃驚している。源吾は一拍空け、今日一番の声で天に向けて猛々しく吼えた。

「大坂はお前らが守ってきたんだろうが！　武士に頼らなくちゃならねえ江戸火

消より、大坂火消が優れてるってことを見せてみろや‼」

皆が霹靂に打たれたかのように立ち尽くす。そんな中、朱江が一歩踏み出して大音声で叫んだ。

「川は雨に合力する！」

即座に朱江が応じたことで、流丈が深々と頭を垂れる中、周囲は一気にざわつき出した。

「他の組はどうした。波組のような舟火消は江戸にもいねえ。釣左！　お前の力が必要だ！」

俯いた釣左は己の頬をぴしりと叩き、獣のような目でこちらを見た。

「俺が必要だと……？」

「ああ、見せてくれ。大坂が腑抜けじゃねえってことを。怖えか？」

「波組もやったろやんけ！」

やけっぱちのように釣左は唾を飛ばして咆哮した。心の内では頭が応じることを望んでいたのだろう。波組の鳶がどっと沸く。

「印六さん！　あんたは大坂一の棟梁や。管轄の外にも仰山建てた家があるやろ！」

流丈は目に涙を浮かべて訴え続けた。

「他の町にも同じように笑顔があるのを知っているはずや！　頼みます……雨のためやない。大坂のために頼みます！」

流丈は拝むような恰好で印六に頭を下げた。印六は大きな手を目に当てて溜息をついた。

「坊主上がりは甘いねん……」

井組の鳶たちが口々に頭と呼ぶ。いや井組だけではない。釣左が印六に向けて叫んだ。

「雨なんかに任せとけへんやろ！　印六！」

賛同したばかりの波組もやんやと井組を煽る中、印六はゆっくりと手を落とす。

「うるさいわ。波の河童ども。誰がやらんて言うた」

その一言に前の二組にも負けぬほど、井組は気勢を上げた。

「どうする。律也……あとはてめえだけだ」

源吾は終始静かに腕を組む律也を睨んだ。

「うちは断らせて頂きます。貸し賃を頂いてませんからね」

律也はひょいと首を傾げて冷笑を浮かべた。纏まりかけていた他の火消にも動揺が感じられた。

「じゃあ、貸せ」

「ほう。四千両の用意が出来たと?」

「いいや」

「じゃあ——」

「もっと高いもん払ってやるよ」

「まさか……」

こちらの意図に気付いたようで、律也の顔がみるみる強張っていく。

「次の緋鼬、止められなければ俺の命を取れ。てめえが言ったんだろう? 命より高えもんはねえと。俺は命懸けで止めてやる」

「そんな阿呆な」

源吾の脳裏に過ったのは深雪と平志郎の顔。昔ならば何の迷いもなく言い切れた。だが今は違う。迷いは確かにある。解ってくれとは言わない。今日も深雪は己のことを心配して祈っているだろう。

——許してくれ。

　それでもこれを曲げた瞬間、己は火消ではなくなってしまう。何度も葛藤するが、この答えに行き着くのだ。源吾はぐっと腹に力を籠めると、呆れたように口を半開きにしている律也に向けて言った。

「俺は……人一人救えるっていうなら、いつだって投げ出してやる！」

「本気の阿呆みたいやな」

「どうだ。貸すのか、貸さねえのか⁉」

　律也は両袖に手を入れ、くくと笑った。

「にしても支払いの方が高い……釣りはどないしましょ？」

「終われば皆の分の酒代を持ってくれよ」

「毎度あり」

　律也がにこりと笑った時、四組から割れんばかりの歓声が上がった。源吾は感極まって涙を流している流丈の肩を叩き、もう一度四方を眺めた。どの者の顔にもやる気が満ち溢れ、肩を叩き合っている者もいる。皆、どうにかしたいとは解っていたのだ。火消とは馬鹿だが、面倒な者たちでもある。己から折れることは出来ないと意地を張っていたのだろう。たった一人の「江戸者のせい」にして、この日、大坂に火消が生まれて以来初めて、五組の力を結集することが決まった。

二

自らの工房で水穂は木材を睨みつけていた。木枠に嵌らなかったため、あと少しだけ、紙一枚より薄く削らねばならない。それ以上削れば水漏れの原因になる。ここは目で見るというより、手の感覚を信じるしかない。精神を集中させて息を止めると、両手で鉋を掴み、素早く木材の上を滑らせる。

心の中でよしと呟いて、糸を吐くように息を漏らした。

「どうだ？」

少し離れたところで自らの作業をしていた滝翁が尋ねる。

「上手くいきました」

「どれ、見てみよう……」

滝翁が近づいて目を細めた時である。どこかから馬の嘶きが聞こえた。京の往来を馬で疾駆出来るのは、幕府の上使を除けば火消と相場が決まっている。どこかで火事があったのだろうか。蹄の音が近づいて来て、近くで止まった。

「水穂、近くで火事やもしれぬぞ」

「はい。様子を——」

水穂が手を掛けようとしたその時、勢いよく戸が開いた。

「水穂さん！」

「た、武蔵……さん？」

そこに立っていたのは何と武蔵である。白昼夢を見ているのではないかと、思わず目を擦ってしまった。

「滝翁、ご無沙汰しています」

武蔵は滝翁に向けて頭を下げる。大坂にいることは事前に文で知っていた。京に来て新式の竜吐水を買い付けに来ることも。だがそれは大坂での役目が終わった後。向かう前には文で報せると言っていたではないか。あまりに唐突なことで、水穂は言葉を失ってしまった。

「水穂さん、頼みがあります！」

予定が変わっただけかと思ったが、その割に武蔵は酷く急いでいる様子である。

「竜吐水ですね。それなら――」

「違うんです。いや、それはまた役目が終わったら来ます……大坂の事件を防ぐため、どうしても欲しい火消道具があるんです」

滝翁が腰に手を添えて立ち上がる。

「武蔵さん、何でも持っていきなさい。今あるのは七式竜吐水、三連水鉄砲、あとは……」

「違うんです。これを……作り替えて欲しいんです」

武蔵は背から行李を回して蓋を開けた。

「兄さんの極蜃舞……」

水穂が呟く。そもそも極蜃舞は亡き嘉兵衛が生み出したもの。後に数機作られたが、武蔵が持っているこれが初めて作られたのだ。この平井利兵衛工房では一番初めに制作したものは、見本として保存している。嘉兵衛に託されてそれを武蔵に渡したのである。

「今のところ極蜃舞に改善の余地はないが？」

滝翁は白い眉を八の字にした。

「これを……魃に」

「えっ――」

　水穂は吃驚して一歩後ろへと退がった。暫し無言の時が流れ、滝翁の唸り声だけが工房に静かに響いた。

「武蔵さん、一つだけ訊きたい」

　ようやく滝翁が掠れた声で言った。

「はい」

「今、魃を火消道具と申されたが……間違いではないのかな？」

「間違いありません。魃は山火事に対して使う火消道具だと思います」

　武蔵が言い切ると、滝翁と水穂は顔を見合わせた。

「気付いてくれたのですか……」

「と、いうことは滝翁も？」

「うむ。昨年の事件の後にな……だが初めに気付いたのは六代目よ」

　六代目平井利兵衛を襲名した水穂のことである。水穂は頷きつつ口を開いた。

「あることがあってようやく」

「出来るだけ早くお願いしたいのです」

　滝翁が視線を送り、水穂はそれをきっかけに奥へと向かった。水穂が大切にしまってあった行李を両手で抱えて戻った。

「手伝います」

重さに蹌踉めいてしまったが、武蔵がすぐに近寄って手を貸してくれた。工房の中心に置くと、水穂は蓋の埃を払った。

「これは？」

武蔵の問いに答えず、水穂はそっと行李の蓋を開けた。

「極蜃舞……？」

「いえ、魃です」

「何故……」

「兄さんが使っていた蔵を整理していて……随分前から作っていたということを知りました。それで火消道具だとようやく気付いたのです」

武蔵は、極蜃舞を改造し、魃に作り替えてもらうつもりだった。しかし、ここにすでにあるのならば、それほど助かることはないだろう。

「使っても……？」

「武蔵さんは、魃が火消道具だと気付いてくれました。兄さんもきっと喜ぶはずです」

「俺はあいつを信じている」

武蔵が微笑むと、目頭が熱くなるのを感じた。

「借りていきます」

武蔵は頷いて行李に蓋をした。滝翁が、担げるようにと紐を掛けながら使い方の説明をした。魃は基本的な構造は極蜃舞と同じ。横から突き出た取っ手を回して使う。違う点は中に込めるのが水か油かということ。極蜃舞は水を圧縮して霧を、魃は同時に火打石が火花を飛ばし火焰が噴き出る。

「これは極蜃舞よりさらに複雑だ。衝撃には弱いから気を付けなされ」

油を伝って炎が逆流しないように、すぐさま弁が下りる構造になっているのだ。

「分かりました。ありがとうございます」

「終われば、また来るのだろう？　一日千秋の思いらしく、水穂がまだかまだかと煩くてかなわんのだよ」

「五代目」

水穂は声低く言い、滝翁が悪童のように舌をちょいと出した。

「武蔵さん、ご無事で」

「心配いらねえ。嘉兵衛と共に行って来る」

武蔵は行李を背負うと、素っ気無いほどすぐに工房を飛び出した。

「武蔵さんは忙しい方だ」

滝翁は顎髭をなぞりながら呵々と笑った。戸は開け放ったまま。入口から陽の光が斜めに差し込んでいる。武蔵の残像に、亡き兄の姿が重なって見えたような気がしたのである。水穂は少しの間、茫と眺めた後にくすりと笑って呟いた。

「あの人は魁 武蔵ですから」

三

雨組以外の四組の協力を取り付けた後、源吾は策の内容を告げた。皆が真にそれで止まるのかと眉を顰めたが、他に代案がある訳ではない。半信半疑であったろうが、最後には承諾してくれた。

京に行っていた武蔵が戻ったのは、何とその日の深夜のことである。馬の嘶きを聴いて源吾は屋敷の表に飛び出した。弾馬も少し遅れてそれに続く。

月下、白馬が向かって来る。手綱を操るのは花村祐。その後ろから武蔵が大きく手を振った。

「御頭！」

「早すぎるだろう！」

とはいうものの、頬が緩んでしまった。極蜃舞の改造には最低でも一両日掛かると思っていた。それまでに火付けが起これば、今いるだけの者たちで立ち向かわねばならない。祈る思いで策に必要な最後の一欠片を待っていた。それがその日のうちに戻って来たのだから、嬉しくないはずがない。

「実は……」

武蔵は馬から降りると、平井利兵衛工房での顚末を語った。

「やはり火消道具だったんだな」

「ああ、もうこれで何時でもいける」

白馬の両側に二つの行李が括りつけられている。極蜃舞と魃。嘉兵衛の対の傑作が揃ったことになる。

「行李が二つになるなんて聞いてなかったから、白秋にも苦労を掛けましたよ」

祐は鬣を撫でながらぼやいた。

「それにしても立派な馬だな」

勘九郎から贈られ、今は己の乗馬になっている碓氷に負けず劣らず大きい。祐いわく並の馬の体高が四尺七寸（約一四一センチ）ほどなのに対し、白秋は何と五尺三寸（約一六〇センチ）。花村家は交配によって駿馬が生まれることに気付き、代々秘伝として受け継がれてきた。白秋の親は幕府直轄の金子牧の馬らしく、恐らく南蛮の馬の血が混じっていると予想しているという。

「白秋、ありがとうな」

源吾が礼を言うと、白秋が鼻を鳴らしたので思わず笑ってしまった。

「祐」

「はいはい。解っています。残れでしょう？」

弾馬に呼ばれ、祐は先んじて答える。

「ああ、頼む。武蔵を運んでくれ。馬上からいけるか？」

「そりゃあ無茶だろう」

源吾は思わず止めに入った。獣というのは本能的に炎を恐れる。馬上で魁を使えば、白秋が暴れて棹立ちになるかもしれない。

「白秋に見せないようにします」

馬の視野というものは人より相当に広いらしい。だがその僅かな死角で魁を使えるように手綱を捌くというのだ。本当にそれが可能ならば、当初の予定よりもさらに早く、策の成功率も上がるというものである。

「任せて下さい。火消よりこっちが得意なくらいです」

祐は自信ありげに言い、源吾も唇を結んで頷いた。弾馬が信じるならば、己も信じる。それほどこの男のことを信用している。

これで全ての支度が整った。策はこうである。

まずは風読み。これは西横堀を境に東側の雨組屋敷に山路が、西側の川組屋敷に星十郎が待機する。これに加えて山路には源吾が、星十郎には弾馬が付きそうことになる。

五組は各管轄で待機し、自らの管轄で火付けがあればすぐさまそれを報せる。その地点に風読み、残りの四組が雪崩れ込む。替えの利かない武蔵は、最速の祐が運ぶという段取りである。

緋鼬を止めれば、下手人はこの手は使えぬと諦めるはず。仮に様子を窺いに来たとしても、大坂の全火消が結集しているとなれば、流石に手を出せない。顔の割れている万吉、京史郎が姿を見せれば、数の力で一気に取り押さえてしまえる。

「よし、いつでも来い」

源吾は拳を掌に打ち付け、ぽっかりと浮かぶ月に向けて気炎を吐いた。

四

万吉は鈍い痛みの走る頰を摩りつつ往来を行く。まだ腫れが引かないことを思えば、恐らく頰骨にひびが入っているのではないか。

横には京史郎がぴったりと付いている。今日の京史郎は着流しに大刀だけを捻じ込んだ浪人然とした恰好。行き交う人々には、町人が護衛に浪人を雇っているとでも見えるのだろうか。怪しむ素振りの者はいない。

他の者はそれぞれ決められた目的地に向かっている。京史郎は己が裏切らぬかと未だ疑っているのだ。あの日、朱江を堀に突き落とした後、京史郎に首根っこを摑まれて引き倒され、思い切り踏みつけられたのである。

「狩れねえなら、潰してやる」

冷ややかに言う京史郎に、万吉は懸命に叫んだ。

「俺は裏切ってねえ！　それより捕方が来るぞ！」

京史郎は舌打ちして足をどける。このまま己を残して捕まれば、計画がご破算（はさん）となり、人を斬ることも叶わなくなると見たのだろう。

「さっさと立て。逃げるぞ」

と、吐き捨てて自身はすでに歩み始めていた。旅籠（はたご）に帰ってからも散々尋問（さんざんじんもん）されたが、朱江は命の恩人、金を払わずに逃げたから追って来たのだろう。そうあの時についた嘘を繰り返し、何とか言い逃れた。

――何が嘘だ。

経緯は確かに違う。だが朱江は己の恩人には違いないのだ。

万吉は山城国上狛村（かみこまむら）の生まれ。生まれる前に実父は死んだ。母はしがない百姓の娘だったが、容姿（ようし）が端麗（たんれい）だったこともあって、庄屋の後妻（ごさい）に迎えられることになった。すぐに母と義父の間にも子が出来、その頃から両親から激しい打擲（ちょうちゃく）を受けるようになった。

前の夫の子だということで、義父が快（こころよ）く思わないのは何となく解る。だが実の母まで、まるで過去を忌（い）み嫌うように激しく己を打（ぶ）った。今ならばそうすることが、母の生きる術（すべ）だったのかとも思う。しかし躰（からだ）の傷は癒（い）えるが、心に刻（きざ）まれた傷は一生残るのだ。

万吉は家を出て、あてもなく洛中を目指した。食う当てなどなく、市中で物を盗んだり、掏摸をしたりして生き永らえた。

ある日、万吉は初めて掏摸に失敗した。相手が悪かったのだ。腕をさっと摑まれ、折れるのではないかというほど捻り上げられた。それが鰄党八番組の一人だった。行く場所がないならば来いと誘われ、万吉は十五にして鰄党の一員となった。

入った時は解らなかったが、八番組は鰄党の中でも最もお荷物。仕事こそ捗らなかったが、皆が盗賊と思えぬほど気のいい者たちばかりであった。だが毎年一度、最も実入りの少ない組の小頭が平に落とされる。それは表向きというもので、その後すぐに姿を消した。恨みを抱かれないようにと、大頭が人を遣って消しているのは明白である。こうして万吉が入ってからというもの、毎年のように小頭が代わった。

埴淵朱江。その人が組に入るまでは。

朱江は強力な眠り薬を用い、八番組が掲げる殺さずの掟を守りつつ、遂に最下位を脱出させたのだ。万吉にとって朱江は憧れの人となり、何をするにも共に行動するようになった。

――万吉、足を洗え。

ある日、二人きりの時、朱江は唐突に切り出した。成り行きとはいえ小頭になってしまった己は、もう辞めることは出来ない。だがお前ならばまだやり直せる。殺しはしていないこと、鯱党の情報を教えることで、島流しさえも免れるかもしれない。罪を償って一からやり直せと懇々と説いた。暫く考えてみろと言われ、数日経った時に大頭が何者かに殺され、鯱党は瓦解した。

朱江は八番組の解散を命じ、堅気になるように勧めた。皆の罪は全て己が償うと凛然と言い、奉行所に出頭したのである。

「……盗賊は盗賊にしかなれねえのさ」

「あ？　何だ？」

万吉がぼそりと呟くと、横を歩く京史郎が反応した。

「何でもねえよ」

万吉は愛想笑いを浮かべ、再び前を向いて歩き始めた。

堅気の仕事をしようと思ったこともある。だがどれも長くは続かなかった。そんな時に鯱党と肩を並べる大盗賊、千羽一家から誘われて再び盗賊稼業に身を落とすことになった。

だが二年前、凄腕の新任奉行である長谷川平蔵に捕まり、六角獄舎に繋がれた。その六角獄舎が破られたのは昨年のこと。火事の騒動に紛れて逃げ回っていたところ、有明という男に誘われて今の境遇である。

今の雇い主が歴とした公家だと聞いた時は、魂消て腰を抜かしそうになった。

だがそれと同時に、

――公家でも悪人なんだ。

と、どこか安堵したことも覚えている。

己は言わば火付けの嘗役。その護衛役に悪名高い首狩り檜谷京史郎が付けられた。有明なる男と共に町を歩き、火を放つ場所と時刻を指示される。己の仕事は、その場所にどのように入り込み火を放つかを考えることだった。盗っ人稼業が思いの外役に立った。驚いたのはどういった仕組みになっているのか、毎度火元を一つ消すと決まって焔の旋風が巻き起こること。これを計算して起こすため、場所の指示を与えられたのだと察した。だがその目的を万吉は知らないし、京史郎さえも知らされていないようであった。

万吉と京史郎は町を行く。本日、また火を放つのである。

有明は少し離れた所で成果を見届けようと待っている。己たちのように奉行所に追われるお尋ね者でもあるまいに、極力顔を晒すのを避けているようであった。

万吉は、周囲を憚って小声で訊いた。

「なあ、京史郎。何のためにあの方はこんなこと……」

「知るかよ。捕方と出くわせば、全て斬ってもいいって言うから来たのに……つまんねえ」

「おい、声が大きい」

「ここに辻斬りがいるぜって、叫んでまわりてえぐらいだ」

京史郎は三白眼でじっと万吉の目を見つめた後、けたけたと嗤った。

――いかれてやがる。

己も悪人には違いないが、この男は次元が違う。何でも首を狩るということに快感を覚え、相手が女子どもでも容赦が無いらしい。この務めを終えれば、また千羽一家の元に戻ろうか。あるいは今度こそ本当に堅気の仕事を。そのようなことを考えるようになった。

「あそこだろ？」

「ああ」

京史郎が顎でしゃくる。家の隙間の猫道、積み上げられた桶がある。その中に特別な油を染み込ませた綿を仕込み、周りを藁などの燃えやすいもので囲う。これで逃げる時を十分に確保することが出来た。

京史郎が見張っている間に、万吉は桶の中に仕込み終えると、何食わぬ顔でその場を後にした。他の者もそろそろ仕込み終えたはず。半刻もすれば同時に火が立ち上る。

二人で長堀を南に越えた時、京史郎はにたりと笑って言った。

「ほれ。心配なかっただろうよ」

「ああ……」

今回仕込んだのは、前回朱江が現れて中断した西本願寺の近く。同じ場所は警戒されているのではないかと万吉は躊躇ったが、有明は、

——裏の裏だ。

と、強行するように言った。

予め打ち合わせた掛け茶屋に入り待つ。

「おっ久しぶりだな」

有明が姿を見せ、知人と偶然出逢ったかのように横に腰を下ろした。これまで

もこのように炎の竜巻が現れるまで見届けてから撤収していた。

「おっ、来たぞ」

京史郎は片手で茶を啜り、まるで花火でも見るかのように言う。約半刻経って、炎が上がるのが見えたのである。道行く人々も気付き、辺りは騒然となる。

――三、四……五。全て上手くいった。

万吉は心の内で、天に昇る煙を数えた。その時である。これまでにない現象が起こった。火元から拍子木の音が聞こえたのだ。それだけならばこれまでもあった。

違うのはその数。瞬く間に拍子木の数が増え、町から町に波及していく。挙句の果てにはどこかから銅鑼の音も聞こえて来るではないか。

音を合図にしたのだろう。城の方角から半鐘が打たれると、今度は一斉に町々の火の見梯子の鉦が鳴る。この喧々たるや、夏夜の蛙を思い出させる。

「対策を講じたようだ」

有明が鼻を鳴らす。今までは火元の組が釣鐘町まで走って半鐘を鳴らしていた。だが音の連動により、いち早く火事を報せる仕組みを作ったらしい。

「だが、結局は一緒さ」

湯呑みの縁に口を当て、有明は嘲るように言った。

「そうだな……」

早く消そうが遅く消そうが同じ。一つでも火元を潰せば、旋風が起こるのは変わらない。消さなければ、火は大坂の街に広がる。

大坂全体を包むような半鐘の音に、茶屋の主人も万が一に備えて逃げる支度を始める。万吉は銭を置いて立ち上がり、今度は路傍に身を移した。有明、京史郎もそれに続いて塀を背にして、鼻唄混じりに煙を眺める。

「間もなく、消すだろう」

有明は目を細めて煙を見つめる。炎が最初に見えてから、四半刻。煙の一本が急速に勢いを弱めている。つまり己たちが放った火が鎮圧されつつあるのだ。だがそれが引き金となって、またあの天魔が姿を現すだろう。

「また俺の出番は無しかよ」

京史郎は顎を掻き毟る。途中、もし捕方に囲まれた時などは、この男が退路を斬り開くことになっているが、未だそのような局面は無い。

「あれ……」

万吉は塀を背で弾くようにして目を凝らした。

「どうした？」

「煙が……」

軒が邪魔になって見えなかったが、明らかに上る煙の数が増えているのだ。

「飛び火したんじゃねえか？」

京史郎も手を庇にして空を眺める。

「あんな移り方するか⁉」

普通ならば火元の次に火が移るのは両隣だ。そうであれば煙が太くなるだけである。だが新たに上った煙は明らかに独立している。こちらの仕掛けたものが五、新たに四。計九本の煙が上っていた。

「また……」

もう一本煙が立ち上った。これで計十本。

そして何よりおかしいのが、煙の上る速さである。火の粉が飛んで炎が移ったとすれば、初めは薄い煙がじわじわと立つ。炎が大きくなって初めて勢いを増すのだ。

だが新たな煙は初めから濛々と天を目指す。色もおかしい。己たちが付けた火元の煙は黒白混濁しているのに対し、新たな煙は雲のように白い。似ているものを挙げるとすれば、狼煙（のろし）のそれに似ている。

「どういうことだ……」

それまで冷静そのものだった有明も、事態が呑みこめぬようで、顔に動揺の色が浮かぶ。

「おいおい……」

新たに動きがあって、京史郎もようやく異変と認めたようだ。

「消えた……？」

万吉は目を擦った。弱まっていた一本の煙が、遂にはここから見れば線香の煙のようにか細くなったのだ。

「どうなってんだ！　来ねえじゃねえか⁉」

京史郎が喚（わめ）いたので、行き交う人々が一斉にこちらを見た。だが、皆逃げることに追われ、脚を止めることはない。一瞥（いちべつ）して足早に流れていく。

「破られた」

有明は歯ぎしりをした。

万吉は唖然（あぜん）となった。焰の旋風が現れない。しかも煙にさらに動きがあった。濁った煙がまた一つしぼんでいく。二つ目の火元が叩かれているのだ。それとほぼ時を同じくして、新たに上がった白い煙の一本があっという間に縮んでいく。

「何が起こってんだ」

京史郎は牙のような八重歯を剝き出しにした。

「駄目だ。火消が何か対策を考えたんだ……」

「それなら話が早え。全員、狩り殺してやる」

京史郎は自身の腕を掻き毟った。

「そんなこと――」

無謀だと止めようとしたが、有明が意外な一言を放った。

「よかろう。暴れてこい」

「なっ……」

「万吉も行け」

――こいつ……。

有明が何を考えているか解ったような気がした。今回はこれまでの中でも最大の竜巻を呼ぼうとしていた。そろそろ潮時と見て、これが最後になるかもしれないとも言っていた。有明としては何としてもやり遂げたい。いや、負けを認めたくないのだ。その苦虫を嚙み潰したような顔からも想像出来る。

だが向こうには火消が満ち溢れている。むざむざ捕まりに行くようなもの。そこまで考えた時、万吉の頭にあることが過った。

――俺たちは捨て石か。

有明は少なくとも京史郎のことを快く思っていない。確かに気が狂れたかのような男。泰邦は期待しているようだが、危なっかしくて側に置いておきたくないと考えてもおかしくない。

火消を止め、そこで果てれば一石二鳥と考えているのだ。

「無茶言うな。逃げるぞ」

「うるせえ。てめえも来るんだよ。来ねえなら裏切ったとみなす」

京史郎は鬼の形相を近づけた。有明の思惑に気付いていない。たとえ気付いていたとしても、この男は人を斬れるとあれば揚々と向かうに違いない。

生温かい息が顔にかかる。無茶苦茶な論理であるが、この男は逆らえば今すぐにでも斬りかかる。万吉は唾を呑んで頷くことしか出来なかった。

第六章　赤舵（あかかじ）　星十郎（せいじゅうろう）

一

拍子木（ひょうしぎ）の音が聞こえる。一つや二つではない。町が叫んでいるかのように大量に鳴り響いている。中には銅鑼（どら）と思われる低い音も混じっている。源吾はそれを確かめると、屋敷中に響き渡る声で叫（さけ）んだ。

「来たぞ！　流丈！」

「はい！　半鐘（はんしょう）も――」

流丈が答えた時には、すでに半鐘の高らかな音が聞こえた。

組の協力が決まり、打ち合わせの場で星十郎から提案があった。全員が常（つね）に拍子木を携帯するというものである。小火（ぼや）を発見すれば迷わずに打つ。その音を聞いた者はすぐさま応じる。舟で警戒にあたっている波組は銅鑼を打ってもよい。とにかく皆で釣鐘町まで「音」を届けるのだ。

釣鐘町の火の見櫓には雨組の鳶が四六時中張り付き、聞きつけた瞬間に半鐘を鳴らす。それを聞いた者から各地の火の見梯子の半鐘で続く。

火の見櫓の半鐘が鳴らねば、各火の見梯子も打ってはならない。火の見櫓には一人しか上ってはならないという法度がある。だがそれが必ず火元の火消でなければならないわけではない。

――拍子木は幾ら打っても罪にならないのでしょう？

星十郎は惚けたように首を捻る。見かけによらず存外太い男だと、大坂火消も不敵に笑った。星十郎も共に数々の修羅場を潜り抜けてきた。時には法度すれすれの危ない橋を渡ったこともある。とっくにこの男も「ぼろ鳶」の一員になっているのだ。ともかくこれは、五組の火消が信頼し合ってなければ出来ない方法である。

源吾らは雨組屋敷から飛び出した。

「どうやらまた濱町のようです！」

流丈が半鐘の音を聞き分けて言った。源吾は最近叩き込んだばかりの切絵図を脳裏に思い浮かべた。

「同じ場所か。性懲りもねえな。確か管轄は……」

「滝組です！」

「律也、引きがいいな」

源吾はにやりと笑って振り返った。すぐ後ろに轡を引く火消。その馬の上には山路連貝軒が跨っている。

「山路殿、無理はなさらず」

高齢の山路には馬を用意しているが、決して無理はさせられない。

「楽をさせて貰ってすまないな。それよりこの歳での初陣、心が躍っておるわ」

山路は少年のように目を輝かせた。

「孫一、お前のお蔭よ」

山路の言う通りである。孫一は己にとって初めての風読み。孫一があの時に火消を志願しなければ、星十郎と出逢うこともなかったし、こうして山路の力を借りられることもなかっただろう。

雨組四百五十人のうち、屋敷に待機していた二百人が続く。あともおっつけ駆け付けるだろう。源吾は流丈と共に一行の先頭を疾駆した。

半鐘が早かったため、すでに家々から人が顔を出している。皆が一様に首を傾げる。火元は明らかに滝組の管轄。境が火元でもない限り、これまでこうして他の組が向かうことはなかったのだ。同じ疑問を持つ者が、今大坂の各地にいることだろう。

「おうおう、釣左のところが威勢がいいぞ！」

源吾は手を回して雨組の鳶たちを煽った。流丈は柄にもなく、少しむっとした顔になり、後ろの配下に向けて大音声で叫んだ。

「波に遅れを取るな！　雨の火伏を見せるぞ！」

さらに流丈は慌てふためく人々に向けて、優しいが威厳のある声で呼びかけた。

「雨は滝の応援に向かいます。川、波、井も同じです。必ず止めるのでご安心下さい！」

「おい……今、滝の応援って……」

「ああ、川組や波組もって言わんかったか？」

流丈の言葉に耳を疑ったように人々が囁く。

「大坂火消五組は五十年ぶりに手を結びました！　どうぞ……大切な方を守ってゆっくりお退き下さい！」

人々の顔に安堵と喜色が浮かび、凄まじい歓声が上がった。

「火伏ねえ。古風なことだ」

源吾は苦笑しながら流丈を見た。

「坊主上がりですから」

流丈も頰を釣り上げて笑う。雨組に送られる声援を掻き分け、源吾らは本町橋を渡った。幾筋もの混濁した煙が見える。本町筋三丁目を越えたところで陣取る滝組の姿が見えた。中には律也の姿もある。

「律也！」

「火元の五箇所は特定し、切絵図にも印を入れておきました」

律也は片手に筆を持ったまま、ひらりと切絵図を舞わせるように差し出した。

「手際がいいじゃねえか」

「迅速丁寧がうちの売りですので」

律也は丸い笑みを零した。山路は馬から降りると、すぐに切絵図を地に置いて覗き込む。源吾、律也も同じように首を伸ばした。まるで子どもが蟻の行列でも見つけたような恰好である。

「ここと、ここ。あとここ……」

山路が指差すところに、律也が筆で素早く丸の印を入れていく。

「計五箇所だ」

山路が指示をし終わると、律也は切絵図を持って立ち、集合を命じた。五人の鳶が律也の元に集まる。

——各組に他の組の鳶を一人入れます。

これも星十郎の出した案の一つである。つまり滝組にも他の四組から代表して一人ずつ送り込まれている。それを律也は集めたのである。

「川は長濱町、井は道修町三丁目、波は浄国寺町、雨は……もう来てるな。北久宝寺町を頼む」

そこで一度区切り、最後に配下の滝組に鋭く叫んで命じた。

「風向きに応じて伝令を送るから、五十人は残れ。うちは備後町一丁目や！　貸し、貸し倒せ！」

滝組は応と答えて一丸となって走り始めた。

「貸し倒せか」

聞いたこともない号令に思わず苦笑する。

——火元の管轄の火消が指揮を執る。

これも五組で打ち合わせたこと。どの地点から順に消すかも、風読みが見極めねばならない。それを伝える伝令を確保することも事前に決めていた。

「聞いたな。うちは北久宝寺や。すぐに積み上げろ！」

流丈の指示の下、雨組が目的地を目指して走り始める。その中に大八車が四つ。全てに枯れ枝、薪、松の葉などが満載されている。

残った源吾の目に白い塊が映った。それは嘶きと蹄の音を引き連れ、ぐんぐんと距離を詰めてくる。白秋である。手綱を握る祐の後ろには武蔵が跨っている。

「流石に速いな！」

「白秋を褒めてやって下さい」

祐は白秋をゆるりと旋回させながら、軽い調子で言った。

「白秋、頼むぜ」

源吾は白秋の額を撫ぜると、馬上の祐に切絵図を渡した。

「この罰点ですか？」

「そっちは火元。積み上げているのは丸だ」

「分かりました」

「武蔵、いけるか？」

「ええ。順に、間髪入れず、一気にですね」

武蔵は魃にぽんと手を添えて頷いた。

土御門は火付けの場所を計算し尽くし、どの火元から消しても、風を誘い込んで緋鼬を巻き起こそうとしている。同時に消すというのが現実には不可能。そこで星十郎の講じた策とは、

——こちらも火を放ちます。

と、いうものである。

火元の一つを消した瞬間、こちらも順次火を放っていくのだ。もっとも燃やすのは家ではない。枯れ枝、薪、松葉などで、どんど焼きのように大きな焚火を起こす。

各組がふたりの風読みの看破した場所に薪を積み、油をかけてすぐに着火できる支度を進めている。これに武蔵が予め決めた順に、火を放っていく。

——緋鼬と逆流する風を生み出すのです。

ぶつかった風は天へと向かって緋鼬は生まれない。天空から見下ろしたとすれば、火元を線で繋ぐと大きな円となる。その中に新たに焚火で繋ぐ小さな円を作り出すようなものである。本当ならば枯れ木を積んだ鳶たちが火を付ければ簡単

であるが、万が一順番を間違えば全てご破算となる。つまり一人が高速で火を付けて回るのが、最も確実だった。

嘉兵衛が作った�

はその時に使う火消道具だと武蔵は見た。今回の策において、これほど適した道具はあるまい。

全ての火を付け終わると、二つ目の火元を消す。そして次にその対となる焚火に水を掛けて消すのだ。すると吹き込んだ凪は両円の間を駆け抜けて、反対方向に吹き抜けるらしい。これを三、四、五と続けて完全に鎮火させるというのが策の全貌であった。

「一番初めに消すのは、管轄の火消」

源吾が確かめるように言うと、律也が配下を送った方角を眺めながら応じた。

「はいはい。うちの優秀な火消が間もなく消します。消すと……」

「拍子木だな」

ここでも拍子木を役立てることに決まっている。

「こんな使い方したら、拍子木も禁じられそうや」

「そこまで言うなら、てめえらで消せって尻を捲っちまえ」

源吾が悪態をつくと、律也は視線を動かさずに噴き出した。

「そうさせて貰います……来ましたよ」

拍子木を一斉に打つ音が響き渡る。その瞬間、源吾は喉を震わせた。

「行け！」

「はい！」

祐が鐙を鳴らし、白秋が疾風の如く駆け出す。とても追いつけはしないが、源吾は辻まで追いかけて様子を窺った。星十郎の策を信じてはいるが、心配でないと言えば嘘になる。

親指ほどの大きさで一つ目の積み上げられた枯れ木が見える。ぐんぐんと近づいていった白秋だが、枯れ木の前で急に速度を落とし、鋭角に曲がった。その刹那、白秋から武蔵が身を乗り出し、魁から火焔が噴射された。周りの鳶たちの感嘆がここまで届いた。枯れ木には油がかけてあるのだ。火に少し触れただけで、凄まじい勢いで燃え上がり白煙を吐き出した。

源吾は空を確かめながら、山路たちの元に戻る。二つ目、三つ目と煙が立ち上っていく。祐と武蔵が上手くやっている証左である。四つ目が来た。

――あと一つ。頼む。

源吾は心の中で祈るように念じた。

「五つ目！」

源吾が叫ぶと同時、滝組の鳶たちがわっと歓声を上げた。

「喜ぶのは早え！　こっからだ。山路様、二つ目に消すのは⁉」

「北のあれだ！」

「井組へ！」

「印六に伝令や！」

山路、源吾、律也と息つく間もなく指示が繰り出され、滝組の鳶が駆けていく。

「井組が消すと、どこの焚火を⁉」

山路は指を舐めて宙に翳す。

「あれだ」

「浄国寺町へ」

「釣左に焚火を消せと！　井組の鎮火の拍子木を聞いた後やぞ」

また別の鳶が大きく頷いて走り出す。こうして複雑に絡み合った組木を外していくように、一つずつ火を消していく。頬に触れるだけでも、確かに風が奇妙な動きをしているのが解る。あっちへ、こっちへ、迷路を彷徨っているように風向きが変わる。星十郎の策が功を奏している証拠である。

「星十郎、弾馬、このまま押し切れるぞ」

源吾は拳を握って呟いた。星十郎と弾馬は大坂東側の担当。西側で起こった今、まだ合流出来ていないが、煙の様子から上手くいっていることが判るだろう。

絶え間なく煙を目視し、拍子木の音に耳を傾け、山路、源吾、律也の三人は連動して指示を飛ばす。そして三つ目、四つ目が鎮火したと拍子木で報され、それの対となる焚火も水によって消火される。残すところは五つ目の火元。川組が押さえている長濱町のものだけとなった。

「よし、最後の一つだ。全火消で叩くぞ！」

源吾は腰の鳶口を抜いて大きく振った。残す一つは最も長く放置したことにより、近隣へ火が回ることが予測出来る。ここで全火消を結集して、一気呵成に叩き潰す。全てが打ち合わせの通り進んでいる。

滝組の残った鳶も含め、皆で長濱町を目指す。息を切らして到着した時には、すでに川組以外の火消たちも集まり始めていた。その中には陣割をする朱江、星十郎や弾馬の姿も認められる。眼前の辻から飛び出してきたのは白秋。当然、祐と武蔵が乗っている。この策に携(たずさ)わった全員がこの地に再び集まった形になる。

「星十郎！」

「御頭、上手くいきましたね」

「上手くどころじゃねえぞ。お前はやっぱり凄い男だ」

手放しで褒めると、星十郎は気まずそうに口を歪めた。

「私一人ではとても……」

「野狂か。化物だな……だがそれを形にしたのはお前だ」

「はい」

星十郎は凜と頷いて見せた。

「源吾」

弾馬が残る火元を眺めながら名を呼んだ。

「お前……」

ふと気付いたが、弾馬の腰にいつもある大瓢簞が無い。

「丁度(ちょうど)、買いに走って貰ってるところでな」

弾馬の手が小刻みに震えている。

「やれるのか？」

「ああ、やる」

風が大いに暴れたせいだろう。火元から路を挟んだ一軒に火が移っている。

「俺はあっちだ」

「ほなら、こっちをいく」

源吾と弾馬、互いに背を向け、同時に言い放った。

「喰ってやる」

「呑み干したらぁ」

多くを語るまでもない。火消が真っ二つに割れて隣家を潰していく。全ての鳶が入り混じっており、そこに組の境は無い。源吾と弾馬が指揮を執り、柱を折り、屋根を引き倒していく。

あっと言う間に周囲の家を壊し終え、残すところは火元だけ。焔は孤独を嫌うかのように、触手を伸ばすがこれ以上は燃え広がることはない。あとは時を掛けて水で消していくだけとなったところで、朱江が竜吐水を前に出すように命じた。

「この局面は川組の得意。皆々、竜吐水を貸してくれ！　全てに泡玉を入れよ」

川組の面々が桶を持って、五組の竜吐水に水を注ぎこんでいる。

「あれは……」

水が濁っている。ただの水ではない。

「放て！」

朱江の号令と共に竜吐水から一斉に放水される。

源吾は目を疑った。ここまで燃え盛っていれば、水だけで消すには相当な時を掛けねばならない。だが炎が嘘のように縮んでいくではないか。

「面白いほど効くぞ！」

「流石、川組の泡玉だ」

川組以外の鳶たちもその絶大な威力に驚きを隠せないでいる。

「墳淵殿、これは⁉」

武蔵が縋るように訊く。水番としてはどうしても気になるのであろう。

「無患子、皁莢、野茉莉をそれぞれ調合したものよ」

朱江は隠しもせず、すんなりと教えた。それらは全て洗髪などにも用いられ、水に溶いたものをかき混ぜれば大量の泡を発する。竜吐水に入れる時は水と変わらぬが、炎の熱で一気に粘性を出し泡立つ。その泡の層が熱を遮断することで、通常の水より遥かに消火の力が強いという。

「考えもしなかった」

武蔵は感嘆の声を上げた。さまざまな植物に通じている朱江ならではの発想である。

「一気に押せるぞ！」

竜吐水から幾筋もの水が飛び、焔は悶絶するように小さくなっていく。

二

その時である。源吾の耳朶は喧騒の中で異音を捉えた。眉を顰めつつ振り返った時、あり得ない光景に息を呑んだ。男が二人、猛然とこちらに向かって走って来る。内一人は何と檜谷京史郎。けらけらと薄気味悪い声で笑っている。源吾が聞いた異音の正体はこれであった。

「下手人だ！」

源吾が叫んだが、皆すぐには何のことか判らない。当然だろう。下手人が様子を窺いに来ることは想定したが、ここまで堂々と突っ込んでくるとは考えもしなかった。

気付いた複数の鳶が取り押さえようと鳶口を振るうが、京史郎が刀を抜いて難なく払い、二人は矢の如く突き進む。何かを狙っている。それが何か気付いた時には既に遅かった。

「山路様！」

男の一人が山路に体当たりをして、そのまま馬乗りになった。そこで京史郎が足を止め、ぶんと刀を振るいながら身を翻した。

「動けば殺すぜ？」

「首狩り……」

源吾は割れんばかりに歯を食い縛った。星十郎は顔面を蒼白にし、わなわなと躰を震わせている。

「お前、見たことあるな。京にいた火消か？」

「山路様を放せ」

「やだね。ずっと見させて貰ったぜ。こいつを殺せば、次は止められねえだろ？」

京史郎は大仰に鼻を鳴らす。押し倒した男は気が狂れたように喚きながら、両手で山路の襟を摑んで立たせる。

「万吉！」

「こいつが……」

朱江が呼びかけたことで、これが鼬（いたち）の万吉と知れる。

「生きてやがったか老いぼれ」

京史郎は舌なめずりして刀を掲げる。万吉は山路の首に手を回し、残る一方で懐（ふところ）から刺刀（さすが）を取り出し、口で鞘（さや）を払った。

「もう止（や）めろ！　このようなこと——」

「あんただって元は盗賊じゃねえか！」

朱江の懸命な訴えに、万吉は悲痛に叫んだ。朱江は苦悶（くもん）の表情でなおも語り掛ける。

「ああ、そうだ。そんな儂（わし）でもやり直させて貰えている」

「頭は俺とは違う……俺は根っからの悪人さ」

「ふうん。やはりな。こいつ千羽……いや、元は鰄（かいらぎ）党か。万吉……てめえが尻を拭（ぬぐ）え」

京史郎は山路の襟をぐいと引き、己の手をするりと絡ませる。万吉は刺刀を持ったまま項垂（うなだ）れる。

「や、れ、よ！　てめえから狩るぞ！」

京史郎は小馬鹿にしたように追い打ちをかける。

「頭……」

「ああ、やれ」

朱江は吊っていない右手を広げて歩を進めて続ける。

「その代わり罪を償え。儂らで八番組を終わらせよう」

「頭……すまねえ……すまねえ」

万吉は繰り返し詫びた。その目には涙が滲んでいる。

「何を謝ることがあろうか。若いお主を救ってやれなかったのは、儂の責だ」

万吉の目の色がさっと変わった。淀みが一瞬のうちに晴れたのだ。

「終わらせましょう」

言うや否や、万吉は刺刀を振りかぶって京史郎に躍りかかった。あっと皆が息を吞む。刺刀が京史郎の頰をなぞる。その刹那、京史郎は山路に足払いを掛けて転ばせ、裏拳を放つように刀を振り抜いた。

倒れた山路の腹を踏みつけた時、万吉の膝がゆっくりと頽れた。肩から深々と斬り下げられていた。

「万吉!!」

「やはり裏切りやがったな……首を外したぜ」

鋒(きつさき)を山路の喉に向け、京史郎が乾いた舌打ちをした。京史郎の狂気に皆が戦(せん)慄(りつ)する。

「貴様……」

朱江が眦(まなじり)を決して睨みつけるが、京史郎は平然としている。

「さて、どうしようか……」

妙案(みようあん)を思いついたように二度、三度頷き、猫撫で声で続ける。

「火を付けて止めるなんざ考えもしなかったぜ。そんなに好きなら、もう一丁(いつちよ)付けて貰おうか。あれも、これも、あっちもよ」

その時、腹を踏みつけられている山路が苦しげに呻いた。

「松永殿……星を守れ。それが我らの玉(ぎよく)ぞ」

符丁(ふちよう)のような言葉だが、それが星十郎のことだと解る。確かに敵は山路だけが風読みだと思っている。星十郎は何としても守り抜かねば、次にまた仕掛けられた時に同じ手で迎え撃てない。だからといって山路を見捨てられようか。

「松永殿、お頼み申す!」

山路は小さく頷くと、淡い笑みを浮かべた。

「黙れ、爺！」

京史郎は鉈を山路に向けて吼える。

「小童、老人は口うるさいものよ」

「黙れ、黙れ、黙れ！」

「儂を殺した後、お主は袋叩きじゃ。流石にこの数を相手にしてはどうにもなるまい」

死を覚悟した者を引きずって退却するのは容易くはない。山路の気概が完全に京史郎を呑んでいる。

その時、星十郎が一歩前へ踏み出した。源吾ははっと息を呑んだ。今まで見たことのないような、険しい顔をしているのだ。覚悟を決めた顔とでもいうべきか。

「流丈さん。牛はありますか」

「牛？」

京史郎は眉を八の字にする。それが何か、こちら側は全員が判っただろう。

「はい。すぐに」

流丈が振り返って配下に目配せをする。何をするつもりなのか。源吾が問いかけようとするが、星十郎は手で制する。

「私の合図で牛を沈めて下さい」

星十郎は刀も重いと普段から竹光を差している。それをそっと撫ぜ、有無を言わさぬ調子で命じ、さらに二、三歩前へ足を送った。

「檜谷京史郎。此度の策は私が立てました。山路様を殺めても、私が止めるぞ」

「おい！」

源吾の呼びかけにも星十郎は動じない。ただその肩が小刻みに震えている。ただでさえひ弱な星十郎である。京史郎に百度挑んでも、百度殺されるのは目に見えている。恐怖に懸命に耐えているのが解った。

（御頭、機がきたら、全員で掛かって下さい。奴だけが怯みます）

星十郎が小声で囁いた。誰にも聞こえないだろうが、源吾の耳は確かに捉えた。

「ほう。そりゃ本当か？」

京史郎は刀を肩に打ち付けながら、にたりと片笑む。星十郎と京史郎が対峙する。

源吾が鳶口を構(かま)えるのを合図に、鳶たちも刺股(さすまた)や長鳶口、角材をぐっと引き寄せる。一か八か、全員で襲い掛かる。もはや星十郎を信じるしかない。

「違う、儂が策を――」

「山路様、今助けます。そのまま寝ていて下さい」

「とても強いようには見えねえがな。刀も竹光だろう？」

京史郎は嘲笑(あざわら)った。達人になれば足取りだけで、腰の物が見せかけだと看破(かんぱ)すると新之助が言っていた。

「ええ、竹光で十分です」

「面白(おもしれ)え」

侮(あなど)りと取ったのだろう。京史郎は眉間(みけん)に青筋を浮かべ、半身を開いて星十郎に刀を向ける。星十郎はそっと腰の竹光に手を落とす。無言の時が暫し流れる。

源吾の鬢(びん)から零れた髪が流れて頬を撫でる。それがふっと剝(は)がれた瞬間、星十郎が竹光を抜き放った。蠅(はえ)が止まるほど遅く、素人目(しろうとめ)に見ても無様(ぶざま)な居合である。

「何だ、そりゃあ――」

京史郎が哄笑(こうしょう)した時、背後で鈍(にぶ)い音がした。流丈がこれを合図と見て取り、配下に「鉄牛」を堀目掛けてぶちまけさせたのだ。鈍い音が立って一瞬で辺りに霧が舞う。その霧が意思を持ったように、火元に吸い込まれていく。熱の流れに巻き込まれて高温の湯気と化し、京史郎に襲い掛かった。

京史郎は顔を袖で覆いながら飛び退いた。こんな熱波に堪えられる者はいない。

但し、火消を除いて、の話である。星十郎は叫びながら熱波に突っ込んでいくと、解き放たれた山路を引き起こした。源吾らも喚声を上げて突貫する。

「くそ！」

この視界の悪さに加えて、常人には堪え難き熱さ。さらに大勢に迫られて流石の京史郎も怯んだ。それでも鳶の一人が繰り出した刺股の柄を真っ二つに斬り、さらに次に迫る鳶の頬を殴打する。この状況でもまだ退く気がないのは、もはや気が狂れているとしか思えない。

「この赤頭！　てめえだけは殺す！」

正気を失った手負いの獣のように、京史郎は真っ直ぐ星十郎を目指す。その頭上に向けて刺股、長鳶口、角材が降り注ぐ。それを一つ払い、一つ断ち切り、一つを眉間に受け、それでも修羅の形相の京史郎は止まらない。源吾が振るった鳶口も空しく宙を切る。

「星十郎！　逃げろ！」

京史郎と星十郎の距離は二間（約三・六メートル）。常軌を逸したこの逆襲は予期しきれていなかったはず。星十郎の戦慄する顔を湯気の中に見た。

源吾は追い縋って、京史郎の背に鳶口を突き立てた。その猛進がようやく止まった。血が滲む、京史郎の肩越しに見たのは、苦悶の表情を浮かべながらも、鋭く睨みつける山路の顔であった。

「山路様！」

星十郎の絶叫がこだまする。

「爺、どけ！」

「どかぬ。何があってもな……」

山路が立ちはだかったのだ。京史郎の躰を、星十郎の寸前で受け止めていた。その腹部を深々と京史郎の刀が貫いている。京史郎は刀を引き抜こうとするが、山路が柄を諸手で摑んでそうはさせない。

「くそ、くそ、くそ――」

「この野郎！」

喚く京史郎に向け、源吾は刺さった鳶口を引き抜いて、再度振りかぶった。京史郎は刀を諦め、振り返りざまに裏拳を見舞った。源吾が吹き飛ばされた時、京史郎は脇目もふらず逃げ出す。そしてそのまま堀へと身を投げた。

源吾は慌てて起き上がって後を追ったが、どれほど跳んだというのか、京史郎が水面に顔を出したところはもう向こう岸の側。すぐに堀から上がって、脱兎の如く駆け出した。

「山路様……山路様！」

源吾が振り向くと、山路は星十郎とともに地に伏していた。

星十郎は悲痛に何度も何度も名を呼ぶ。山路は星十郎にもたれ掛かるように倒れていた。山路と星十郎の躰の下には、夥しい血が流れ、早くも池のようになっている。臓腑が深く傷ついているのだ。源吾は自らの額を激しく殴打した。

「聞こえている」

「耐えて下さい。燐丞さんを！　早く‼」

必死の形相で叫ぶ声は、張り詰めて切れた弦のように聞こえた。燐丞は江戸にいる。ここがどこかも忘れるほど星十郎は錯乱している。現場が騒然となっている中、源吾はそっと傍らに座った。山路の目から、光が失われつつあるのが判る。

「松永殿、儂の初陣はどうだったかな……」

「お見事です。親爺……孫一も舌を巻いているでしょう」

「そうか」

山路は満足げに顎を引く。

「御頭、何を言っているんですか！　早く、誰でもいいから――」

山路は真っ赤に染まった手を少し上げて制した。その口辺からも血が溢れていた。

「よいのだ」

「私の策が甘いせいで……あの男の狂気を……」

「お主の策は最善だった……欲張りを申すものではないぞ」

孫を諭す祖父のように、山路の言葉には慈愛が満ち溢れている。

「お願いです。私を一人にしないで下さい……」

それまで耐えていた嗚咽が一気に溢れ出し、星十郎は子どものように泣きじゃくる。

「愚か者め。お主のどこが一人じゃ」

山路は頼りない透き通った笑みを浮かべた。

「私は……」

「星十郎、一つだけ頼みがある……」

土御門との因縁に決着をつけてくれ。そう言うものと思ったが、山路が口にしたのは意外なことであった。

「儂の仇など、討とうと思うな」

「しかし――」

「私怨に囚われては、毎日が曇天に見えるものよ。儂のようにな……誓え」

幕府天文方はこれまで土御門に散々に翻弄された。その渦中で孫一も死んだのだ。山路はきっと私怨を消し切れなかった。そのような道を星十郎には歩んで欲しくない。そんな切実な願いであるように思えた。

星十郎は腕で涙を拭い、絞るように言い切った。

「誓います」

山路は頬に深い皺を作った。唇が小刻みに震えている。

「瞬いておるわ」

眩しそうに目を細めた。躰が徐々に緩んでゆく。その細めた両眼はじっと空を見つめている。すでに靄は晴れ、眩いばかりの蒼天が広がっている中に、一つの星を見続けているに違いない。

赤髪を振り乱した星十郎は、瞬きの無くなった瞼にそっと手を触れて撫で下ろした。

「山路様、やらねばならぬことがあります。もう少しだけお待ち下さい」

星十郎は近くで下唇を噛みしめる流丈を呼び、山路の躰を託して立ち上がった。

「星十郎……」

源吾が見上げた星十郎もまた、天を仰いでいた。炎に向けて水を浴びせる者、怪我を負った鳶を介抱する者、茫然自失で立ち尽くす者。現場は混乱を極めている。中には万吉の骸に寄り添う朱江の姿もあった。

「本日文月十一日……北西の風……」

星十郎が朗々と告げ始めると、皆の視線が集まる。ごうごうと掻き乱れる焔を睨み据え、星十郎は穏やかに、それでいて強く言い切った。

「大坂に何気ない明日を取り戻しましょう。皆さん、あと一歩です」

喚声こそ上げぬが皆が奮い立つのが解った。力強く頷いて銘々消火に向かう。

朱江もそっと万吉から離れて、竜吐水に再び放水を命じた。己が指示を与える間もなく、星十郎は風向きが暫し変わらぬことを皆に告げて安堵させる。

靄が晴れたばかりに、水を浴びせたからか、幾筋もの弧を描く水の隙間に七色の橋が茫と浮かんでいる。己の位置からは、片方の端が星十郎の頭上に落ちているように見える。まるで人の想いを受け渡す架け橋のように思え、源吾は滲む景色の中、星十郎の背を見守っていた。

三

大坂を度々(たびたび)襲った緋鼬はついに現れなかった。全焼が四軒、半焼が二軒。これまでの同様の事件では、人々や火消に多大な被害を与えたが、此度は炎での死者は無く、軽傷を負った者が数人のみ。

但(ただ)し、凶賊の手から星十郎を守ろうとし、山路連貝軒が命を落とした。山路は後半生(こうはんせい)を土御門との対決に費(つい)やしていた。次に相論で負ければ幕府天文方は二度と暦を取り戻せないと考え、自らを死んだことにして葬儀も挙げ、在野の天文学者として戦いを挑むつもりであった。故(ゆえ)に改めて葬儀を行うことも出来ず、その

死も読売の端に、
――大坂火事にて一人死す。
と名も無く、小さく書かれたのみである。

下手人は元千羽一家、さらにその前身（ぜんしん）は鰄党に属していた鼬の万吉。仲間割れの末に死ぬ。他にも数人の仲間がいたと思われるが、現場に姿を見せた檜谷京史郎を含め逃亡を許した。

しかし緋鼬の止め方が知れた今、再び火付けを行うことはないだろうと思われる。念のために大坂火消五組は互いの管轄を越え、輪番（りんばん）で警戒を続けることに合意した。

土御門が何の為にこのようなことを企んだのか、遂に解らなかった。唯一考えられるのは、京での相論に目を向けさせないようにするためか。結局、山路を失った今、幕府は相論を棚上げすることは予想出来る。

大坂は事件後も大いに混乱した。度重なる惨事で大坂の米の価格は急騰し、貧しい者の中には今日を食うにも困るほどの者が出たのだ。だが、今年は不作の恐れがあるとして、大坂城代は蔵米の放出を躊躇（ためら）った。しかし翌々日、結果的に蔵を開いて炊き出しを行うことになる。これも大坂火消五組が動いた影響が大きい。

上町雨組二千二百五十人、北船場滝組、南船場波組、西船場川組それぞれ千八百人、天満井組千三百五十人、計九千人もの鳶が大坂城をぐるりと取り囲み、蔵米の放出を迫ったのである。流石は武士を何とも思わぬ町、大坂。江戸では考えられぬことだった。

加えて釣左は堀という堀を堰き止めて物流を止め、印六は救済がなければ被害を受けた幕府の建物は直さないと居直る。流丈、朱江は家財を売り払って民に炊き出しを行い、律也は当人が生きていれば百年後に返してくれればよいという、滅茶苦茶な貸し条件で米を配った。大坂の民は火消の豪胆さを誉めそやし、城代の不甲斐なさに憤る。

このまま放置しておけば、己の経歴に瑕が付くと考えたのだろう。こうして大坂城代は遂に重い腰を上げることになったのである。

幕府が蔵米を出して町が歓喜に沸いた翌日、大坂郊外の九条村にある廃寺に、源吾ら江戸火消、弾馬ら京都火消、そして大坂火消五組の頭を始めとする主だった火消頭が集まった。

瓦は半分ほどが落ち、伽藍の中のものも盗まれたのかすっかり無くなり、雨ざらしの縁は腐って穴だらけ。流丈が生まれて、火付けに遭い、今は廃寺となっている寺である。ここで山路の葬儀を行うためであった。公に葬儀も出来ないと聞いた流丈が、

——私に。

と、強く訴えて実現することになった。

まだ残暑が残る季節である。江戸にあるという山路家の墓まで骸を運ぶことは難しい。印六が棺桶を手ずから作り、材木を井桁に組んで火葬の支度を整えてくれた。

流丈は還俗した今も毎日経を上げているらしく、そこらの僧よりも遥かに堂に入った読経であった。皆が黙禱を捧げる中、星十郎が松明で火を付ける。稀代の幕府天文家、山路連貝軒の葬儀には、幕府の役人どころか近親者も一人もいない。敢えて言うならば実の孫のように目を掛けた星十郎だけか。しかし最後の一日、山路は確かに火消であったことを思えば、こうして火消に囲まれているのも悪くない。そう言ってくれるような気がした。

火消たちの禱りの中、天に煙が上っていく。降り注ぐ火の粉の中、星十郎は誰

よりも近くで拝んでいた。

源吾らが雨組の火消屋敷を辞したのは、その翌々日のことである。

「じゃあな」

見送りに出た流丈に、源吾は軽い調子で言った。

「何もかもありがとうございます」

流丈は深々と頭を下げた。緋鼬を止めたことだけではない。大坂火消五組はこのたびの教訓を生かし、今後一月毎に会合の場を持つことになった。また衝突することもあろうが、力を合わせてやっていくという。

「弾馬、武蔵を頼む」

武蔵はこのまま京に向かい、新庄藩の新たな竜吐水を買い付けることになっていた。それが終わると東海道を歩んで江戸に戻る。朱江から丸薬を改めて貰ったものの、やはり陸路のほうが気が楽らしい。

「花村殿もお頼み申す」

「ええ」

轡を握った祐は微笑んだ。白秋は今回の陰の立役者とも言える。酷使したこともあり、帰路はこうして曳いていくのだという。

「祐に対してのほうが丁寧やんけ」

「何でお前に畏まらなきゃならねえんだよ。それよりどうなんだ？」

弾馬は一瞬返答に詰まった。酒を呑まなければ動けないという件である。今回の火事でも酒が切れていたことで、炎を激しく恐れていたように見えた。だが、背を合わせた時、すっと震えが止まったのも感じていた。

「どうやろうな。お前はそんなすぐに治ったか？」

「いいや。辞めていた間はずっと。戻っても一、二年はな」

「そうか。なら、戻って来んかったらよかってん」

「何でだよ」

「ほなら、西国一なんて中途半端やなく、俺が日ノ本一の火消て胸張って言えるやろ？」

弾馬は茶化して笑った。まだもう少し掛かるかもしれない。だがこの男は必ず克服すると確信している。

「そりゃあ残念だったな」

「お前の弱み、武蔵に仰山聞いておくわ」

「ねえよ」

源吾は苦笑しながら手を振った。

「内儀には滅法弱いて聞いたぞ」

弾馬が白い歯を見せると、武蔵はさっと明後日の方向を向く。

「ったく……」

「そや、源吾。一つ頼みがある」

弾馬は思い出したように、懐から一通の書状を取り出した。江戸の誰かに宛てた文であろう。

「誰だ？」

「お前の内儀さんや」

「何でだよ」

「えらい料理が上手いらしいな。ほんで少し頼みがな」

「ふうん。解った」

意味はよく解らないが、源吾は書状を受け取って懐に捻じ入れた。

「流丈も達者でな。また……は、あるか解らねえがな」

江戸の火消と違い、次はいつ逢えるかも解らない。もしかしたら生涯で二度と会わないかもしれないのだ。

「一、二年でまた会えるかもしれませんよ？」

流丈は意味深な笑みを浮かべた。

「そういや、律也もそんなことを……」

一昨日は山路の惜別(せきべつ)の宴(うたげ)も兼ねて、五組が揃って朝まで酌(く)み交(か)わした。その席で似たようなことを律也が言っていたのを思い出したのだ。

「律也さんは耳敏(ざと)いですからね。そんな機会がありそうだと、聞きつけたようです。五組の頭は皆が教えて貰いました」

「気になるじゃあねえか」

「松永様は『敵』になるから言うなと。律也さんが」

「敵？」

源吾は皆目(かいもく)解らずに首を捻った。

「俺はどうやねん」

「弾馬さんは『味方』なので……」

流丈はそう言って弾馬の耳元に口を近づけた。

「待て、こいつの耳は化物(ばけもん)やからな」

弾馬はそう言うと、声を出し続けて聞こえないようにする。

「聞かねえよ」

流丈の耳打ちに、弾馬の顔にみるみる喜色が浮かんでいく。

「面白そうやんけ」

「へいへい。何だか知らねえけど、またな」

源吾は呆れながら手を振る。弾馬の声の妨害も空しく、流丈の囁きは耳に届いていた。恐らくその情報の元は田沼だろう。考えそうなことではある。

「星十郎、行こうか」

「はい」

星十郎は微笑みを浮かべて頷いた。

二人は大坂湊へ向かって歩み出す。流丈は姿が見えなくなるまで、何度も頭を下げていた。

武蔵と異なり、こちらは行きと同様、大丸の船に乗せて貰って帰ることになっている。

往来の両側から店に寄って行けと、賑やかな声が掛かる。些か喧し過ぎると思った大坂の町だが、離れるとなると少し名残惜しくなっているから不思議である。

　暫し歩んだ時、源吾はちらりと星十郎の横顔を見た。平気であるはずはないが、星十郎は赤い髪を風になびかせ、心地よさそうに目を細めている。何と声を掛けるべきかと迷っていると、前を見つめたまま星十郎からふわりと切り出した。

「御頭」

「おう」

「土御門から暦（こよみ）を取り返します」

「それは……」

　遺言はあるが、怨（うら）むなというほうが無理だろう。何とか山路の想いを伝えたい。そう思った矢先、星十郎は赤み掛かった瞳を向けた。

「今の暦にはずれがあります。それでは不作になりやすい。私は人々のために戦うのです」

　そっと薄い唇を綻（ほころ）ばせて続ける。

「心配いりませんよ。誓いは守ります」

「良かった。こっちも頼りにしていいか？」

「勿論」

星十郎は即答してまた前を見据える。庵で腐っていた頃には、このような澄んだ目をしていなかった。

辻を折れると遠くに海が見えてきた。海原と空の境も曖昧に輝いている。この風はどこから来て、どこへ行くのだろうか。幾つもの奇跡が重なって今、己の頬を撫ぜていったに違いない。

孫一、山路という二人がこの男に出逢わせてくれたのも、今の風と同じように奇跡のようなものかもしれない。源吾はそのようなことを考え、また何気ない明日へ踏み出そうとする星十郎を見つめた。

四

一橋治済は落雁を一つ摘んで、口に放り込んだ。大の甘党なのだ。だがそれに加え、甘味を口にすると頭が冴え渡るような気がして好んで食す。

「清武でございます」

口の中でゆっくりと溶かしている時、襖の先から清武仙太夫の声が聞こえた。

近習（きんじゅ）を務め、今は己の手足となって一切合切（いっさいがっさい）を取り仕切っている男である。

「入れ」

清武は尖（とが）った顎を引いて入って来る。この癖が出ている時は、些か緊張している証左である。

「どうだった？」

肘掛（ひじかけ）を使って頬杖（ほおづえ）をついたまま尋ねた。

「土御門はやはり気付いております」

大坂の事件は耳にしていた。檜谷京史郎の姿も目撃されており、黒幕が土御門泰邦であることも察しが付いている。

「あの貧乏公家め」

同じことを狙っている者がいるのは想定外であった。しかし己の「反目（はんめ）」に賭けていることに気付き、早めに潰（つぶ）しにかかった。土御門は己の攻撃を受け、息も絶え絶えだったに違いない。だが土御門は諦めなかった。大坂を狙ったのも、起（き）死回生（しかいせい）の一手だったのだろう。

「今しがた報せて参ったのですが、どうやら大坂はすんでのところで踏み止まったようです」

「ほう。緋鼬を止めたか。大坂火消も意気地を見せたのう」

このまま土御門の思うままにさせる訳にはいかない。大坂火消が為す術なく翻弄されていたので、人を派して己が止めようと考えていたのだ。

「大坂火消も奮闘したようですが……」

「他に？」

「新庄藩火消頭取、松永源吾と他二人。大坂火消を糾合せしめたようです」

「ぼろ鳶か」

一橋は小さくなった落雁を奥歯で噛み砕いた。清武は怒りを避けようと俯いている。

「まあ、よい。今回はぼろ鳶が役立った」

忌々しい奴らであるが、此度に関しては己に利したということになる。

「土御門の爺め。ぼろ鳶に止められたとはいえ、数回は成功したことで首の皮一枚繋がったであろうな」

顎に手を触れ、舌打ちを放った。

「今後は……」

「また仕掛けてくるぞ。その時は……余が迎え撃つ」

田沼やその手足となっている新庄藩火消も看過(かんか)できぬが、当面は土御門にも警戒せねばなるまい。

「これ以上、知る者を増やす訳にはいかぬ。橘屋の日記はまだ見つからぬか」

「四方手を尽くしていますが……」

「役立たずめ」

「申し訳ありません。それに日記を追い求めている者が他に……」

清武は張った頬を歪めた。

「誰だ」

「大丸でございます」

「知られれば貧乏公家より厄介(やっかい)な相手になるぞ」

「はい。必ずや先に見つけます」

清武は手を突いて頭(こうべ)を垂(た)れた。

「のう、清武」

「は……」

「蠅(はえ)が多くてかなわんのう」

「いかさま」

それこそ蠅を追うように手を払う。清武は小さく応じて居室を後にした。

今の段階で己の真の目的を知られる訳にはいかない。知っている者はそれが何者であろうとも潰す。あるいは、

「喰ってやる……か」

松永源吾が炎に対峙する時に放つ言葉であると、市井の噂から聞き及んでいる。一橋はふと可笑しみが込み上げてきて、ふふと小さく笑い、もう一つ落雁を口へと放り投げた。

終章

　大坂から戻って一月が経ち、風の中にどこか香ばしい秋の匂いが漂うようにな
ってきている。いつもの縁先に座った源吾は、風の隙間に溶かすようにゆっくり
と紫煙を吐き出した。
　深雪は先ほどから文机に向かっている。家計の帳簿でも付けているのだろう。
傍らには平志郎が細い寝息を立てて心地よさそうに眠っている。
　ここのところは大きな火事もなく、平穏な日常を満喫している。星十郎は大坂
から帰ってより、一層天文の研究に力を入れている。ただ鬼気迫るという様子は
なく、穏やかな顔で毎夜のように遠眼鏡で星を眺めていると聞いている。夜空を
眺めることで、心に宿る山路や孫一と会話しているのだろう。
「武蔵の奴、今頃どの辺りだろうな？」
　首を捻って深雪に尋ねる。ゆるりと歩いても二十日あれば帰って来られるだろ

のである。こちらのことは任せて、暫し滞在していいと言ったものの、ふと気になったのである。

「滅多にお会い出来ないのですから、いいじゃありませんか」

「まあな。あいつ身を固めちまえばいいのに」

源吾は雁首を叩きつけ、吸い殻を掌で転がすと灰入れに落とした。

「まるで親みたいな言い方」

深雪はくすりと笑う。

「新之助、寅、彦弥、星十郎、武蔵……どいつもこいつも独り身だぜ？」

「誰かに似て不器用揃いですから。だって旦那様も昔は……」

「言わなくていい」

馴れ初めなど気恥ずかしくて聞けたものではない。新たな煙草を指で丸めて火皿に揉むように入れる。

「松永家の男は代々そうなのですか？」

「どうだろうなあ……物心ついた時に母上は亡くなっていたからな。聞いたことはねえよ」

母が早くに他界していることは深雪も知っている。源吾が五歳の頃、このような夏から秋に季節が移ろう時であった。顔は朧気にしか覚えていない。ただその声はしかと覚えている。

「御父上にですよ」

「親父とはそんな話も碌にな」

深雪には少し話したこともあるが、父とはあまり会話も交わさなかった。源吾は地味な火消であった父を、ずっと不甲斐なく思っていたのである。

「親父が生きていたら爺様か」

当然の話を口にし、源吾は火を煙管へと近づけた。思えば平志郎には己と深雪しかいない。育つと少し寂しい思いをさせるのではないかと思ったのだ。

「皆様がおられますから」

口に出してはいないのに、深雪が察しよく答えたので、驚いて再び首を捻った。

「心が読めているのか？」

「ええ」

勿論、冗談だろうが、この妻ならばあり得そうである。源吾は苦笑してこめかみを掻いた。

「帳簿、すまねえな」

松永家の禄は表向きには三百石だが、実際にはその三割ほどしか支給されていない。深雪が家計をやりくりしてくれているから、上手く回っているのだ。

「帳簿ではありませんよ？」

「じゃあ……」

「野条様に文を」

そう言えば帰って来て弾馬から預かった文を渡した。何が書いてあったかも訊いていないし、すっかり失念していた。

「まさか俺の弱みを……」

「茄子が嫌いと書いておきましょうか？」

深雪はこちらを見て筆を構えて見せた。

「止めてくれ。で、弾馬は何と？」

「料理のことです」

「料理？」

源吾は鸚鵡返しに訊いた。何でも弾馬が懇意にしている娘が、凝った料理を作れるようになりたいと熱心に言っているらしい。弾馬は料理の教本が無いかと探していたのだが、簡単な内容のものしか見つからず、深雪が料理上手と聞いて筆を執ったらしい。

「材料や手順を書き溜めて、送って差し上げようと」

「なるほどな。粗野に見えて、あいつも優しいところがあるんだな」

「恋でしょう」

「え？」

「きっと」

深雪はこちらを見て悪戯っぽく笑う。

「へえ。あいつも大概、不器用に見えるがな」

「お会いしたことはありませんが、多分旦那様よりは……だって昔は……」

また昔話をしそうになったので、源吾は大袈裟に声を出して立ち上がった。

「どれどれ、どんな料理を……あ、これは俺の好きなやつだな」

煙管を炭入れに突き立てて、文机を横から覗きに行く。深雪は鈴を転がすような声で笑う。己も深雪がいたから立ち直ることが出来た。見たこともないその娘が、弾馬にとってのそんな存在になればいい。そのようなことをふと考えた。

「あれも書いてやれよ……筍の天ぷら。一度炊いたやつ」

「はい。季節外れですけどね」

「じゃあ、柿の膾だ」

「はいはい」

筆を走らせる深雪の傍に寄り添い、源吾は一々料理の名を挙げる。挙げれば挙げるほど、深雪はどこか嬉しそうである。

初秋の昼下がり。筆を紙に走らせる音、平志郎の可愛らしい鼾、二人の明るい声が、家の中に溶けて混じるように響いている。

解説――活字で咲かせる江戸の華！　汲めども尽きぬ、ぼろ鳶組の魅力

書評家　吉田伸子

出羽新庄藩の武家火消、人呼んで「ぼろ鳶組」の活躍を描くシリーズ、巻を重ねて本書で九冊めである。シリーズ第一作が世に出たのは平成二十九年三月二十日（奥付による）。それから二年で、出しも出したりのこの冊数。しかも、どの一冊を取っても滅法面白い。面白いというか、これでもか、とばかりに読み手の琴線に触れてくる。役者が大見得を切るような名台詞はてんこ盛りだわ、読後もまざまざと蘇る名場面が目白押しだわで、なんというか、よっ、待ってました、今村屋！　と大向こうから声を掛けたくなるようなシリーズなのだ。

それにしても、シリーズも九作目となると「褒め尽くされ感」が溢れていて、え〜、火事と喧嘩は江戸の華と申しますが、なんてことを書こうと思っても、既に五巻『菩薩花』の解説で、文芸評論家の末國善己氏が書き出しに使われているし、六巻『夢胡蝶』の解説の中でも文芸評論家の縄田一男氏が用いているため、いくらなんでも三度その言を使う度胸は、私にはない。

七巻『狐花火』の解説で、書評家の東えりか氏が二〇一八年十月一日に行わ

れた角川春樹小説賞の授賞式でのシーンと、そもそも今村氏が小説家を志した経緯に関して書かれている。私も同じ式に同席、その場で今村氏の口から、これまた同じく経緯を聞いているものの、そのネタも二番煎じになるので使えない。

極め付けは八巻『玉麒麟』で、文芸評論家の菊池仁氏が書かれている解説である。菊池氏は、かつて私が「本の雑誌」の編集者だった頃、原稿をいただいていた方であり、こと時代小説に関しては、その読書量と知識において、氏の右に出る者はいないと個人的に思っている方でもある。そもそも、時代小説と歴史小説の違いを簡潔に教えていただいた恩人でもあるのだ。この、八巻の解説が本当に素晴らしい。なので、その直後の巻の解説を書くことのプレッシャーたるや。心境としては「御無礼仕る」である。さて、さて、いざ、参る！

まずは、ざっと本シリーズの大枠をおさらいしておくと、シリーズ名にもなっている「羽州ぼろ鳶組」とは、出羽新庄藩の火消組のこと。壊滅した藩の火消組織を再建して欲しいと、御城使・折下左門に白羽の矢を立てられたのが、かつて江戸随一の武家火消と呼ばれ、「火喰鳥」の二つ名を持っていた松永源吾。彼を頭取として縁あって集った個性的な面々が「ぼろ鳶組」だ。貧しい小藩故、火消組にかける予算がなく、当初はぼろぼろの火消羽織を纏っていたためについた、不名誉な呼び名ではあるものの、今では当初の蔑みのニュアンスは霧消し、むしろ、命がけで人身を守ってくれる彼らに対しての敬意と親しみが込められている。

　物語の大きな背景には、老中・田沼意次（ぼろ鳶の後見役的な立ち位置）と御三卿の一角である一橋家・徳川治済の権力闘争がある。そこから、新庄藩とぼろ鳶に魔の手が伸びる。その魔の手にどう立ち向かっていくのか。これがシリーズを貫く柱である。

　ぼろ鳶は火消であるから、伸びる魔の手は「火」すなわち「火事」である。その火事にまつわるあれこれが、毎回、異なる意匠で描かれているため、読み手が飽きることがない。どころか、江戸の町、そして時には京都、大坂の町に湧き起こる厄介な火事に、読むたびに手に汗握ってしまうのだ。

　時には京都、大坂の町にと書いたが、京都の町が舞台になっているのは、四巻の『鬼煙管』であり、大坂の町が舞台になっているのが本書だ。四巻に登場した淀藩常火消頭・野条弾馬から、ぼろ鳶組の「風読み」である加持星十郎を貸して欲しい、という文が来る。折しも、星十郎は別件で京都に赴かなくてはいけない大事な用事があり、源吾に半年乃至数カ月の暇を願い出ていたところだった。

渡りに船とばかりに、源吾は次席家老の児玉金兵衛に星十郎の分を含めて三つ、藩の手形を願い出る。星十郎の他は、自分と武蔵。大坂の帰りに京に寄り、入れ替える予定になっている「竜吐水」の打ち合わせもしたいから、と。

かくして大坂に向かった源吾、武蔵、星十郎を待ち構えていたのは、「緋鼬」と呼ばれる現象──焰風が大きくなって竜巻に変じたもの──で、それは火事場において火消が最も恐れるものだった。ごくごく稀にしか発生しないはずの「緋鼬」が、大坂で五度立て続けに起こったことで、京都から加勢に来た弾馬だったが、自身の目の前で新たに起こった「緋鼬」を目にして、この件には「風読み」が嚙んでいると判断。ならば、江戸にいる日本一の風読みを、というのが、弾馬が星十郎を招聘した理由だった。

本書の肝は、この「緋鼬」だ。そもそも「緋鼬」は何故起こったのか。人為的なものだとしたら、誰が、どうやって？　そして、その「緋鼬」と源吾たちの戦いは？　このメインの謎だけでもぐいぐいと読ませるのに、そこに加えて、火事場でも酒を手放さない大酒呑み故についた弾馬の呼び名「蟒蛇」にまつわる秘密、武家火消がいないのはもちろんのこと、そのルールがことごとく江戸とは異なる大坂の火消事情。さらには、江戸の火消たちに勝るとも劣らぬ個性的な、大坂火消の組と火消たち。

とりわけ、大坂火消の組は、そのシステム上互助精神ゼロでやってきたため、大坂の火消が総力をあげてあたらねばならない「緋鼬」との戦いのはずが、まとまる気配さえない。なかでも、五つある組のうちの一つである滝組、その頭である律也が、まぁ、手強いんだ、これが。

人呼んで「百滝」という二つ名を持つ律也は、椿屋の屋号を掲げた「損料屋」で、鍋釜どころか、「下は石ころ一つから、上は高価な茶道具、名刀、あるいは家にいたるまで、値は張ろうとも貸せる物は何でも貸す」。律也は家業の「椿屋」を一代で大きくし、今では天下の三大富商である白木屋、越後屋、そして大丸から傘下にと望まれるほどにまでしたのだが、三年前、滝組が壊滅するほど被害を出した時も、献金は言下に断った。その折、町内の頓知の利いた長老が「火難からの安全を貸して下さい。」と頼んだところ、二つ返事で引き受けて、自らが滝組の頭に就任した、という謂れの持ち主。律也には律也なりの、曲げられぬものを持っているのである。

そんな一癖も二癖もある大坂の火消たちをまとめるために、源吾はある策を練る。その策というのが……。源吾のその策は、ぜひ実際に本書を読まれたい。この場面、熱くて、痛快で、豪快で、本シリーズの美点がぎゅっと詰まっている、と思う。

さてさて、「緋鼬」との戦いとその顛末は本書を読んでのお楽しみにとっておくとして、個人的に本シリーズでぜひ触れておきたいことがある。それは、源吾の妻であり、勘定小町の別名を持つほど計算に長けている、深雪が作る手料理の数々だ。この深雪は人の心の機微に通じていて、だからこそ、家で料理を振舞う時は、卓を囲む面子から〝お代〟を取るのだが（もちろん、夫である源吾からもしっかり取る！）、この料理がね、また、美味しそうなんですよ!!

一巻『火喰鳥』では、まだぼろ鳶組の面子が揃っていく過程なので、深雪の手料理のシーンは出てこないのだが、二巻『夜哭烏』に出てくる「あさり鍋」「鱵の鍋」。とりわけ、手間暇かけた「鱵鍋」（「素材の味を引き出すため、鰹出汁に酒、塩で味つけして、結び鱵に火を通す。そして別の鍋に新しい出汁を張り、温まったところで芹などの野菜と共に移して仕上げていた」）の滋味深そうなこと！　三巻『九紋龍』に出てくるのは、鍋の中に赤い出汁と、白い出汁が渦を巻く「源平鍋」と卓袱料理。

四巻『鬼煙管』は、前述したように舞台が京都なので、深雪の料理は出てこないのだが、五巻『菩薩花』では、秋田の男鹿に伝わる「石焼鍋」（「大きな木桶に魚介や菜を入れて、そこに真っ赤に熱した石を投入し、一気に沸騰させて煮るというもの」で、深雪は木桶の代わりに鍋を使っていた）が、六巻『夢胡蝶』では「すけとの沖汁」（「介党鱈をぶつ切りにし、芹と一緒に味噌で煮込んだだけの野趣溢れる」越後鍋）が、七巻『狐花火』では、何と洋食である「エルテンスープ」（えんどう豆を使ったスープで、くたくたに煮込まれた野菜とごろごろとした鶏肉が入っている）が登場。八巻『玉麒麟』では、鰻の鍋（小骨を丁寧に取り除いて一度白焼きにしたものと、「擂り潰して味噌、生姜を加えて練り合わせたつみれ」が入っており、「その他の菜と一緒に白味噌仕立てで煮込んだ」もの）が出てくる。

本書は四巻同様、舞台が江戸ではないので、実際の深雪の料理は出てこないのだが、ふふ、ちゃんとその片鱗は出てきます。本書を読んだばかりでこんなことを書くのは、鬼が笑いそうですが、次巻十巻には、深雪のどんな手料理が登場するのか（江戸が舞台であるならば、の話ではありますが）、今から楽しみでしょうがない。そのうち、『羽州ぼろ鳶組料理帖――深雪の四季』が出ないかなぁ、と妄想を逞しくしたところで、そろそろ筆をおくことにします。

一〇〇字書評

双風神

切り取り線

購買動機（新聞、雑誌名を記入するか、あるいは○をつけてください）

□（　　　　　　　　　　　　　　）の広告を見て
□（　　　　　　　　　　　　　　）の書評を見て
□ 知人のすすめで　　　□ タイトルに惹かれて
□ カバーが良かったから　　　□ 内容が面白そうだから
□ 好きな作家だから　　　□ 好きな分野の本だから

・最近、最も感銘を受けた作品名をお書き下さい

・あなたのお好きな作家名をお書き下さい

・その他、ご要望がありましたらお書き下さい

住所	〒				
氏名		職業		年齢	
Eメール	※携帯には配信できません		新刊情報等のメール配信を 希望する・しない		

この本の感想を、編集部までお寄せいただけたらありがたく存じます。今後の企画の参考にさせていただきます。Eメールでも結構です。

いただいた「一〇〇字書評」は、新聞・雑誌等に紹介させていただくことがあります。その場合はお礼として特製図書カードを差し上げます。

前ページの原稿用紙に書評をお書きの上、切り取り、左記までお送り下さい。宛先の住所は不要です。

なお、ご記入いただいたお名前、ご住所等は、書評紹介の事前了解、謝礼のお届けのためだけに利用し、そのほかの目的のために利用することはありません。

〒一〇一－八七〇一
祥伝社文庫編集長　清水寿明
電話　〇三（三二六五）二〇八〇

祥伝社ホームページの「ブックレビュー」からも、書き込めます。
www.shodensha.co.jp/bookreview

祥伝社文庫

ふたつふうじん　うしゅう　とびぐみ
双風神　羽州ぼろ鳶組

令和 元 年 7 月 20 日　初版第 1 刷発行
令和 4 年 2 月 10 日　第 4 刷発行

いまむらしょうご
著　者　今村 翔吾

発行者　辻　浩明

しょうでんしゃ
発行所　祥伝社
東京都千代田区神田神保町 3-3
〒 101-8701
電話　03（3265）2081（販売部）
電話　03（3265）2080（編集部）
電話　03（3265）3622（業務部）
www.shodensha.co.jp

印刷所　堀内印刷
製本所　ナショナル製本
カバーフォーマットデザイン　中原達治

Printed in Japan ©2019, Shogo Imamura ISBN978-4-396-34546-4 C0193

祥伝社文庫の好評既刊

今村翔吾
火喰鳥（ひくいどり）
羽州（うしゅう）ぼろ鳶（とび）組

かつて江戸随一と呼ばれた武家火消・源吾（げんご）。クセ者揃いの火消集団を率いて、昔の輝きを取り戻せるのか!?

今村翔吾
夜哭鳥（よなきがらす）
羽州ぼろ鳶（とび）組②

「これが娘の望む父の姿だ」火消としての矜持を全うしようとする姿に、きっと涙する。最も〝熱い〟時代小説！

今村翔吾
九紋龍（くもんりゅう）
羽州ぼろ鳶（とび）組③

最強の町火消とぼろ鳶組が激突!? 残虐な火付け盗賊を前に、火消は一丸となれるのか。興奮必至の第三弾！

今村翔吾
鬼煙管（おにきせる）
羽州ぼろ鳶（とび）組④

京都を未曾有の大混乱に陥れる火付犯の真の狙いと、それに立ち向かう男たちの熱き姿！

今村翔吾
菩薩花（ぼさつばな）
羽州ぼろ鳶（とび）組⑤

「大物喰いだ」諦めない火消たちの悪あがきが、不審な付け火と人攫いの真相を炙り出す。

今村翔吾
夢胡蝶（ゆめこちょう）
羽州ぼろ鳶（とび）組⑥

業火の中で花魁（おいらん）と交わした約束――。消さない火消の心を動かし、吉原で頻発する火付けに、ぼろ鳶組が挑む！

祥伝社文庫の好評既刊

今村翔吾
狐花火（きつねはなび） 羽州ぼろ鳶（とび）組⑦
水では消えない火、噴き出す炎、自然発火……悪夢再び！　江戸の火消たちは団結し、全てを奪う火龍に挑む。

今村翔吾
玉麒麟（ぎょくきりん） 羽州ぼろ鳶（とび）組⑧
真実のため、命のため、鳥越新之助（とりごえしんのすけ）は江戸の全てを敵に回す！　豪商一家惨殺（ざんさつ）の下手人（げしゅにん）とされた男の運命は？

今村翔吾
黄金雛（こがねびな） 羽州ぼろ鳶（とび）組　零
新人火消・松永源吾が怪火に挑む！　十六歳の若者たちの魂が絶叫する。羽州ぼろ鳶組はじまりの第〝零〟巻。

今村翔吾
襲大鳳（かさねおおとり） 上 羽州ぼろ鳶（とび）組⑩
あの大火から十八年、再び尾張藩邸を火柱が襲う！　源吾の前に、炎の中から運命の男が姿を現わす。

今村翔吾
襲大鳳（かさねおおとり） 下 羽州ぼろ鳶（とび）組⑪
侍火消はひたむきに炎と戦う！　尾張藩を襲う怪火の正体は？　仲間を、友を、〝信じる〟ことが未来を紡ぐ。

神楽坂　淳
金四郎の妻ですが
大身旗本堀田家の一人娘けいが、嫁ぐように命じられた男は、なんと博打好きの遊び人――遠山金四郎だった！

祥伝社文庫の好評既刊

祥伝社文庫の好評既刊